鲁迅：

『国家作家』的形象史

魏韶华 范阳阳
赵晓妮 丛晓梅 ◎ 著

中国社会科学出版社

图书在版编目（CIP）数据

鲁迅："国家作家"的形象史／魏韶华等著 . —北京：
中国社会科学出版社，2017.12
ISBN 978-7-5203-1916-4

Ⅰ.①鲁…　Ⅱ.①魏…　Ⅲ.①鲁迅研究　Ⅳ.①I210

中国版本图书馆 CIP 数据核字（2017）第 323352 号

出 版 人	赵剑英
责任编辑	任　明
特约编辑	乔继堂
责任校对	王　龙
责任印制	李寡寡

出　　版	中国社会科学出版社
社　　址	北京鼓楼西大街甲 158 号
邮　　编	100720
网　　址	http：//www. csspw. cn
发 行 部	010-84083685
门 市 部	010-84029450
经　　销	新华书店及其他书店

印刷装订	北京君升印刷有限公司
版　　次	2017 年 12 月第 1 版
印　　次	2017 年 12 月第 1 次印刷

开　　本	710×1000　1/16
印　　张	13
插　　页	2
字　　数	213 千字
定　　价	80. 00 元

前　言

　　鲁迅研究是中国现代文学研究的"显学"，如何在已有研究基础上进行新的开掘，关乎学术创新，更涉及对鲁迅的整体认识。鲁迅是一个什么样的人？作为文学家的鲁迅，他与同时代的其他作家的主要不同是什么？鲁迅不是一般意义上的作家，作为精神资源，"鲁迅"广泛参与了中国百余年来民族国家的政治、思想和文化建设，所以，他是一位"国家作家"，是一位必须置于中国近代以来民族国家建构的维度来认识的作家。而鲁迅的研究史也就绝不是一般意义上的学术史，它必须在对鲁迅的这一新认识基础上来梳理、书写。

　　本书主要采用阐释学的思维与方法，以产生于不同时期的有关鲁迅的传记、论著为文本，梳理、考察鲁迅形象的复杂演变过程，以及这一过程是如何随着中国现代民族国家建构历程而发生微妙变化的。通过鲁迅形象演变史，思考现代国家意志对知识分子的精神构成和文化取舍所产生的影响，探寻鲁迅形象演变的内在精神依据。

　　从梁启超的"少年中国"到李大钊的"青春中国"，再到郭沫若的民族"涅槃"，就百年文学来说，民族国家建构正是 20 世纪 20 年代的国家主义文学主题发端、30 年代的民族主义文学思潮、40 年代的"民族形式"论争一直到贯穿于解放后的历次文学运动的总背景。nationalism 通常被翻译成"民族主义"和"国家主义"，刘禾称为"国家民族主义"，他说："对现代性进行思考和肯定的一个重要方面就是建立现代民族国家理论，这使汉语的写作和现代国家建设之间取得了某种天经地义的联系。"不仅中国百年文学运动和文学主题的基本形貌与现代民族国家建构密切相关，而且与之同步的文学研究和作家研究也与此一大背景密切相关。鲁迅的诞生、步入文坛以及对他的书写、言说基本亦与中国现代民族国家建构的历史同步。

　　因此，以中国现代民族国家建构为视域，全面梳理、考量整个阐释河流上鲁迅形象演变史无疑具有重大学术价值。鲁迅的丰富性和矛盾性使他成为中国现代民族国家建构中一个重要的话语资源。不同时代及置身其中的不同个体都构筑起自己的"鲁迅观"和"鲁迅形象"，不同的"鲁迅观"和"鲁迅形象"的论辩与冲突构成了一道独特的文化图景。通过从20世纪30年代到21世纪初产生的各种鲁迅传记和其他关于鲁迅的言说，勾勒出这一文化图景中鲁迅形象的演变过程，从而获得对鲁迅形象演变的整体性认识。一方面可以帮助我们寻绎步入"鲁迅世界"的恰当方式，另一方面也可以以此为透镜考量整个中国近代以来中国思想文化的精神脉动；重新思考中国现代民族国家建构对于鲁迅形象演变的潜在影响。

应该看到，中国的鲁迅学史在新时期以来已经获得了丰硕的研究成果。王富仁的《鲁迅研究的历史与现状》通过四个不同历史时期对鲁迅的认识与评价，勾勒出鲁迅形象的演化；张梦阳在《鲁迅传记写作的历史回顾》中认为：认真梳理、评述鲁迅传记写作的历史，从理论上总结鲁迅传记写作的历史经验，探索新版鲁迅传的写作新路，不仅对鲁迅研究会有所推动，而且对其他中国现代作家研究和传记写作以至整个传记学的理论建设都会有所裨益。但是，这些新的思考尚被框范于鲁迅研究史和传记学的视域之内。张梦阳的皇皇巨著《中国鲁迅学通史》，将鲁迅研究作为20世纪中国一种重要的精神文化现象进行全方位、多侧面、多角度的梳理与评述，以原始文献为基础再现了20世纪中国鲁迅学史的全貌，并对其中的精神文化背景与个中玄机作了深刻的分析。其不足之处在于，侧重于"鲁迅学史"的研究而未将鲁迅形象演变史作为重心，更不可能将鲁迅形象演变史放在中国现代民族国家建构的宏观视域中去加以考量。徐妍长达40万字的新著《新时期以来鲁迅形象的重构》也特别值得关注，其突出新意在于，以新时期以来知识分子的心路历程为视点观照"鲁迅形象的重构"，对新时期以来的鲁迅研究作了细致的梳理和整合，研究将重心放在"鲁迅形象重构"是一大学术创新。可问题是，该项研究只将视野限制于"新时期"，这样就不能在更长的时段上宏观考量鲁迅形象的演变史及其内在机理；而将自己的研究视点框范于"知识分子的心路历程"，则未能使之提升到中国现代民族国家建构的层面，致使许多深层次的问题被悬置。

总之，在鲁迅研究取得重大成就的今天，对鲁迅研究之研究已越来越引起学界的普遍关注，现在对鲁迅研究史、对鲁迅形象的建构史进行全方位的梳理和思考的时机已经成熟。在此一方面的研究上，最值得关注的趋势有两个：一是从传记学的角度对鲁迅传记的写作史进行研究；二是从学术史的角度对鲁迅研究史进行研究。

而以现代阐释学意识和方法为切入点，以中国现代民族国家建构为宏观背景，梳理、反思鲁迅形象的整体演变史，并将鲁迅形象演变史放在中国现代民族国家建构视域中探寻其间复杂的互动关系的研究在目前还未形成专著专论，亟待引起学界的关注，因为这不仅关乎狭义的文学研究，而且关乎我们现代民族国家建设的未来。因此，不同时期鲁迅形象的建构，与中国知识分子所处的不同历史时期的政治、文化环境中的精神构成密切相关。

自"鲁迅"产生以来，对鲁迅的言说就从来没有停歇过，而这一言说过程恰与中国的现代民族国家建构史大致重合，对二者之间复杂细密的互动关联进行研究，不仅可以寻绎鲁迅形象演变史的脉络，更为重要的是，借由这一作家形象演变史观澜中国现代民族国家成长的壮丽图景。我们可以看到，一个作家是如何经由不断被言说而被纳入现代国家意志和文化想象的。鲁迅是中国现代优秀知识分子的代表，鲁迅的形象塑造也是中国知识分子对于自身精神的剖析与描述。换言之，考察鲁迅形象的演变也就是考察中国知识分子的思想变化状况，这一演变过程几乎可以勾勒出近百年来中国知识分子的精神变迁史。鲁迅形象的演变既可归因于西方思潮"外部冲击"的影响，也源于鲁迅形象自身的丰富性和复杂性，更是由于中国知识分子自身的内部需要，即在建构鲁迅形象的背后，隐含着中国知识分子不同的文化观念和精神选择。

有建树的阐释并不在于全面刷新以往有关鲁迅的言说，或者彻底否定以往的结论，即使泛政治化的阐释，也是要考虑阐释的特定历史性。基本思路紧紧围绕：鲁迅形象的动态演变以及鲁迅形象与阐释主体间相互生成的互动过程。在此基础上，以时间顺序为经，以同一时期产生的鲁迅传记为纬设定基本研究构架。传记作者从自己所处的历史语境出发，使鲁迅形象经历了由启蒙者鲁迅逐渐走向政治形态的鲁迅，以后又还原为启蒙者鲁迅，同时深化了文化巨人与精神伟人的巨大空间与深邃世界，再转向探索个体鲁迅的多个侧面，最后汇合成多元的、立体的鲁迅形象："民族精神的缔造者"、"饱含人文关怀的学者"以及"自由主义者"、"蔑视偶像的莱谟斯"、"社会公民"和"受凌辱最甚的人"等。这其中又包含一个解构的过程：解构者亦从反思政治形态的鲁迅被神化出发，发展到为了打破鲁迅神话而进行的缺少学理性的全盘否定，再经由俗化的论争，最后升级为对鲁迅形象的全面颠覆，包括其思想、文学和人格。把鲁迅形象演变史置于中国现代民族国家建构史的语境之内，思考鲁迅是如何从一个普通的"文学写作者"演变成一位伟大的"国家作家"的。

目　　录

第一章

"延安时期"的"鲁迅形象"

引 言

对于鲁迅的研究从来就不是单纯的个体作家分析，而是对其人其文所表征的一种文化属性的理解；对于鲁迅研究的评价也从来不是一种单纯的学术史的评价，而是与一个时代的价值取向相关联的社会评价。① 每个时期对鲁迅做出的研究，其中都或多或少地带有当时的社会政治的因素。延安时期，在中国历史上是一个相对特殊的时期，相比于其他历史时期，这一时期的政治与文化的关系更为紧密。这一时期关于鲁迅的研究，一方面是文化问题，另一方面也是政治问题。只有用这种历史的眼光去观照鲁迅的研究，才能做出比较客观的认识。"延安文艺是指1935年10月党中央经过二万五千里长征移驻陕北至1948年春党中央离开陕北这段时间内，以延安为中心，包括陕甘宁边区的革命文学艺术。"② 本论题大致以延安文艺所界定的时间来指称延安时期。

关于鲁迅研究的史料丰富。中国社会科学院文学研究所鲁迅研究室编写的《1913—1983鲁迅研究学术论著资料汇编》收录了大量与鲁迅有关的文献资料，与本论题相契合的2、3、4部记录了从鲁迅逝世后到新中国成立有关鲁迅研究的资料，可以使我们比较全面地了解延安时期文人学者对鲁迅的研究情况。张梦阳主编的《六十年来鲁迅研究论文选》可以使我们比较全面地了解从20世纪20年代到80年代关于鲁迅研究所取得的主要成果。张梦阳著《中国鲁迅学通史 二十世纪中国一种精神文化现象的宏观描述、微观透视与理性反思》，通过宏观描述与微观索引使我们

---

① 张富贵：《鲁迅研究的三种范式与当下的价值选择》，《中国社会科学》2013年第11期。

② 艾克恩：《延安文艺史》，河北教育出版社2009年版，第6页。

比较明确地了解自 1919 年鲁迅出世至 2000 年世界末的鲁迅研究。

这一时期鲁迅研究的成果也很丰富。潘磊的博士学位论文《"鲁迅"在延安》上编以时间为线索，以 1942 年为分水岭，分别论述了 1942 年以前作为文学家和思想家的鲁迅，及 1942 年以后被政治化的鲁迅；下编从延安的鲁迅纪念活动和文艺大众化思想在延安的实践两方面认识延安时期的鲁迅。袁盛勇的博士学位论文《鲁迅：从复古走向启蒙》中单独设立"鲁迅传统的形成"一章，阐释了鲁迅是如何被纳入延安话语之中的。蓝棣之《毛泽东的鲁迅观》一文，用"症候式"的分析方法重新解读了毛泽东对鲁迅的评价。

尽管关于这一时期的鲁迅研究成果丰富，但是并没有从鲁迅形象建构的角度进行论证。如任海峰的论文《延安时期鲁迅现象研究》，对延安时期各种鲁迅现象进行了梳理，并探求其内部原因，但这篇论文更大程度上是属于延安文艺内部问题的探讨。本论题想要从鲁迅思想研究和杂文研究两个方面来探讨鲁迅在延安时期的形象建构。

毋庸置疑，鲁迅首先是一个文学家，他一生创作了大量的文学作品，蕴含了他丰富、深刻的思想。他的思想涉及各个方面，哲学、文艺、国民性、奴隶观等，内容之丰富、深邃，留下了丰富的思想遗产。延安文艺实质上是在中国共产党领导下的文艺，文学艺术是通过中国共产党的领导参与到历史进程中，政治性是它的主要特征。因为鲁迅与中国革命的相通性——拯救中华民族，在鲁迅逝世后，中国共产党在延安树起了"鲁迅"的大旗，用以凝聚知识分子，促进革命的发展。

第一节　从思想研究看鲁迅形象

鲁迅不仅是一位伟大的文学家，还是一位富有思想意味的文学家。被誉为与孔子比肩的现代中国的圣人，鲁迅以其思想的深刻性、独特性及当下性，为文人学者所敬仰、研究，为革命家、政治家以利用。

一　文化视角下的鲁迅研究

"躯体总是以惹人厌烦告终。除思想以外，没有什么优美和有意思的东西留下来，因为思想就是生命。"① 萧伯纳一句话道出了思想的重要性。

---

① 转引自唐容《萧伯纳　幽默与讽刺的语言大师》，中国社会出版社 2012 年版，第 198 页。

鲁迅虽然过早地离开了，但是他却一直活着人们的心中——他的思想丰富、深刻，作为中国社会的一面镜子，他激励着一代又一代的人不断前进，不断完善。许多文人学者不断地对这座活的思想宝库进行研究、剖析，涉及了鲁迅思想的各个方面。

（一）哲学思想研究

1938 年 10 月，鲁迅逝世两周年，在上海"孤岛"上的"文化孤军"组织召开了一次"关于鲁迅思想研究"的专题讨论会，会后，由李平心执笔，撰写了长篇论文《思想家的鲁迅》，再版时更名为《人民文豪鲁迅》。这篇论文从哲学和社会科学的角度来认识鲁迅，并且首次明确提出，鲁迅不仅是文艺家，而且还是一个伟大的思想家。

平心首先讨论了应当怎样研究鲁迅思想的问题，具有方法论的重要价值。平心将鲁迅定义为"民族号手兼民众代言人"，鲁迅是顺应历史需要而出现的，他从现实的生活中发现了许多为一般人所忽视但积存已久的民族弊病，但是他并不就此满足，他不单指出了中国社会中存在的病症、矛盾及问题，并且想进一步对这些问题加以解决，通过他的笔，暴露出民族和社会的弊病，揭穿现实的矛盾，对关乎大众的切身问题给予最切实的解答。平心将鲁迅的思维方式定性为"与唯物辩证法暗合的思辨方法"，由此来说明鲁迅能"诊断病症的真像和症结""追究矛盾的来历和实质""找出问题的基点和要点"的原因。

平心将鲁迅思想的发展分为三个阶段：从鲁迅的求学时代到"五四"以前、从"五四"时代到大革命前后、从大革命失败后到病逝前，详细分析了鲁迅思想发展过程及每个阶段所表现的特点。

第一阶段是鲁迅深受尼采的影响，重个性，非物质。平心在这里又进一步解释，鲁迅重个性，提倡"个性解放"，他的目的"在于反抗压抑人智闭塞性灵的奴才主义与守旧传统"。而他的"非物质"绝非提倡"精神文明"，鲁迅自始至终反对陈腐不堪的名教礼法，反对自古流传的"国故""国粹"，主张发扬物质科学，他是倾向于唯物论的。这时的他已然成为一名"思想界的革命战士"。

第二阶段是鲁迅思想的过渡期。鲁迅很早就开始关注国民性的问题，但在写作之初，他还不能用科学的理论找出其原因。但鲁迅通过他的作品，尖锐地刺击了旧社会衰败、腐烂的传统，"撕破各种封建道德的假面，揭穿了吃人礼教的黑幕，暴露宗法社会的绞架，戳碎僵死文学的骸骨。他不仅在消极方面讽刺暴露而已，在积极方面，更用进步的新道德观去代替有毒的旧道德观，用合理的生活方式去代替野蛮的习惯制度，用真挚的人情去代替虚伪的矫情，用生动的新文学去代替腐朽的旧文学。"①由于社会利益的矛盾与分化，新文化阵线发生了分裂，针对文化界开倒车的现象，鲁迅喊出了"思想革命"的口号，此时，他已经将思想革命的任务同一般的革命任务联系起来了，他站在人民革命的联合战线上，不仅对旧有的封建制度提出批评，而且对帝国主义表示了强烈的愤慨。

第三阶段是鲁迅思想的转型期。由于"大革命"失败的教训，使鲁迅从进化论走向唯物论，从人道主义走向社会主义，由反对压制个人个性发展的个性主义走向为大众争取解放的集团主义，由启蒙主义走向国际主义。但平心指出，鲁迅思想的"飞跃"并不是一下子完成的，而是他以前思想的积淀的成果，他认为鲁迅思想的发展是与中国社会的发展相联系的，鲁迅思想发展的各个阶段是中国革命和民族解放斗争的发展的反映，注重鲁迅思想发展的联系性与差异性的对立统一。1928 年"革命文学"论争后，有一种相当普遍的观点认为鲁迅思想的转变完全是由创造社促成的，平心在这里提出反驳，他认为鲁迅思想的发展并不是被动的，而是内因和外因共同作用的结果，而内因又占据着主导地位，强调鲁迅思想的前后一致性。

这是第一篇从哲学和社会科学的角度来认识鲁迅的论文，把鲁迅当作一个大思想家来研究。由于此次座谈会的参与者大多是哲学家和社会学家，而执笔人李平心又是一位造诣深厚的历史学家，所以使这篇论文具有浓厚的哲学色彩和理论深度。这是鲁迅研究史上第一篇以思想家为切入点来研究鲁迅的论著，有助于全面、科学地认识鲁迅。

在 1938 年鲁迅座谈会以后，李平心进一步进行鲁迅研究，1940 年在《公论丛书》和《求知文丛》上发表了三篇论文：《鲁迅的思想遗产——战斗的现实主义者的鲁迅》《启蒙主义者与民主主义者的鲁迅》和《民族主义者和国际主义者的鲁迅》，1941 年结集为《论鲁迅的思想》，专论鲁迅的思想，是中国鲁迅学史上第一部专门研究鲁迅思想的专著。

在第一章"战斗的现实主义者的鲁迅"中，平心首先通过鲁迅"始终高举战旗，作为中国人民的卓拔精神代表而苦斗，而呐喊，在中国文艺

---

① 李平心：《人民文豪鲁迅》，文艺出版社 1981 年版，第 135 页。

界中找不到第二个人"① 来肯定鲁迅的特异和伟大。继而通过鲁迅与高尔基、果戈理、萧伯纳和伏尔泰的比较，来说明鲁迅是"第一个中国化的世界作家"。对于很多人认为鲁迅之所以被尊为世界文豪，是因为中国文坛太荒凉，不能不把鲁迅捧出去与世界文豪并列这一问题，平心认为首先必须打破中华民族没出息的民族自卑心，伟大人物出现在时代的顶峰，自有其必然性。对于鲁迅的战斗现实主义——不断把握现实、深入现实和变革现实的求真精神和战斗要求——的根源，平心将其总结为"深刻体验现实，沉着迎战敌人，虚心改造自己，诚笃接待大众"②。对于鲁迅现实主义的主要内容，平心认为首先在于其富有战斗性的现实主义：正视现实，冲破逃避现实和隐瞒现实的传统恶习；暴露、攻击旧社会，暴露民族病态；主张"韧性的反抗"。其次在于充满现实主义的战斗性："清醒地认识战斗的客观条件，正确地估量革命的主观实力，根据这种认识与估量，跟黑暗势力坚忍地稳扎稳打地长期作战"③；从现实的历史过程着眼看待一切事物与问题，使得他的作品中闪动着辩证法的火花。

在第二章"启蒙主义者和民主主义者的鲁迅"中，平心认为鲁迅的启蒙主义思想主要集中在对封建道德体系的攻击，他是第一个指出"中国旧社会支配者有意识地用思想麻药来执行愚民政策"的人，并且深刻认识到了封建统治阶级是如何用他们的意识形态来笼罩被统治大众。鲁迅反封建的民主主义思想的一个最大的特点，就在于"他处处以人民为本位，坚决主张用人民的自觉与行动，来对抗反对统治者的专横与压迫"。④而他的民主思想的最大特色，就是"带着科学的理性主义和战斗的现实主义；新理性主义使他成为伟大的革命民主主义者和思想革命家，而新现实主义则使他成为彻底的民主主义革命者和革命思想家"⑤。

在第三章"民主主义者和国际主义者的鲁迅"中，详述了鲁迅思想的变化发展过程。鲁迅首先是一个民族主义者，从辛亥革命前夜直到"五四"时代，他从解剖和批判国民性——民族的自我批判——出发来表

---

①　中国社会科学院文学研究所鲁迅研究室编：《1913—1983鲁迅研究学术论著资料汇编3　1940—1945》，中国文联出版公司1987年版，第524页。

②　同上书，第527页。

③　同上书，第537页。

④　同上书，第556页。

⑤　同上书，第558页。

现他的爱国主义与民主主义的要求。这一时期他批判的基本武器是进化论。在"五四"以后，大革命前夜和大革命时期，他的爱国主义主要表现在号召反对帝国主义，但他并不就此放松了对国内黑暗势力的批判。在大革命失败以后，鲁迅是作为一个阶级论者把爱国主义自觉地和国际主义联结起来的。

平心的这部论著，是从国际环境大格局的背景下，站在马克思主义的理论高度上，以世界性的眼光来研究鲁迅的，全面地勾勒了一个"战斗的现实主义者""启蒙主义者和民主主义者""民族主义者和国际主义者"的鲁迅形象，是一部鲁迅思想研究的力作。

艾思奇《鲁迅先生早期对于哲学的贡献》从中国近代辩证法思想和世界哲学思想的范畴内，详细叙述了鲁迅早期所处的时代环境，分析了他早期论文中包含的辩证法思想和唯物论观点。鲁迅生活在一个腐朽、没落的古国，他认为中国的根症在于国民性的愚弱、民族精神的腐朽，于是他以文艺为武器，以表达他对于民族、对于解放的热爱的思想。他在进化论的基础上建立了他的思想体系，他的辩证法思想主要包含发展的历史的观点、斗争的绝对性的观点、对立转化的规律、螺旋上升的发展过程等。作为一个唯物论者，鲁迅主张"掊物质而张灵明"，但艾思奇认为鲁迅并不是反对唯物论，而是反对庸俗的物质主义；"任个人而排众数"不是反对民主，而是希望能发展人的个性。艾思奇又对鲁迅思想的转化作了分析，说明其转向马克思主义的必然性。

艾思奇的这篇论文对鲁迅早期的哲学贡献论析得精细、透辟，不仅有助于正确认识鲁迅早期的思想，而且有助于正确认识鲁迅整个思想的发展道路。

杨荣国的《鲁迅先生的哲学思想》一文首先阐述了鲁迅哲学思想产生的原因，进而分别叙述了鲁迅早、中、后期的哲学思想。杨荣国认为，鲁迅初期是一个个人主义者和机械的进化论者；"五四"以后，摒弃了个人主义观点和进化论观点，产生了人道主义的伦理观；五卅运动后，鲁迅的思想发生了一个积极的转变，成为中国的马克思主义者。

总的来说，杨荣国认为鲁迅的人生观是进步的人生观，随时随地都表现他的韧性，表现他的斗争精神。又另作《鲁迅先生的人生观》一文，对此进行补充。鲁迅是始终坚持进步的，他以他的韧性来鞭策自己、鞭策青年人进步。

（二）文艺思想、奴隶思想研究

1946年由张家口新华书店出版的何干之的《鲁迅思想研究》是一本专门研究鲁迅思想的著作。全书共有九章，分别从鲁迅的文艺观、人生思想、社会思想、政治思想以及古文化观等多个角度对鲁迅思想进行探究、综述。何干之采取用鲁迅的话来阐释鲁迅思想本身的写法，使读者能更好地认识鲁迅。

何干之在"鲁迅经历中所见新文艺的方向"中叙述了鲁迅战斗的历史，由此显示出中国新文化的方向。鲁迅的发展是从小资产阶级的革命家到无产阶级的革命战士，由进化论者到阶级论者，鲁迅的方向与中国新文化发展的方向相暗合。并且把鲁迅作为中国和中国人的镜子来看，在他的小说和杂文中，鲁迅将各种形象写活，刻画出了中华古国的脸谱。通过暴露社会中的病态，以引起注意，促成中国的改革。何干之认为鲁迅的人生思想主要在于提出了"全体论"——不仅是鲁迅人评而且也是文评的一个重要的见解。全体论包含两层意思：认真——做事要实事求是，韧战——战斗要持久、强韧。鲁迅用"一治一乱"概括了中国历史，即"人民暂时做稳了奴隶"和"想做奴隶而不得"两种时代交替发展。由妇女问题和青年问题揭示中国社会的根本问题，反帝反封建是中国革命的根本任务。对于鲁迅的文艺思想，何干之认为鲁迅的思维方法是唯物论与辩证法，既要写自己熟知的事物，又要发现其本质。对于鲁迅"表现思想的方法和形式"，何干之认为鲁迅的小说创造了一系列的典型形象，而他的杂文则是用理论的形象化的方法来表达他的思想，冷静和热烈、幽默和严肃合于一体。主题的表现法——"钻网术"即钻过压制自由言论的网来表达他的思想，是鲁迅韧性战术的又一表现。对于中外文化问题的观点，何干之认为鲁迅采用的是辩证法，取其精华去其糟粕。

这部论著重在对鲁迅的各类思想和言论的复述与连缀，理论性不强，但在鲁迅研究初期是很有必要的。

鲁迅一生都在致力于中国国民性的改造，对于国民性他曾发出三问：怎样才是最理想的人性，中国国民性中最缺乏什么，它的病根何在。[①] 何鹏《鲁迅笔下的中国国民性——〈鲁迅全集〉读后记》分析了鲁迅思想中的中国国民性：唯我主义，卑怯，奴性，残忍，好奇，思想不洁，缺乏

---

① 许寿裳：《亡友鲁迅印象记》，广西师范大学出版社2010年版，第23页。

严肃，虚伪，无自信心，不能发扬理性等。但作者只是对鲁迅所论分条举例，并没有综合的研究。

许寿裳《鲁迅与民族性研究》集中归纳了鲁迅研究民族性的观点和言论。因为对民族有伟大的爱，所以他能发现民族的弊病，并且以他的创作对其做毫不留情的暴露。同时，又以他的创作开出了根除民族弊病的方剂：劝人多看历史，尤其是野史杂记；劝人要正视社会各个方面，不害怕不遮蔽；主张国民性必须改造等。对于国民性，鲁迅不单有暴露弊病，还描写了民族性的伟大，可以代表民族文化的结晶。

王任叔是当之无愧的从艺术上研究鲁迅的第一人，《鲁迅先生的艺术观》是鲁迅研究学术史上最早探讨鲁迅艺术观的文字。文章从"艺术的功利主义""艺术的宽容""真实性与阶级性"三个方面初步勾勒了鲁迅艺术观的轮廓。王任叔认为，鲁迅自从接触文艺以来，就抱着功利的目的，但鲁迅的功利观是辩证的，是为人为社会的，是与社会同步发展着的。鲁迅的艺术的功利主义与艺术的宽容相辅相成，使其文艺可以发挥最大的效能。文学是具有真实性的，也是有阶级性的，对于真实性与阶级性的合一，王任叔认为只有代表新兴阶级的意识的作品才能接近历史的社会的真实。因此阶级、战斗与现实就构成了鲁迅历史的现实主义的全部哲学。

王任叔又作《鲁迅的创作方法》一文，对上文加以补充，是中国鲁迅研究史上第一篇系统研究鲁迅创作方法的论文。分别从作品的产生、典型的创造、环境的描写、文字技巧等方面来论述鲁迅的创作方法。王任叔认为，鲁迅采用的是现实主义的创作方法，主要描写否定性的人物，不对环境作大肆的渲染，注意文字技巧，力求语气自然，风格古朴、简劲，主张欧化文章语言组织法等。

吕荧的《鲁迅的艺术方法》是20世纪40年代鲁迅小说研究最具代表性的作品。"对人民大众的爱与为人民大众而战"是贯穿鲁迅作品的红线，也是吕荧论文的出发点。从文艺理论出发，对鲁迅小说的创造方法、形式特点、描写手法等多个方面进行深入的探讨。根据作品的内容将鲁迅的小说分为两大部分：一是辛亥革命前后农民生活与形象的图画，二是五四运动前后新旧知识分子的生活、思想与代表人物的剪影。这种分类方法影响了此后不少学者，许多学者对鲁迅艺术思想的研究都在这个分类的基础上展开。在形式方面，首次提出了鲁迅小说是直述的散记体和诗的结尾，这是对鲁迅小说形式特点的新提法。对于人物和景物描写，鲁迅都采用非常素朴的方式，不作冗长的描写。还有值得注意的一点是，他在文中指出"鲁迅的艺术方法正显示着革命的现实主义与革命的浪漫主义结合的本质的形态"[①]，现实主义与浪漫主义两种创作方法的结合作为一个论题被首次提出，但是吕荧并没有展开深入的叙述和研究。

吕荧的这篇论文开拓了鲁迅小说艺术研究的新领域，并且提高到了一个新的领域。

鲁迅的奴隶观是其思想的一个重要的组成部分，是研究鲁迅思想不容忽视的一个方面。

聂绀弩《鲁迅——思想革命与民族革命的倡导者》一文中论及鲁迅的奴隶观。中国自始就处于被压迫的地位，中国人民生活在封建主义与帝国主义铸成的长城中，"向来就没有争到过'人'的价格，至多不过是奴隶"。与欧洲的文艺复兴一样，五四运动的根本思想是人的觉醒，但在当时的中国，"人的觉醒"的内涵要远比文艺复兴复杂得多：不仅要推翻封建势力的控制，还要推翻帝国主义的统治。所以中国人的觉醒不仅是民权的，而且是民族的。如此，要争取民族的独立，必须进行政治改革，而同时又要建立新的文化思想，进行思想革命。只有同时进行思想革命和民族革命，才能争取到人的地位。这就是鲁迅的立人思想。

聂绀弩还分析了与鲁迅思想紧密联系的鲁迅精神——战斗精神，鲁迅的韧性的战斗精神贯穿于他思想革命和政治革命的始终，而鲁迅自觉地、彻底地、一贯地为"人"而呐喊、战斗的精神，是他区别于其他文化工作者的最显著的地方，也是鲁迅为进步的中国人民崇拜之所在。鲁迅的一生都在启悟中国人意识到人的价值，并为争取"人"的地位而战斗。

欧阳凡海在他的《鲁迅先生和他的奴隶观》一文中率先指出了鲁迅思想发展的一个重要的方面——奴隶观。五四运动以前，鲁迅虽然没有明确的阶级立场，但是他有一个奴隶立场，他始终站在被压迫者的立场上：在民族外部上，他站在被异族压迫的中华民族的立场上，反抗帝国主义的侵略；在民族内部，他站在受压迫最甚的妇人孩子的立场上。"五四"以后，由于鲁迅看清了中国各阶级的变化，他坚定地选择站在了工人农民的

---

① 中国社会科学院文学研究所鲁迅研究室编：《1913—1983鲁迅研究学术论著资料汇编3 1940—1945》，中国文联出版公司1987年版，第642页。

立场上。

欧阳凡海还在文中分析了鲁迅奴隶观的发展过程。自鲁迅少年时代起就孕育着奴隶观，但还没有成为鲁迅自觉意识的一部分。在辛亥革命、二次革命以后，鲁迅思想经历了一个沉寂期，奴隶观在这个时候走到鲁迅的自觉意识当中。“五四”以后，奴隶观占据鲁迅思想的支配地位，在鲁迅奴隶观自觉成熟的同时，也就标志着鲁迅抛弃进化论走向科学辩证法。

1942 年 5 月欧阳凡海的《鲁迅的书》出版，该书写了自 1881 年鲁迅诞生到 1927 年离开广州鲁迅大半生的生平，虽然作者自谦不敢把这本书叫作评传，但是实际上这本书可以当之无愧地叫作半部鲁迅评传。

通过对鲁迅数十年间生活、思想、感情及作品的研究，准确把握了鲁迅思想的核心——奴隶意识。鲁迅的奴隶意识即被压迫者的意识，他是始终站在被压迫者一方的，他思想中有浓厚的民族意识是因为中华民族是帝国主义的奴隶，他同情妇女孩子是因为他们是男人、大人的奴隶。鲁迅在《灯下漫笔》中将中国人的历史分为两类，一是想做奴隶而不可得的时代，二是暂时做稳了奴隶的时代，欧阳凡海进一步分析到鲁迅“不但指出了中国历史过去的循环性，并且断定，历史的进化法则，决不能是永远循环的。做奴隶而不可得，和做稳奴隶的悲惨时代，可以用奴隶自己的力量来结束”①。正是这种奴隶意识的存在，才使鲁迅能够以科学辩证的思维方法来武装头脑。

二　政治视角下的鲁迅研究

长久以来鲁迅都是一面反帝反封建的大旗。在早期，他信奉进化论，与他手下的笔为伍，与封建社会及帝国主义进行艰苦卓绝的斗争；而在后期，他修正了自己只信进化论的偏颇，转向马克思主义，他以科学的理论武装头脑，找到了志同道合的战友——中国共产党，与中国共产党一道继续进行战斗。

鲁迅的政治价值在鲁迅的价值体系中占有重要的位置。鲁迅没有加入过任何的政治党派，后期他亲近为人民大众而战的中国共产党，但也没有成为其正式的一员。基于鲁迅的影响力，鲁迅逝世后，中国共产党将鲁迅

---

① 中国社会科学院文学研究所鲁迅研究室编：《1913—1983 鲁迅研究学术论著资料汇编 3 1940—1945》，中国文联出版公司 1987 年版，第 971 页。

纳入自己的话语体系之下,以期借助鲁迅构建新的意识形态。

(一)初掘者——张闻天

张闻天可以说是中国共产党内真正发掘鲁迅政治价值的第一人。

鲁迅逝世后,1936年10月22日中共中央和苏维埃政府发表了三封唁电:《为悼鲁迅先生告全国同胞和全世界人士书》《致许广平女士的唁电》《为追悼与纪念鲁迅先生致中国国民党委员会与南京国民党政府电》,而这三封唁电都是由张闻天起草。

在唁电中,张闻天将鲁迅称为"中国文学革命的导师,思想界的权威,文坛上最伟大的巨星","伟大的文学家,热忱追求光明的导师,献身于抗日救国的非凡领袖,共产主义苏维埃运动之亲爱的战友",并认为鲁迅"对于我中华民族功绩之伟大,不亚于高尔基氏于苏联"。

此后,张闻天还数次提到鲁迅的杂文和小说,他认为鲁迅的作品是"每个干部所必须研究的读物"[1],"现代中国的青年,从鲁迅先生的作品中可以得到很多有益的、宝贵的东西"[2]。在《抗战以来中华民族的新文化运动与今后任务》中,张闻天多次提及鲁迅,给予鲁迅高度评价,称鲁迅为新文化运动的"领导者",是新文化运动的旗帜。在论及中华民族的新文化与旧文化时,赞同鲁迅称中国旧文化"都是侍奉主子的文化"的观点,鼓励青年以批判的眼光多读古书中的小说和杂文,多读统治阶级所谓的"邪书"与"禁书"。对于外国文化的吸收,张闻天提倡鲁迅的"拿来主义",并予以新的阐释:凡能满足抗战建国与新文化需要的都应大胆地、批判地接受。文化统一战线的工作者要学习鲁迅的品质:坚定,明确,切实,勇敢以及为解放大众而奋斗到底。

除发表文章纪念及呼吁学习鲁迅以外,张闻天还在鲁迅作品的出版、发行与传播方面做出了很大的努力。1940年、1941年10月分别由延安解放社出版了《鲁迅论文选集》和《鲁迅小说选集》,这两部选集是在张闻天的指导下由鲁迅思想的研究者刘雪苇编著的,在当时不仅满足了各界人士对于精神食粮的需要,而且也是从文学方面纪念鲁迅的实绩。

---

① 张闻天:《提高干部学习的质量》,《张闻天选集》,人民出版社1985年版,第297页。

② 张闻天:《关于编辑〈鲁迅论文选集〉的几点声明》(1940年10月19日),载《鲁迅论文选集》,1940年10月延安出版,转引自程中原《张闻天传》,当代中国出版社1993年版,第454页。

（二）盖棺定论——毛泽东

如果说张闻天对鲁迅的评价兼及政治与文学两个方面，那么毛泽东对鲁迅的评价完全是站在政治立场上，是与战时环境下建立文化统一战线相适应的。

1937年10月19日，毛泽东应陕北公学校长成仿吾的邀请到校做关于鲁迅的演讲，这是毛泽东有关鲁迅最早而又唯一的专题论述。

毛泽东从革命形势的大局出发来评价鲁迅。中国正处于"伟大的民族自卫战争迅速地向前发展"的时候，党需要大批的积极分子来开辟道路，而鲁迅的思想恰巧符合党的需要，因此毛泽东在演讲中指出之所以要纪念鲁迅，不单因为他是一个伟大的文学家，而且他还是"一个民族解放的急先锋，给革命以很大的助力"。毛泽东还概括出鲁迅思想的三个特点：政治远见、斗争精神和牺牲精神，并将其总结为"鲁迅精神"。毛泽东认为鲁迅是一个很老练的先锋分子，所以必然地具有政治的远见，而鲁迅的政治远见表现在两个方面：晚年倾向于中国共产党、马克思主义表明他看得远；而在1936年就指出托派匪徒的危险倾向表明他看得真。"韧"的斗争精神对革命的墙头草是一个有力的反拨，而他的牺牲精神在于面对威胁、利诱与残害仍不妥协，以笔作枪刺向他所憎恶的一切。

"鲁迅精神"第一次作为一个独立的概念被提出，这在鲁迅思想的研究史上有重要意义，虽然毛泽东的落脚点是作为革命家的鲁迅，作为党外的布尔什维克的鲁迅。毛泽东对鲁迅的评价是完全站在政治角度做出的，即使是称其为"现代中国的圣人"，也是在论述他的政治远见。而且在当时抗战的现实语境中对鲁迅如此评价，也是与中国共产党需要"造就一大批为民族解放而斗争到底的先锋队"的任务相适应的。

毛泽东对鲁迅做出的最著名的评价是在1940年《新民主主义论》中。"鲁迅是中国文化革命的主将，他不但是伟大的文学家，而且是伟大的思想家和伟大的革命家。鲁迅的骨头是最硬的，他没有丝毫的奴颜和媚骨，这是殖民地人民最可宝贵的性格。鲁迅是在文化战线上，代表全民族的大多数，向着敌人冲锋陷阵的最正确、最勇敢、最坚决、最忠实、最热忱的空前的民族英雄。鲁迅的方向，就是中华民族新文化的方向。"这成为以后诸多鲁迅者奉为圭臬的论断。

毛泽东是谈到"五四"以后在文化革命方面取得的成就时提到鲁迅的。"五四"以后中国产生了崭新的文化生力军，在中国共产党的领导下，这支文化新军从思想到形式都起了极大的革命，对中国社会科学、文化艺术都起了推动作用。而鲁迅正是这支文化新军的旗手。这支文化新军是以共产主义的文化思想即共产主义的宇宙观和社会革命论为指导，属于新民主主义文化的范畴，而毛泽东所谓的"中华民族新文化"也即新民主主义的文化。所以"鲁迅的方向"是新民主主义文化的方向。毛泽东是将鲁迅限定在新民主主义的框架内进行论述的，所以必然地受到严格的意识形态的制约，鲁迅的意义不能得到完全的展开，只有符合新民主主义的部分才能得到阐释。

对于"鲁迅的方向"这一问题，1938 年毛泽东《在鲁迅艺术学院的讲话》上也曾提及。毛泽东是在建立"一切爱国者的抗日民族统一战线"的背景下提出鲁迅的方向的：既要坚持抗日民族统一战线，又要在统一战线中坚持无产阶级的政治立场。这时的"鲁迅的方向"也是政治性的。1942 年毛泽东《在延安文艺座谈会上得讲话》中则没有继续沿用"鲁迅方向"，而是用了文艺的"工农兵"方向。

综合来说，延安时期毛泽东对鲁迅的评价都是从政治角度出发的，借助鲁迅的思想构建新民主主义思想，适应革命的需要。而毛泽东之所以竖起鲁迅这面大旗，是因为他知道鲁迅对于人民特别是青年知识分子的号召作用，只要能抓住阐释鲁迅思想的主动权，就能赢得进步文化界和青年知识分子的尊重与拥护。

而毛泽东对鲁迅的评价之所以能成为接下来几十年鲁迅研究者所信奉的教条，一是因为作为党的领导人在全党中的威信，具有极大的号召力；二是因为他个人的理论素养，他是站在科学理论的高度上来评价鲁迅的。他将鲁迅置于新旧文化转型的大历史背景下，具有历史的深度，而且第一次真正意义上拓宽了鲁迅的价值领域，"他不但是伟大的文学家，而且是伟大的思想家和伟大的革命家"。

（三）延安鲁迅纪念活动

延安的鲁迅纪念大会共召开了四次，分别是 1938 年、1940 年、1941年和 1942 年，这四次鲁迅周年纪念大会形式几乎一致。

1938 年鲁迅逝世两周年纪念大会适逢党中央六届六中全会，对鲁迅致以崇高的敬意，默立致哀并以大会的名义向许广平致电慰问。1940 年10 月 19 日延安各界举行了隆重的鲁迅纪念活动，会前散发了《鲁迅先生逝世四周年纪念特刊》和《大会会刊》。1941 年举行鲁迅逝世五周年纪念大会，会前散发了《鲁迅先生逝世五周年纪念特刊》和《鲁迅语录》。这四次大会都在千余人以上，延安各文化机构和机关单位均有参加，各单位派代表讲话：或代表集体讲话，或仅代表个人。代表集体的讲话反映了当时鲁迅的权威地位及他在文化领域的领导地位，代表个人讲话的都是在当时具有一定文化地位的文化人，他们在意识形态允许的范围内表达自己对鲁迅的认识。延安对鲁迅的纪念活动指向当时的政治、军事与文化，有很强的现实意义。如 1940 年《鲁迅先生逝世四周年延安各界纪念大会宣言》："政治——我们正在实现着新民主主义。军事——我们正在准备实现加紧地'反攻'。文化——我们早就统一着'枪'和'笔'。"①

在鲁迅周年纪念前后，有两篇社论值得关注，一篇是 1940 年 10 月 25 日发表于《中国文化》杂志的《"鲁迅的方向就是中华民族新文化的方向"——纪念鲁迅逝世四周年》，另一篇是 1942 年 10 月 19 日发表于《解放日报》的《纪念鲁迅先生》。

《"鲁迅的方向就是中华民族新文化的方向"——纪念鲁迅逝世四周年》发表在毛泽东《新民主主义论》之后。这篇社论论述了鲁迅转向无产阶级，成为一个共产主义者的原因：面向将来，依靠大众，不断地战斗和进步。只有面向将来的人才有可能不断地战斗，不断地进步，而鲁迅又在实际的战斗中发现只有依靠大众才能实现真正的进步，进行有效的战斗。

毛泽东之所以推崇鲁迅，是想要在延安地区建立新的意识形态，作为陕甘宁边区的机关刊物，《中国文化》发表这篇社论的主要目的定然不是要说明鲁迅的战斗的韧、思想的深刻、眼光的伟大，而是要借此来肯定中国共产党，以鲁迅的选择肯定共产主义思想的正确性，肯定中国共产党的先进性。

这篇社论的题目直接取自毛泽东的《新民主主义论》，开头即引用毛泽东在报告中对鲁迅的评价，而且在社论中更是细化了毛泽东做出的"鲁迅的方向就是中华民族新文化的方向"这一结论，将鲁迅看作中国新文化的旗帜，以此来强化毛泽东的《新民主主义论》在人们特别是知识分子心中的地位，推进新民主主义文化的发展。

---

① 中国社会科学院文学研究所鲁迅研究室编：《1913—1983 鲁迅研究学术论著资料汇编 3 1940—1945》，中国文联出版公司 1987 年版，第 502 页。

《纪念鲁迅先生》写于 1942 年延安文艺座谈会以后，社论首先将鲁迅定义为"中国新文学运动底先进战士和指挥员，是我们民族解放斗争在文化思想战线上最优秀的代表"，以军事用词来形容鲁迅，反映出战争背景下文化的军事化倾向。社论还论述了鲁迅现实主义的工作态度，阐述了鲁迅在《上海文艺之一瞥》中的一段话，从现实主义出发，"惟有明白旧的，看到新的，了解过去，推断将来，我们的文学才有发展的希望"①，做出结论：作家要有尊重历史与现实的精神，并且要亲身参加革命建设和斗争，同时又不能脱离具体时期的革命政策和路线。这一点与毛泽东《在延安文艺座谈会上的讲话》中关于文艺界统一战线问题的论述相吻合，"党的文艺工作，在党的整个革命工作中的位置，是确定了的，摆好了的；是服从党在一定革命时期内所规定的革命任务的"。社论中的阐释更加具体化。

社论指出鲁迅之所以伟大还在于，作为伟大的革命家，民族解放的战士，中国共产党的良友与同志，鲁迅有着明确的政治立场：对于敌人，毫不留情地进行韧性的战斗；对于中国共产党，则是愿意奉其命令，引为自豪；而对于革命队伍中存在的问题，鲁迅"一面进军，一面克服"。毛泽东《在延安文艺座谈会上的讲话》提出文艺批评有两个标准：政治标准和艺术标准，在延安具体现实环境下，强调的是政治标准：必须站在人民的立场上，写人民看得懂的文学，而对于人民的缺点和错误也要进行批评。社论的表达与毛泽东的讲话异曲同工。

作为党的刊物，《解放日报》的社论代表了党的观点，《纪念鲁迅先生》则代表了在特定时期内党对鲁迅的评价，其受众是广大的人民群众，所以更通俗易懂，是对毛泽东《在延安文艺座谈会上的讲话》的展开与阐释。

三　文化视角与政治视角的融合

学术与政治的融合是鲁迅思想研究史上一种长期占主流的研究趋势，研究者将鲁迅思想运用马克思主义重新阐释、整合，使鲁迅思想与中国革命联系起来，与中国共产党联系起来。胡绳与周扬都是中国现代文学史上

---

① 鲁迅：《上海文艺之一瞥》，《鲁迅全集》第 4 卷，人民文学出版社 1973 年版，第276 页。

有名的学者，同时他们又是中国共产党的文化带头人，他们对鲁迅的认识，不仅代表了他们作为文人的立场，而且还是站在党的立场上做出的评价，对鲁迅思想进行了政治与学术的融合。

（一）胡绳的研究

1948 年 9 月香港文艺出版社出版了《鲁迅的道路》一书，其中收录了胡绳的《鲁迅思想发展的道路》一文。1941 年以后是鲁迅思想研究的低潮期，胡绳的这篇论文打破沉寂，使鲁迅思想研究再度兴起。胡绳继承了瞿秋白在《〈鲁迅杂感选集〉序言》中的基本观点，并且对其进行了更为详尽、清晰的阐述。在谈论到鲁迅思想转变的问题时，胡绳认为思想的转变是一个艰难的过程，若非"虚伪的做戏党"，任何一种伟大思想的转变都是一个自我改造的过程，不是一朝一夕就能完成的。虽然鲁迅从进化论到阶级论、从个性主义到集体主义是在 1927 年大革命失败后才彻底完成的，但是五四运动后鲁迅的思想就在朝着这个方向发展。

不可否认的，鲁迅曾在他的作品中流露出悲观失望的情绪，不同于周作人所说的，鲁迅对中国民族抱有一片黑暗的悲观，胡绳第一次对这种现象做出了合理的解释。由于对中国现实的深刻认识，特别是 1925 年后的几年间，鲁迅看到了反动统治阶级的真正面目，于是悲观，于是失望。但即使悲观失望，鲁迅也没有停止前进，胡绳认为促使鲁迅不断前进的是他从实践中培养起来的现实主义的战斗精神。尽管有失望，但与此相反的一种情绪也在鲁迅身上发展着，即希望，纵然这希望"微茫"。胡风进一步总结，鲁迅的悲观失望并没有使他向后退缩，反而使他向前跨进，"鲁迅的伟大就在于他能够通过大悲观而走向真实的大希望，通过绝望而开始去学习'别种方法的战斗'"[①]。

胡绳还运用了马克思主义的科学理论解释了鲁迅思想的"突变"说。毫无疑问的，鲁迅思想的"突变"有一个相当长的准备过程：与封建势力长期战斗的经历，现实的悲观失望，"四·一二"事变后开始由小资产阶级的立场向无产阶级立场转变，同时还要接触新的文艺理论——马克思主义及加入左翼作家联盟。这些都是鲁迅思想发生"突变"的必要条件，缺一不可。

---

① 中国社会科学院文学研究所鲁迅研究室编：《1913—1983 鲁迅研究学术论著资料汇编 3 1940—1945》，中国文联出版公司 1987 年版，第 760 页。

胡绳对鲁迅后期的思想做了详细的阐述、分析。他认为，从1930年起，与以前相比鲁迅的作品在风格和思想上有了明显的变化：曾经的怀疑、犹豫、彷徨、悲凉的情绪已经绝迹，取而代之的是坚毅的信念，巨大的信心以及强烈而分明的爱憎。胡绳总结了鲁迅后期思想的具体表现的几个方面：一是思想文化领域的反帝反封建精神更加辉煌并且完全合乎科学的高度；二是对人民充满了信心，为人民做到了鞠躬尽瘁死而后已，对人民的看法有了巨大的飞跃；三是文艺大众化问题占据了他后期思想的主要地位；四是他向无产阶级文艺运动中先小资产阶级知识分子提出的铮戒和策励，具有引导的作用。

但是胡绳此文存在一定的缺点，强调了鲁迅后期的思想，而对他前期的思想评价过低，认为其前期的进化论与个性论思想是鲁迅思想的负累，没有充分认识到鲁迅前期思想所担负的反帝反封建的任务，及其所产生的伟大意义。胡绳写此文的目的之一就是批判以胡风为首的"主观论"，他在文中直接对胡风、舒芜提出了批判，有失公允，有一定的片面性。

虽然胡绳的这篇论文存在一定的弱点，但是它打破了40年代末鲁迅思想研究的沉闷局面，对鲁迅思想的研究有着不可替代的推动作用，也对后来的鲁迅研究产生了深远的影响。

（二）周扬的研究

周扬《一个伟大的民主主义现实主义者的路——纪念鲁迅逝世二周年》认为鲁迅的一生与中华民族是分不开的，他的思想随着社会的变化而变化，由最初的反封建主义发展到反帝、反封建主义，由一个爱国者发展到彻底的国际主义者的民族主义者。周扬认为鲁迅思想中民族主义与民主主义的共存，使鲁迅将其一生的精力投入中国民族的解放与民主进程中，从而与政治发生了联系。周扬的这种解释可以说是对鲁迅思想研究为何带有浓厚的政治色彩做出的深层解释。1927年"大革命"失败后鲁迅的思想开始发生转变，彻底的民主主义者鲁迅选择将民主主义更向前推进。"大革命"失败只是鲁迅思想转变的外因，促使他转变的内因是他始终坚持并且贯穿于他全部作品的现实主义。周扬对鲁迅前、后期思想变化的内因和外因进行了细致的剖析，对鲁迅在社会革命和思想启蒙两个方面的贡献给予高度的评价，并且看到了在鲁迅思想中居于核心地位的民族主义和民主主义，以及将民族主义和民主主义结合起来的现实主义，这也是鲁迅的作品之所以既具有时代性和革命性，又具有文学性和人文性的原因。周扬的见解具有理论的深度。

《精神界之战士——论鲁迅初期的思想和文学观，为纪念他诞生六十周年而作》中，周扬着眼于鲁迅前期的思想，认为鲁迅前期思想主要表现在《文化偏至论》和《摩罗诗力说》两篇文章中，即"非物质，重个人"，但"非物质"并不代表鲁迅对唯物论的摒弃，而是反对洋务派坚船利炮的政策和维新派"制造商估，立宪国会"的学说。周扬认为鲁迅的精神是以奋斗为根基的，并且大胆提出了"鲁迅始终是老子主义，一种中国式的虚无主义的反对者"[①]，他批评了夸大尼采对鲁迅思想影响的观点，对鲁迅和高尔基对于尼采思想态度的吻合做出了论证：他们都反对尼采的"主人道德"和基督的"奴隶道德"，而提倡"第三道德"即帮助人反抗。并且第一次探索了鲁迅初期的浪漫主义文学观。

周扬对鲁迅初期的思想做了详细的论述，达到了一定的水平，而且对于当时文学界一味重视鲁迅后期思想而忽视他前期思想的倾向做了有力的补充。

第二节　从杂文研究看鲁迅形象

从某种意义上说杂文"自古有之"，它依附于古代的议论散文，并没有成为一种独立的文体。而鲁迅之所以选择创作杂文，是因为那时的中国，在内受到封建腐朽文明的统治，在外受到帝国主义的控制，内外交困，而杂文的战斗性正符合历史的需求。杂文在鲁迅的笔下，与各种各样的反动势力进行斗争，成为"时代的眉目"。而杂文也在鲁迅的实践和倡导之下，成为一种独立的文体。

从 1918 年《随感录》起，到 1936 年逝世，鲁迅创作杂文 18 年，共有 16 本杂文集，历时之长、数量之多，无人能及。鲁迅杂文内涵丰富，与其形式一样，有着说不尽的话题。"鲁迅杂文的战斗性使它属于过去，思想和艺术性穿越时空形成的永恒魅力又使它属于现在和未来。"[②] 所以越来越多的研究者开始研究鲁迅的杂文，关注鲁迅杂文的内容、艺术魅力

---

① 中国社会科学院文学研究所鲁迅研究室编：《1913—1983 鲁迅研究学术论著资料汇编 3 1940—1945》，中国文联出版公司 1987 年版，第 657 页。

② 王吉鹏：《注目伟大存在的时空——鲁迅杂文、诗歌研究史》，吉林人民出版社 2003 年版，第 5 页。

及其文体特征。

一　文化视角下的鲁迅杂文研究

(一) 鲁迅杂文的艺术研究

由于"五四"时期特殊的环境——启蒙与救亡的双重主题，文艺与政治的关系密切，因此研究者也多从民主革命、民族革命的立场上来研究鲁迅的杂文，偏向于鲁迅思想的研究，不注重鲁迅杂文的艺术性。即便有只言片语的关于鲁迅杂文的艺术性的研究，也都是从感性的角度出发的，充满战斗的气息。真正对鲁迅杂文的艺术性做出研究的是李长之、徐懋庸。

1. 李长之的研究

1936 年 1 月由北新书局出版的《鲁迅批判》是第一部系统全面地综合研究鲁迅的专著。《鲁迅批判》一书以科学的批判态度开辟了鲁迅研究领域的学理化道路。这部著作不仅以其科学的批判态度留名于世，而且它的内容，不论是对鲁迅精神的分析还是对鲁迅艺术的评论，也都有显著的意义。第四章"鲁迅之杂感文"就从艺术的角度分析了鲁迅的杂文。

对于作品鉴赏，李长之有自己的艺术标准，即"完整"，就是一种诗人的特色，以此来衡量鲁迅，认为鲁迅够资格被称作诗人。他根据这一标准来评价鲁迅的杂文，他认为杂感是鲁迅在"文字技巧上最显本领的所在，同时是他在思想情绪上最表现着那真实的面目的所在"[1]。而且没有一个作家的杂感能超过鲁迅，不论是数量还是质量，就算是鲁迅自己，杂感也是他作品中数量最多的。

在这个基础上李长之分时期论述了鲁迅 1935 年以前出版的杂文，着重分析其艺术风格及发展，有许多独到的见解。从 1918 年的《热风》到 1925 年的《华盖集》，从《野草》到在《朝花夕拾》，从《而已集》到《三闲集》《二心集》，从《南腔北调集》到《伪自由书》《准风月谈》，每一时期李长之都选取有代表性的文章来阐述鲁迅艺术风格的发展、演变。

最后李长之又对鲁迅杂文做了总结。首先总结了鲁迅杂文语言文字的进展：先是平铺直叙，后来转入曲折，最后这两种风格兼而有之，使他的杂文不仅有了血肉骨架，还有了精神。鲁迅杂文语言风格的发展与他精神

---

① 中国社会科学院文学研究所鲁迅研究室编：《1913—1983 鲁迅研究学术论著资料汇编 1 1913—1936》，中国文联出版公司 1987 年版，第 1312 页。

发展的阶段相当。平铺直叙时期是他精神进展的第二个时期，这一时期思想空洞，文字单纯；文字曲折、细腻，是他精神发展的第四个时期；第五个时期是他精神成熟的时期，其文字和思想都表现出健康、深厚、有活力；第六个阶段，他的思想由理论进入应用阶段，文字含蓄、凝整。

其次李长之还通过分析鲁迅杂文的转折词，来感受鲁迅杂文的语气格调。鲁迅杂感文通过这种特殊的文字方式，表现他自己千回百转的思路，凭借精神的贯注、思想的敏捷，不管文章如何发散，总能在最后回归正题，这构成了鲁迅文章的一种特殊美，一张一弛，吸引人的精神。李长之第一次提出杂文语言的特点，表现出李长之深厚的艺术感受力，但是他只看到了鲁迅文字的妙用，并没有进一步挖掘隐藏在他的文字之下的鲁迅的内在思想。

鲁迅这种一张一弛的文字表现手法能给读者带来幽默感，其幽默的根源是他不放松的"记忆"和故作冷静的"憎怒"。李长之又对鲁迅的幽默与老舍的幽默做了比较：老舍的幽默是理智的，而鲁迅的幽默则彻头彻尾是情感的。在鲁迅的杂文研究史上，李长之是第一个对鲁迅杂文进行比较的学者，但他只是提出这只言片语，并有没有将鲁迅与老舍的幽默进行深入的对比研究，这不能不说是其研究的一个缺憾。

2. 徐懋庸的研究

1936 年徐懋庸为夏征农撰写的论文集《鲁迅研究》写了一篇题为《鲁迅的杂文》的论文，主要研究了鲁迅杂文的艺术价值。虽然鲁迅生前与徐懋庸有过争论，并且言辞激烈，但是在鲁迅逝世后徐懋庸抛弃个人恩怨，从一个学者的角度研究了鲁迅的杂文。

在文章的第一部分，徐懋庸就充分肯定了鲁迅杂文的"文艺价值"，反驳了李长之在《鲁迅批判》中将《野草》《朝花夕拾》归入杂文的观点，这是对鲁迅作品分类的一个贡献。他认为鲁迅写杂文是因为在杂文中鲁迅发现了能"扫荡秽丑"的力量，从而加以实践和提倡。鲁迅注重的并非杂文的"文艺价值"，他是以杂文为武器进行战斗，注重的是杂文的"社会价值"。徐懋庸在第一部分最后指出"鲁迅所提倡的杂文运动，是现代中国思想斗争史上一种重要的武器的生产和使用"①，他提出"杂文

---

① 中国社会科学院文学研究所鲁迅研究室编：《1913—1983 鲁迅研究学术论著资料汇编 2 1940—1945》，中国文联出版公司 1987 年版，第 792 页。

运动"这个概念,把鲁迅放在"杂文运动"中去认识和理解,才能真正地认识他。

第二部分是徐懋庸的艺术之论。他首先分析了鲁迅杂文的思想价值,他同意瞿秋白在《〈鲁迅杂感选集〉序言》中对鲁迅思想做出的判断。他重点分析了鲁迅文笔的特色:第一是理论的形象化,因为"见得多""记得牢""了解得深刻",所以他的文章总能以小喻大,因著知微,少有抽象的议论,能够举出实际的例证,是文章生动活泼。第二是他的词汇的丰富和适当,因为鲁迅曾师从章太炎学过小学,多读古书,能正确理解中国文字,又能多记词汇,所以运用的时候总能多变而适当。第三是造句的灵活,鲁迅善于将古文与外国文融会贯通,使文言句不陈腐,欧化句不生硬。第四是修辞的特别,为了增强文章的战斗效果,鲁迅特别注意在修辞上下功夫,"然而"的"铺张"或"扬厉",善于"引用",常用"死话""冷话""倒反""暗示"等"绍兴师爷"特色。最重要的是他行文曲折,但他的曲折并不是故意地绕弯子,而是用"剥笋"式的方式层层深入,以暴露问题的真相。

徐懋庸还论述了鲁迅杂文的创作态度。他反驳了鲁迅的杂文主要在攻击个人这种观点,他认为鲁迅的杂文大部分是表现了集体的意志,是为了大的战斗目标而努力,而绝不仅是他个人情绪的表露。

徐懋庸的这篇论文揭示了鲁迅杂文的一些最根本的艺术特征,开启了鲁迅杂文艺术研究的先河。

3. 田仲济的研究

抗战后期及解放战争时期,鲁迅杂文研究一直处于低潮状态,没有大的突破,但是1943年8月重庆东方书店出版的田仲济的《杂文的艺术与修养》一书,是一部关于鲁迅杂文理论研究方面的著作。这部书是由四篇鲁迅杂文研究和两篇评论组成,田仲济在"后记"中说道:"杂文这一名词,已渐渐由为人轻蔑而转为被人注意了,由于有了专刊专集等可以看出来,但关于这一部门的理论却几乎还'绝无仅有'。固然,目前各种文艺理论都缺乏,不过这一部门特别显得厉害。"① 对于杂文理论的研究有缺失,而《杂文的艺术与修养》一书在一定程度上填补了空白,对一些

---

① 中国社会科学院文学研究所鲁迅研究室编:《1913—1983鲁迅研究学术论著资料汇编4 1940—1945》,中国文联出版公司1987年版,第1340页。

实质性的杂文理论问题做了深入的探索。

《略论杂文的特质》一文对鲁迅杂文研究和创作实践做了小结，作者认为虽然有人在提倡、模仿鲁迅杂文，但是很少有人关注、研究杂文的特质。作者肯定了欧阳凡海对鲁迅杂文特点的概括：鲁迅的学识，鲁迅的思想方法，鲁迅的抒情，但也指出欧阳凡海的见解只是说出了决定鲁迅杂文特点的因素，并非杂文特质。作者因此概括了鲁迅杂文的四个特质：最为凸显的一个特质是鲁迅杂文短兵相接的战斗性，它如同高尔基的社会论文，是与腐朽的社会做残酷斗争的武器。鲁迅杂文的第二个特质是深刻锐利，鲁迅看待事情，总是能透过表面的瞒和骗，发现其中的本质。第三个特质是独到的见解，鲁迅的杂文精辟、深透、不落俗。第四个特质是杂文形式隽冷、挺峭，这种形式的产生是与杂文的内容相配合的。

在《讽刺与幽默》一文中，作者分别论述了什么是讽刺、幽默。作者认为讽刺的生命是真实，离开了真实，讽刺便不再存在。作者通过对维诺格拉多夫、鲁迅、艾芜等观点的比较得出结论：讽刺可以是善意的，也可以是恶意的；可以用在友人间，也可以用在敌人身上；用在友人间常是善意的，希望他们改善自己的态度，用在敌人间是恶意的，使用间接的嘲骂代替直接的痛骂。作者认为幽默是讽刺和冷嘲不能发挥作用时的替代物，幽默的用处就是借着幽默突出心中的悲哀、愤恨、愁苦和怜悯，在别人被杀害或活不下去时，却能够依靠冷冷地笑活着。幽默是面对不合理的社会的一种生活态度，在反动阶级的统治下，革命者的幽默实际上是对反动派的反抗。

《鲁迅的杂文观》一文，探讨了杂文的历史，认为杂文“古已有之”。但又认为杂文这一文体是由鲁迅创立又发展到最高峰，是因为鲁迅的杂文不同于“古已有之”的杂文，也不同于同时代的刘半农、俞平伯等人的杂文，一是因为鲁迅的杂文第一次成为战斗的武器，与现实密切的联系起来了。二是因为鲁迅的战法，他采用“壕堑战”和“韧性战”两种战法，在他的作品中没有怒目戟指，而多是含蓄委婉，讽刺幽默。三是因为鲁迅的杂文能事无巨细地反映出一切事物，集合起来就是当时的社会形象。

《杂文的艺术与修养》这部书是鲁迅杂文研究史第一部关于鲁迅杂文研究论文的合集，填补了鲁迅杂文研究理论上的空白，首次探讨了鲁迅杂文特质的问题，作者关于鲁迅讽刺、幽默及鲁迅的杂文观的阐释有利于进一步加深对鲁迅杂文的研究，对于杂文的创作有启发作用。

（二）鲁迅杂文的综合研究

1. 巴人的研究

1940 年由远东书店出版社出版的巴人《论鲁迅的杂文》一书，是鲁迅杂文综合性研究的专著。巴人对鲁迅的杂文做了细致的分析，他以一个学者的身份，从理论上论争了鲁迅杂文的社会价值和文艺价值。

全书分为五个部分。在序说中巴人引用了两篇文章，一篇是张若谷在《中美日报》上发表的《写文学随笔》，他攻击鲁迅的杂文，认为"嬉笑怒骂"四个字可以概括鲁迅的一切作品，而其中总含着冷嘲式的幽默，因鲁迅的措辞、议论，将他作为绍兴师爷派的代表。徐冠宇随后在《中华日报》发表《活张若谷仍在曲解死鲁迅》一文予以反驳。徐冠宇理解鲁迅的思想，但并不全面，巴人有感于此，加之在"鲁迅风"座谈会上的提纲，整理出来以作鲁迅生辰六十周年的纪念。这部书从思想价值和艺术价值两个方面确定了鲁迅杂文的崇高地位。

在分析鲁迅杂文之前，巴人首先分析了鲁迅的思想，研究鲁迅思想对于研究鲁迅杂文是很有必要的，因为鲁迅的杂文具有丰富的思想性，不能抛开其思想的发展而单独研究其杂文。对于鲁迅思想发展的三个阶段，他赞同李平心在《思想家的鲁迅》与瞿秋白《〈鲁迅杂感选集〉序言》中对鲁迅思想的划分，即分别是：从求学时代到"五四"以前的民族革命论者；从"五四"时代到"大革命"前后的民主主义者；从"大革命"失败到病死以前的阶级论者。巴人看到了鲁迅思想发展中的矛盾性，他指出鲁迅思想的发展在他基本思想的基础上，还融合了其他的思想和思想倾向，所以在其思想根基上往往含有两个既矛盾又统一的根源，如在民族革命的立场上提出了个人主义，在民主主义的立场上反对绅士式的自由主义，在阶级论的观点上反对"左"的论调。

巴人还运用比较的方法总结了鲁迅的思想。在第一个时期，巴人分析了康有为、谭嗣同、孙中山和章太炎的思想及其异同，指出鲁迅思想的继承性和独创性：与谭嗣同相通的尼采的个性解放的精神，朴学家章太炎的实践的观点，综合各派思想，统一于他朴学家的历史的现实主义观中。第二个时期巴人认为作为民主主义者的鲁迅有其阶级立场：虽然还没有接受马列主义，但他站在大众的立场上，反对、打击反动的买办资产阶级和地主阶级。第三个时期鲁迅转到无产阶级的革命阵营中来，但是他感觉到革命阵营中有过左或过右的倾向存在，而后来也的确发生了过左、过右的错误,证明了鲁迅思想的前瞻性。

第三章巴人分两部分分析了鲁迅杂文的形式与风格。第一部分为鲁迅杂文与民族形式,巴人首先分析了散文文学在中国传统文学中受重视的原因。由于中国封建社会的性质,人们养成了一种直觉的思维习惯,而在中国文化的发展上,学术与政教不分,具有全体主义的性质,因此中国封建社会所需要的文学,其内容需要反映现实,其形式要为大众所接受。散文这一文体的出现,适应封建社会文化发展的需要,具有载道的作用,内容具有现实性,表达方式具有形象性。

第二部分巴人将鲁迅的杂文分为三个时期:《热风》时代的杂文;《三闲集》时代的杂文及《伪自由书》时代的杂文,并且分析了每一时期的特点。第一个时期,《热风》明白、拙直、锋利而轻快,说理性较强,《坟》则迂回曲折,《华盖集》、《而已集》则显得冷隽、讽刺、悲愤。第二个时期《三闲集》中鲁迅以一种客观冷静的态度出现,杂文风格由客观的暴露揭发转向汪洋澎湃、波澜阔达的作风。第三个时期从《伪自由书》到《花边文学》,鲁迅的杂文如同匕首,直刺社会的阴暗面。巴人在最后总结到"鲁迅的《热风》时代杂文的特质,是表现他那见解的新颖和正确,而《伪自由书》时代杂文的特质,是表现他所观察的精锐和深入,那么由《伪自由书》而发展到《且介亭杂文》时,也是表现了无比深阔的学养和识力"①。

巴人从中国式背景及鲁迅思想发展的过程出发,纵向研究了鲁迅杂文的三种风格,在本部分末尾,巴人又横向研究了鲁迅杂文的多样风格:短小精悍、泼辣讽刺的杂文;深厚朴茂显示无比学识的杂文;诗意的形象化的杂文;战斗的论文式的杂文;抒发个人感慨转而讽刺所憎的杂文;质直的、搏击的杂文;书信类的杂文。巴人对鲁迅杂文进行的横向研究具有开创性,为鲁迅杂文艺术研究提供了一个新领域。

在第四章,巴人分析了鲁迅杂文中所表现的思想方法,是围绕"鲁迅杂文是怎样写成的"这一问题展开的。巴人首先指出鲁迅思想中包含的革命的传统精神,正如瞿秋白在《〈鲁迅杂感选集〉序言》中所指出的一样:清醒的现实主义,韧的战斗,反自由主义,反虚伪的精神。巴人随

---

① 中国社会科学院文学研究所鲁迅研究室编:《1913—1983鲁迅研究学术论著资料汇编3 1940—1945》,中国文联出版公司1987年版,第292页。

即指出自《二心集》后鲁迅的革命的传统精神又向前发展了：他不仅揭露虚伪，而且揭露了虚伪的本质；不但反对自由主义，而且主张集体主义；站在历史的观点上，对现实的挖掘更加深入。在此基础上，巴人指出了鲁迅杂文的四种写作方法：一针见血，能抓住一个小点而说出其全体意义；注重挖掘事物的矛盾，暴露矛盾；人事兼论，对于人和事的看法都出于公论；扎根于现实，瞩望于未来。

第五章战斗文学的提倡一章中，巴人认为鲁迅式的杂文仍需继续传播和创造。

巴人的《论鲁迅的杂文》一书，是鲁迅杂文研究史上第一部关于鲁迅杂文的综合的研究专著。

2. 欧阳凡海的研究

欧阳凡海《鲁迅的书》对鲁迅的杂文也有所论及，但是由于只写到1927年，所以并没有对鲁迅的杂文做全面的论述，只是对鲁迅前期的杂文提出了自己独特的见解。

欧阳凡海并没有设置单独一章来论述鲁迅的杂文，而是散见于他的整部书中。《自序》中欧阳凡海提到鲁迅善于无情地解剖自己，进而提出"他的杂文之所以有了不可磨灭的价值，就因为他的杂文同时又是他的抒情诗，能够直抒他的胸臆毫无掩饰"[1]。虽然鲁迅的杂文之所以能产生较大影响并不在于他的杂文是抒情诗这一点，而是在于他的杂文的社会价值，但是欧阳凡海看到了鲁迅杂文的价值。由于涉及的杂文数量较少，欧阳凡海没有将它们像论述小说一样展开描写，而是将它们作为小说创作的背景材料加以论述的。根据《鲁迅的书》整部书中关于杂文的研究，欧阳凡海采取重点举例、归纳概括的方法，对鲁迅杂文研究可作如下概括。

虽然没有用单独的一章对鲁迅的杂文进行分析，但是在分析鲁迅一些有代表性的杂文后，欧阳凡海设置了《鲁迅的打落水狗及其杂文》一小节来论述鲁迅杂文上的特点，并且分析了造成这些特点的因素。鲁迅的杂文无疑有语汇丰富和适当运用、造句灵活、修辞特别、理论形象化等特点，欧阳凡海探讨了造成这些特点的深层因素，并将其归纳为三点：一是

---

[1] 中国社会科学院文学研究所鲁迅研究室编：《1913—1983 鲁迅研究学术论著资料汇编 4 1945—1949》，中国文联出版公司 1987 年版，第 813 页。

鲁迅的学识，二是鲁迅的思想方法，三是鲁迅的抒情。因为他的学识丰富，所以他的语汇丰富、造句灵活、修辞特别；因为他的思想方法，所以他的理论形象化；因为他的情绪，对于别人认为严重的事他能抱满不在乎的态度。但是这三个方面不是单独起作用的，而是互相综合的，一起决定了鲁迅杂文的特点。

欧阳凡海还特别强调了鲁迅的抒情。他认为鲁迅百分之九十的杂感文都可以归类到抒情诗中，这与鲁迅的杂文有压倒一切的雄辩力有关。因为这使他的杂文变成"诉诸群众的公评的宣言"，能吸引读者，获得读者的同情。但这又绝不是说鲁迅的杂文是在卖弄感情，鲁迅不仅无情地解剖黑暗的社会，而且也无情地解剖自己，他说的是真话，讲的是真情。对于鲁迅的抒情性，人们早有认识，但是欧阳凡海是第一个将鲁迅的抒情性与他的杂文做出这样的结合。

在这一小节中论述鲁迅的辩证思想方法后，欧阳凡海认为鲁迅对于任何问题，都是放在众多相互关联的关系中去考察，从不将问题抽离发展状态。欧阳凡海对鲁迅辩证思想方法的论述是继徐懋庸、巴人后最突出的，正确把握了鲁迅杂文的辩证思维特征。

欧阳凡海总是在一定的时代背景下去考察鲁迅的杂文。这与整部书的写作方法相同，欧阳凡海分时间叙写了不同阶段的鲁迅，同样地，分析其作品时，也是联系当时的社会政治形势，结合文化动向和鲁迅思想发展进行的，这样才能对作品作出符合实际的分析。

欧阳凡海还论述了鲁迅杂文在风格、技巧上的变化。他认为《我之节烈观》和《我们现在怎样做父亲》这两篇最早的白话论文，思想上有明显的局限，在写作技巧上也有不足之处。《我之节烈观》平铺直叙，《我们现在怎样做父亲》较前一篇有进步，但是在写法上仍属于"问答骨子的说明体"。欧阳凡海提出鲁迅要做出优秀的积极说明事理的文章要在他掌握辩证唯物论的思考方法后，但是由于写作范围的限制，他没能论述鲁迅掌握辩证法后创作的优秀的杂文。

二　政治视角下的鲁迅杂文研究

（一）"鲁迅风"论争

1937 年毛泽东在陕北公学的鲁迅逝世周年纪念大会上发表演讲《鲁迅论》，这是一篇精彩独到的作家论。毛泽东首先确定了鲁迅在中国革命史中的地位——民族解放的急先锋；又肯定了鲁迅是现代社会的思想家——新中国的圣人；最后毛泽东又指出鲁迅创作的艺术特点：从封建社会中来又朝封建社会的腐败、帝国主义的恶势力进攻，用他手中的笔画出了封建势力、帝国主义的丑恶嘴脸。指出鲁迅精神的三个特点：政治的远见、斗争精神和牺牲精神，并且号召青年去学习鲁迅精神。

　　毛泽东对鲁迅的高度评价、对鲁迅杂文的认同以及对鲁迅精神的倡导，促使现代中国杂文写作、研究蓬勃发展，也必不可少地产生了文学论争。1938 年 3 月毛泽东的《鲁迅论》发表后，10 月在"孤岛"上海产生了一次关于鲁迅杂文的论争——"鲁迅风"。

　　1938 年 10 月 19 日，巴人在《申报·自由谈》上发表《超越鲁迅——为鲁迅逝世二周年纪念而作》一文，提出要学习鲁迅刻苦的精神，学习鲁迅战斗的手法，激励大家超越鲁迅。同一天，《译报·大家谈》的主编阿英，以鹰隼为笔名，发表《守成与发展》一文，影射巴人的杂文"'抽抽乙乙'地作'碎感'"，他认为假如鲁迅不死，鲁迅的新杂文会适应抗战的需要，"胜利的信念配合着一种巴尔底山的突击的新形式，明快，直接，锋利"，① 而现在的继承者们，只会守成、只会模仿，不求发展、忘却创造，以此来影射巴人对鲁迅的模仿。10 月 20 日巴人立即对此作出回应，在《自由谈》上发表了《"有人"，在这里》一文，对阿英的观点进行反驳。文中提到鲁迅之伟大，必须学习。但巴人所作此文更多的是在指摘与阿英的"个人的嫌隙"。10 月 21 日阿英在《每日译报·大家谈》上发表《题外的文章》一文，对文坛上杂文存在的问题进行质问。随即巴人发表《"题内话"》一文，在文中他表示模仿是创作的必要过程，没有守成就无从发展。至此关于鲁迅风论争的内容没有再出现过，但是论争并没有结束。为了结束这场论争，《译报》主编钱纳水发起一场座谈会，整理《我们对于"鲁迅风"杂文问题的意见》一文，发表在 1938年 12 月 28 日的《文汇报》上。这篇文章分为一个主张、关于"鲁迅风"的杂文、自我批判是必要的、我们的希望四个部分，在现阶段反日反汉奸这一任务下，文章肯定了"鲁迅风"风格的杂文，但同时也要创作多种风格的杂文；为加强反日反汉奸的力量、严密队伍，给敌人以最有力的打

---

　　①　中国社会科学院文学研究所鲁迅研究室编：《1913—1983 鲁迅研究学术论著资料汇编 2 1936—1939》，中国文联出版公司 1987 年版，第 971 页。

击，自我批判是非常有必要的，最后文章提出希望以后上海文艺界联合起来，共同作战。《我们对于"鲁迅风"杂文问题的意见》的发表标志着"鲁迅风"论争的结束。

1939 年 1 月 11 日，以"鲁迅风"为名的杂志在上海诞生，《鲁迅风》是专门刊登杂文作品及研究的刊物，目的是使用杂文打击敌人。《鲁迅风·发刊词》由巴人执笔，文章认为无论是从政治视角还是文学立场来看，鲁迅都是值得学习的，而且我们不仅要学习鲁迅的战斗精神，还要学习他的"斗争精神所附丽的学术业绩"。① 虽然《鲁迅风》只发表了 19 期，却发表了大量的杂文作品，以及关于鲁迅的杂文研究。

"鲁迅风"论争使鲁迅杂文研究更加深入。唐弢《鲁迅的杂文》一文，如作者自己所说，是鲁迅杂文研究的纲目。唐弢认为研究鲁迅主要是研究表现在鲁迅杂文里的思想和精神，作者概括出五点：一是生活的洗练，鲁迅在纵、横两方面都见多识广，生活丰富，使鲁迅杂文能反映、针砭社会。二是鲁迅的教养，鲁迅的反抗精神和科学的方法使他的杂文更加泼辣、深刻、发挥战斗作用。三是中国旧文学和西洋文学的影响，使他的杂文里增加了可征引的题材。四是鲁迅不妥协精神的反映，使他的杂文表现出坚决、韧性的品质，但是他的不妥协始终合乎理智，这也是他看人论事能切中要害的原因所在。五是正确的马列主义的应用，因此即使在平凡的问题上也能看出鲁迅正确和进步的见解。其次，在形式方面，唐弢认为鲁迅的杂文活泼、热烈、从容、讽刺、幽默。唐弢还概括出鲁迅杂文在文字方面的四个特点：一是杂文中句法和章法的多样性，他行文缜密，句法和章法又能随时变动；二是杂文中古语和日本词的使用；三是主张使用欧化句法；四是他行文的顿挫，使他的杂文更为活泼、泼辣。

唐弢的《从杂文得到遗教》一文，首先将鲁迅的人品与他的文品联系起来，认为鲁迅一生光明磊落，没有不可告人之事、不可示人之物，这种精神使鲁迅的杂文坚决、泼辣、通脱、从容。其次唐弢肯定了鲁迅杂文的文艺性，无论是杂文中塑造的具体化的形象、富有诗意的环境设置、切合现实的举例，还是他杂文中慎重的造句、用字的认真等，都能使他的文

① 徐乃翔：《中国新文艺大系 1937—1949 理论史料集》，中国文联出版公司 1998 年版，第 823 页。

章表现出文艺性。

周黎庵《生命的艺术——鲁迅先生的"杂感"》一文,从"生命的艺术"这一角度深入解读鲁迅。他认为鲁迅是新中国文学的开山之人,开辟了新文学发展的道路。鲁迅忠于艺术,无论是他的翻译还是创作,其中都渗透着鲁迅自己的生命。而鲁迅的杂感,也浸透着他的生命,是艺术的作品。周黎庵进一步指出,在抗战的现在,仍需要鲁迅的杂文,向着敌人刺击。

萧军的《鲁迅杂文中底"典型人物"》一文也是研究鲁迅杂文的一篇力作。虽然自瞿秋白以后有很多人都提出鲁迅杂文中的典型人物形象,但是萧军是第一个明确提出"典型人物"这个概念的。他认为鲁迅不仅能用小说和散文来塑造典型形象,而且杂文也是他塑造典型的另一种形式,是他在艺术上的另一种手法。

孔另境《论文艺杂感》是一篇关于"杂文"概念的文章,文章共分为三部分:正名、迹原、发展之路。孔另境首先对"杂文"一词进行正名,从《古文辞类纂》和《文心雕龙》出发进行考证,认为文艺杂感在古代含有政论之意,而在"五四"以后,由于政治环境不自由,隐语、暗示逐渐成为文艺的一种要素,因此用"文艺杂感"一称最为合适。对于杂文的发展,作者认为杂文已经发展到第二个阶段,主要内容不再是对统治阶级和社会黑暗的攻击,而是对敌人、汉奸的攻击、暴露。孔另境在这篇文章中追溯了杂文在古代的根源,并叙述其在近现代的发展,对于研究鲁迅杂文具有重要意义。

这一时期内,不仅鲁迅杂文研究更加深入,而且杂文的创作也在不断地发展,由此出现一些具有代表性的评论。宗钰《文学的战术论——从"鲁迅风"所看到的"孤岛"杂文》一文,分为上下两篇,上篇为《从"孤岛"杂文所看到的"鲁迅风"》,下篇是《从"鲁迅风"所看到的"孤岛"杂文》。作者认为"孤岛""鲁迅风"杂文之所以兴盛有客观存在的依据和发展的渊源。作者还进一步指出,学习"鲁迅风"杂文,并不是指对鲁迅行为为人的模仿,而是应该学习鲁迅的创作方法;"鲁迅风"还不仅限于杂文,还可以作为"鲁迅精神"以供学习,学习鲁迅的创作方法和庄严伟大的工作作风,还进一步论述了应如何继承鲁迅杂文的文笔和创作方法的问题。作者还在文中指出,他不赞同孙一洲认为这次"鲁迅风"论争的重心在于重估鲁迅杂文价值这一看法,而是在于应如何继承鲁迅的杂文。此外作者还附带介绍了风子、文载道、周木斋、周黎庵、巴人、柯灵六人的杂文特色,由此说明想要正确地继承鲁迅的杂文传统,就必须允许杂文向多样化的方向发展。

1939年5月27日,《云南日报》发表了金华的《关于杂文》一文。文章分为三个部分,"鲁迅的功绩"一节作者指出杂文的产生是由于客观环境的需要,而基于时代需要而出现的杂文,无须经过作家介绍也能流行于文坛,鲁迅之于杂文,除了努力提倡外,并没有其他的功绩。"不要因噎废食"一节中,金华认为杂文只是表达作者思想的一种形式,并非鲁迅的专利,杂文人人都可写,并不必为了曾受过鲁迅杂文的攻击而痛恨杂文。第三节"杂文的前途",对于现在杂文在形式上和字句上的缺点,作者提出不要盲目模仿鲁迅,要在杂文形式上求得解放,字句上力图通俗。这对于在新的时代条件下如何继承鲁迅杂文是有指导意义的。

"鲁迅风"论争是一场革命内部关于鲁迅杂文价值的重估和"鲁迅风"杂文价值的估定的活动,这一论争直接推动了杂文创作和杂文研究,将杂文的发展推向了一个新高度。论争中关于如何继承和发展鲁迅杂文的讨论有助于加深理解鲁迅杂文的文艺价值和社会价值,为以后的杂文创作提供经验。而唐弢、孔另境等人的研究为杂文发展奠定了坚实的基础。

(二)整风运动

1941年到1942年,延安发生了整风运动,而文艺界的整风是本次整风运动的一个重要的组成部分,这是在马克思主义科学理论指导下的文艺运动,是关于人类精神的改造活动。

20世纪30年代,由于民族矛盾和阶级矛盾的激化,大批作家奔向延安。由于日本帝国主义的侵略,国民党统治的腐败,虽然身在延安,但是许多作家仍然以杂文为武器,对日本侵略者及国民党进行攻击,以表达作家自己的愤慨、焦虑之情。这期间创作出了许多优秀的抨击日本侵略者和国民党统治的杂文作品,但杂文作品更多的是对于革命队伍内部的批评。

从国统区走向延安的知识分子,大都是受过西方或苏俄文学的影响,在新文化运动中形成了深刻的启蒙意识。他们怀着极大的热情来到延安,感受到了与国统区不一样的氛围,文艺创作的宽松自由受到了极大的鼓舞。但是随着时间的推移,他们也感受到了解放区也存在诸多问题,这些问题如若不解决,会影响民族的进步与发展。他们希望借用鲁迅手中的笔写出解放区的错误、腐败，以期来改变现实环境。因此解放区出现了一个主张杂文写作的热潮。

1941年10月23日，《解放日报》刊登了丁玲的《我们需要杂文》一文，丁玲是最早提倡杂文创作的人。丁玲指出，鲁迅所生活的时代并没有完全成为过去，在解放区仍有贪污腐化、黑暗现象的存在，即使解放区已经初步实现了民主，但是几千年来根深蒂固的封建恶习仍然存在，仍需要监督和督促。因此仍然需要杂文这一文学形式，以期在批评中建立更巩固的统一。

丁玲的杂文《三八节有感》一文是一篇引起较大争议的文章。该杂文对延安妇女在结婚、生孩子、操持家务等日常生活、工作中遭到不公平对待的现实进行批评，为妇女打抱不平。呼吁妇女要取得平等，首先要强己，同时还为妇女提出了四点注意事项。

随即罗烽和萧军也相继发表文章表明自己的主张及杂文创作的意见。1942年3月12日，罗烽在《解放日报》上发表文章《还是杂文的时代》。罗烽在文中指出，虽然延安是思想觉悟最高的地方，但是几千年来的传统、陈腐的思想并不容易清除，生活中还有"黑白莫辨的云雾"。这时，我们需要的是鲁迅的杂文，打破黑暗，刺向腐败。

萧军《杂文还废不得说》明确地提出要学习鲁迅杂文，进行杂文创作。对于是否还需要杂文这一问题，萧军坚定地指出"我们不独需要杂文，而且很迫切"。而对于杂文的时代是否已经过去这一问题，萧军也给予明确的否定，"那可羞耻的'时代'不独没过去，而且还在猖狂"。

萧军还发表过一篇杂文《论同志之"爱"与"耐"》，全文共两部分。第一部分是"爱"，通过回忆写《八月的乡村》的情景，表现出革命同志之间的"爱"，在第一部分结尾处，萧军指出现在"同志之爱"越来越稀薄。第二部分写"耐"，对于一些年轻人的不满意、倦怠等情绪，萧军指出要有耐心，要经受住磨难的试炼。萧军的这一篇杂文，总的来说是表达了作者对革命同志间"爱"与"耐"的重视，对目前"同志之爱"越来越少的现象的不满。

1942年3月11日，艾青的《了解作家，尊重作家》在《解放日报》发表，在这篇不足两千字的论文中，论述了作家的职责，作家的工作以及作家和文艺作品的作用，批评了否定文艺的社会功用的观点和讳疾忌医的现象，向社会和人们发出了"了解作家，尊重作家"的呼声。作者认为作家就是从精神上守卫自己所属民族或阶级的战士，而作家的工作就是通过语言去团结、组织他的民族或阶级的全体，文艺作品的作用使自己省察，提高民族自尊，增加战胜敌人的心理力量。作者对作家、作家工作及作品作用给出了正确、深刻的解释。作者还阐述了创作时应有的态度：要忠于自己的情感。

这几篇杂文都暴露、批评了解放区的阴暗面，丁玲、罗烽、萧军等人可以说是开启了这次杂文运动的起点，而真正使这一杂文运动走向深刻化、理论化的是文艺理论家王实味。

1942 年 3 月，王实味发表《政治家·艺术家》和《野百合花》两篇杂文，较之前几篇引起更大反响。《政治家·艺术家》一文，论述了政治家与文艺家的关系，并且指出了社会制度与人类灵魂的联系。王实味认为，政治家的任务是改造社会制度，艺术家的任务是改造人的灵魂，而人的灵魂中的肮脏黑暗产生的原因是社会制度的不合理，灵魂的改造有赖于社会制度的改造。同时这二者又是相互依存的，相辅相依。同时王实味指出，政治家和艺术家也都各自存在弱点。通过《野百合花》这一组杂文，王实味暴露、批评了革命队伍中出现的一些缺点和错误。小资产阶级平均主义、等级制度、从旧中国走出来的人必然带有黑暗性等。

王实味的这两篇杂文生动、切中时弊，与鲁迅杂文一样，表现出锋利的光芒。"我以为凡对于时弊的攻击，文字须与时弊同时灭亡，因为这正如白血轮之酿成疮疖一般，倘非自身也被排除，则当它的生命的存留中，也即证明着病菌尚在。"① 批判社会的文字会随着社会弊端的消除一并消失，也就是说只要社会中有黑暗、腐败存在，文学就能起到批判的作用，使社会进步。王实味的杂文虽然能揭露时弊，但是在当时的战争环境下，他的杂文并不适应解放区环境的需要，相反的，《野百合花》的内容更适合国民党的反共的需要，被国民党大量翻印宣传。

在这种背景下，1942 年 5 月 4 日在延安召开了延安文艺座谈会。毛泽东在会上作了著名的讲话，即《在延安文艺座谈会上的讲话》。毛泽东的讲话中有一段专门论述到了鲁迅的杂文，以表明自己对杂文创作的态度。他认为鲁迅之所以选择冷嘲热讽的杂文形式，是因为鲁迅生活在黑暗

---

① 鲁迅：《热风·题记》，《鲁迅全集》第 1 卷，人民文学出版社 1981 年版，第 292 页。

势力的统治下，没有言论的自由。而身在延安解放区的作家，冷嘲热讽的杂文可以存在，但应该针对法西斯主义、反动派及危害人民的事物。而对于人民，杂文不应该隐晦曲折，应该大声疾呼；而对于人民的缺点，应该提出批评，但是要站在人民的立场上。对于是否要废除认为讽刺，毛泽东认为讽刺是永远需要的，不反对讽刺，但是必须废除乱用讽刺。延安文艺座谈会以后，延安文艺界又开展了整风运动，其中主要是针对王实味的两篇杂文《政治家·艺术家》和《野百合花》，将王实味定义为反革命的托派。

以"文艺应该为工农兵服务"为指导，毛泽东在新的政治环境下提出了新的杂文创作形式，他要求文艺家应该转变政治立场和思想感情，站在人民的立场上进行文学创作。毛泽东的讲话，是关于在新时代如何继承鲁迅杂文的战斗传统、如何正确进行杂文创作的这一问题的论述，对杂文的创作起到了整合作用，在当时的政治环境下，以政治的标准代替文艺批评，认为只有歌颂光明的杂文才是好的杂文，这有利于团结抗战，度过困难时期，但是对以后的鲁迅杂文研究及杂文创作却造成了不利的影响，鲁迅杂文研究自此进入低潮。

延安时期关于杂文的论争，是继上海"鲁迅风"论争后鲁迅杂文研究史上的又一次大规模的论争，这两次论争的重点都是关于在新形势下如何继承鲁迅杂文传统的问题。然而发生在解放区的杂文论争，最终在共产党的领导下走向整合，并对以后的杂文创作制定标准：站在人民的立场上，对待人民和对待敌人要采取不同的态度。这使新时代的杂文的内容发生了新的变化。

三 文化视角与政治视角的融合

（一）瞿秋白的研究

马克思主义的批评学是一种科学的批评方法，它是历史地发展着的，以马克思主义的批评学为基础进行文学批评能促进文学的发展，使文学评论走向学理化。瞿秋白是一位马克思主义者，1920年他去苏俄采访，其间学习了马克思主义，1923年回国后阅读了大量的马克思主义著作，并结合中国的实际进行了深入的研究，形成了自己的马克思主义观，对中国革命做出了巨大的贡献。

鲁迅的一生创作了大量的杂文，他思想的发展变化清晰地表现在他的杂文中，瞿秋白的《〈鲁迅杂感选集〉序言》就是以鲁迅的杂文为基础，以马克思主义的方法来研究鲁迅思想的，阐述了鲁迅杂文的价值。

通过联系中国现代社会的现实，瞿秋白第一次对鲁迅的杂文做出了全面、精辟的分析。首先，瞿秋白阐述了"杂文"这一文体出现的社会原因——急遽的、剧烈的社会斗争，及作家自身所需具备的条件——幽默的才能。其次，瞿秋白指出了鲁迅杂文的文体特征：不仅是社会论文，而且还是文艺性的论文，因此鲁迅的杂文作为文艺性的社会论文，既具有社会论文的现实性，还兼具文艺性论文的艺术性。

瞿秋白还分析了鲁迅杂文的艺术特点，其一是鲁迅的杂文能"更直接更迅速的反映社会上的日常事变"，这与社会阶级斗争紧密结合，表现出鲁迅对社会观察的深刻和对民众斗争的同情。其二是鲁迅杂文经常通过私人问题去反映社会思想和社会现象，他笔下的"陈西滢""章士钊"一类的人，可以把它们当作社会上的某种典型，作普通名词来解读。辛亥革命以来中国社会上的各种现象都能在鲁迅的杂文中找到，虽然鲁迅会通过私人问题来达到反映社会的目的，但是鲁迅的杂文绝不是谩骂、意气用事，而是将典型的社会现象进行个性化处理。

鲁迅的杂文具有社会意义与文学价值。瞿秋白指出，鲁迅的杂文不仅反映社会现实，反映"五四以来中国思想斗争的历史"，而且在不能自由表达自己一直的年代，杂文具有重要的战斗意义。鲁迅的杂文中充满憎恶与讽刺，特别是前期的论文和《华盖集》《华盖集续编》，对官僚军阀的憎恶，对他们的叭儿狗的讽刺。他用他的笔刺向统治阶级，与他们进行不屈不挠的韧的战斗。

《〈鲁迅杂感选集〉序言》是鲁迅杂文研究史上的里程碑，它以马克思主义唯物史观和辩证的方法来研究鲁迅及其作品，开辟了鲁迅杂文思想研究的先河，使鲁迅的杂文研究走上了学理化的道路，为以后的鲁迅研究奠定了坚实的基础，提出了许多中肯的观点，为后世频频引用，瞿秋白的这篇论文"被誉为我国 30 年代思想理论的'瑰宝'"[1]。

（二）冯雪峰的研究

冯雪峰也是一位马克思主义者。1937 年 5 月冯雪峰以"武定河"为笔名，发表了《关于鲁迅在文学上的地位——给捷克译者写的几句话》

---

[1]　季甄馥：《瞿秋白哲学思想评析》，华东师范大学出版社 1998 年版，第 14 页。

一文。冯雪峰以一个马克思主义者的眼光评价了鲁迅的历史地位和作用，对鲁迅及其杂文做出高度评价，开辟了鲁迅研究的新领域，是鲁迅研究史上新的里程碑。根据作者在文中附记所知，这篇文章是经过鲁迅过目、修改过的，所以在鲁迅杂文研究史上具有重要的意义。

这篇论文主要是论述鲁迅杂文在文学史上的地位。冯雪峰指出，作为艺术家，鲁迅无疑是伟大的，但是作为思想家及社会批评家，鲁迅更显伟大。这篇论文是从鲁迅对"中国社会和文化"的社会价值来肯定鲁迅杂文的价值的，虽然鲁迅没有鸿篇巨制，但是鲁迅的十余本杂感集更能为大众所接受，发挥作用。冯雪峰又从世界文学史和中国文学史的角度分析了鲁迅杂文的渊源和地位：受欧洲，特别是俄国写实主义的影响，继承了中国文学史上的伟大诗人们的人格和深刻的社会热情。鲁迅的杂文不仅在中国文学史中是一朵奇葩，在世界文学史中也是不可多得的佳作。

冯雪峰在鲁迅逝世周年上的讲话——《鲁迅与中国民族及文学上的鲁迅主义》进一步发展了以上的观点，鲁迅为了中华民族与人民大众并肩作战，造就了他在文学上的独特的特色，进而列举了值得我们学习的主要特点，将其杂文列于首位。将鲁迅的杂文定义为：鲁迅独创的，将诗与政论凝结在一起的政论性的文艺形式，是匕首、投枪，又是独特形式的诗，是诗人和战士的产物。冯雪峰在这篇讲话中第一次提出了鲁迅的杂文是诗与争政的结合这一观点。"政论性的文艺形式"，不同于瞿秋白所提出的"文艺性的论文"，从这个角度理解鲁迅的杂文，能更好地把握鲁迅杂文的实质。注重鲁迅杂文文学特质和诗的要素的研究，分析其中政论性的内容，科学地解释鲁迅杂文的文学价值。

随后冯雪峰又考察了杂文这种文艺形式在中国文学、世界文学中的历史渊源：在旧文学中或在形式上或在精神上有可取之点，但绝无鲁迅内容与形式均达高峰之作；在世界文学作品中有类似的作品，但社会性、战斗性、艺术性能到达鲁迅作品程度的却是少之又少。

冯雪峰是继瞿秋白之后最重视鲁迅杂文的研究者，他的这两篇论文是继《〈鲁迅杂感选集〉序言》后对鲁迅杂文进行科学认识的新突破，在鲁迅杂文研究史上具有重要意义。

此外，李广田《鲁迅的杂文》一文，将鲁迅的杂文定义为"近于说理的散文"，他同意冯雪峰将鲁迅的杂文看作诗与政论相结合的观点，并且进一步解释鲁迅杂文中"诗"的成分，一是抒情性，二是形象化。李广田还从时代意义和社会需要上论述了鲁迅杂文产生的根源和重要价值，他认为鲁迅的杂文是适应社会需要产生的，从时代意义上说他的杂文比小说更重要。

结　语

延安时期是中国历史上的一个特殊时期，中国共产党在这个时期内逐步巩固了它的统治地位。在以抗战为主旋律的时代里，任何文学作品都不可能脱离政治独立存在，鲁迅也不例外。列宁曾说过："没有革命的理论就没有革命的行动。"中国共产党以各种方式建构革命话语，鉴于鲁迅对知识分子的影响、号召作用，中共领导人通过将鲁迅政治化以达到对知识分子的统治，巩固话语权，使知识分子积极地参与到抗战中来。

延安时期的鲁迅形象，首先他是一个文学家，无论从他的思想研究还是杂文研究，都可以看出，许多研究者也倾向于将鲁迅看作一个文学家来进行解读。其次，鲁迅是一个被政治化了的文学家，党内领导人参与对鲁迅的解读，但他们是从作为政治家的角度进行阐释的，可以说此时的鲁迅是一个革命家，以他自身的号召力，影响着青年一代不断地投入战斗。这也正是中国共产党领导人所期望的结果。最后，党内的文人、学者也纷纷对鲁迅做出解读，他们既是共产党人，同时又是文人，这使他们的解读不仅仅局限在政治视角上，而且将文学家的鲁迅与被政治化的鲁迅融合起来进行解读。

这一时期的鲁迅研究对以后很长一段时间内鲁迅的研究产生了重要的影响。特别是毛泽东对鲁迅做出的政治化的评论，成为鲁迅研究的经典之词，为后世的研究者频频引用，特别是在"文化大革命"时期，在对毛泽东语录奉若"圣旨"的年代，对鲁迅的阐释研究数量本就不多，即便是有，也多是在毛泽东的"三家五最"——文学家、思想家、革命家，最正确、最勇敢、最坚决、最忠实、最热忱——的基础上进行的。这在一定程度上固化了研究者的思维，使研究者只能在毛泽东话语的框架内阐释鲁迅，不断地将鲁迅政治化，对鲁迅的研究造成了一定的阻碍。即使是在"文化大革命"结束后，对鲁迅的研究也很难跳出毛泽东的"三家五最"之说，"'文化大革命'结束以后的1976—1979年，中华民族经历了一段痛苦的精神过渡，一方面对'文化大革命'中极'左'思潮和极端做法提出激烈的批判，另一方面又难以摆脱旧的思维窠臼和旧的真理标准。同样，鲁迅研究领域也是在艰难的精神过渡中取得了一些初步的超越，但是又时时难以挣脱'左'的教条主义束缚"①。

① 张梦阳:《中国鲁迅学通史——20世纪中国一种精神文化现象的宏观描述与理性反思》，广东教育出版社2001年版，第528页。

第二章

21 世纪鲁迅传记中的"鲁迅形象"

引 言

"传记"是记述人物生平活动事迹的作品。作为一种文体概念，传记最初叫作"传"，由于古代汉语单音节词可以单独表意，传记文章或著作可以标之为"××传"，至今仍然通行。"传记文学"是"五四"时期出现的一种称呼，由胡适最早提出并大力倡导，之后郁达夫写过《什么是传记文学》一文。然而，一些学者并不承认它的存在，或者认为它与"传记"是同一概念，不愿让它成为一种独立的文体。但事实上又往往不能阻挡人们使用这个称呼，时至今日，以"传记文学"为题的论文和出版的著作越来越多，新中国成立以来出版的各种《文学概论》上也一般都有"传记文学"的定义。无论中外，传记文体发轫的直接原因似乎都是为了纪念死者、表彰先人，随着人类文化的发展进步，作家写传的手法和技巧日趋丰富，除了保持原有的史学笔法外，文学笔法不断加强，一些作品的文学色彩较浓，也就出现了后来的"传记文学"。其实，"传记文学"只是"传记"这种文体在长期发展演变过程中所产生的一种新形态，就内容来说，它们的基本成分都是真实的历史人物与事件，传记作者所处理的都是历史学课题而不是文学的课题，本质上没有发生变化，因此，应该肯定"传记文学"的基本属性是历史性而非文学性。"传记"是一个属概念，"传记文学"隶属其中，两者是属与种的关系。

中国是传记文学大国。早在先秦时期，我国就出现了传记文学的萌芽。到了西汉，司马迁的《史记》标志着我国的传记文学发展成比较完整的形态，把我国的传记文学带入了辉煌的古典时代；后来出现的《汉书》《三国志》《后汉书》，与《史记》一起代表着中国史传文学的最高成就。魏晋南北朝时期，史传文学走向衰落，杂传、散传纷起繁荣。隋唐以降至清朝末年，短篇散传在历代都产生过许多名篇佳作，同时也逐渐呈现出衰颓之势。我国的传记文学虽然有着悠久的历史和优秀的传统，却终究没能按照自身发展规律完成向现代传记的过渡。直到 19 世纪末 20 世纪初，梁启超、胡适等中国先进知识分子积极介绍西方新的传记理论，在吸收借鉴西方传记经验的基础上，我国的传记文学才从理论到实践、从内容到形式，逐步突破了封建时代的旧传记传统，实现了由古代传记向现代传记的嬗变，由此真正步入了一个全新的发展时期。

关于鲁迅的传记在 20 世纪 30 年代初已经开始出现，截至 90 年代末已经有 29 种，进入 21 世纪以来，"鲁迅传记热"继续升温，短短十几年已经达到 27 部之多，这在中国现代作家里面绝对首屈一指，即使在整个中国历史人物传记领域中，也很难找到能与鲁迅相提并论的那一个。经过八十多年的发展，鲁迅传记创作大致经历了"素描与原生态"（1931—1949）、"雕塑与神化"（1950—1985）、"多彩与还原"（1986—2014）三个历史阶段。

最早的鲁迅传出自日本学者增田涉之手，该作以《鲁迅传》为名，于 1932 年 4 月在东京的《改造》杂志发表。美国著名记者埃德加·斯诺写过一篇题为《鲁迅——白话大师》的评传，于 1935 年 1 月在美国的《亚洲》杂志发表。这两位外国友人写的鲁迅传，虽然在内容上稍显单薄，也存在有失偏颇的地方，但毕竟是在亲自拜访鲁迅之后写成的，况且还经过了传主本人亲自过目与修订，在鲁迅传记学史上自然独树一帜、意义非凡。

第一部完整的鲁迅传是日本学者小田岳夫著的《鲁迅传》，最早于1940 年在日本的《新潮》杂志上部分刊载，1941 年到 1946 年国内出版了四种中译本，其中范泉译本传布最广、影响最大。第一部由中国人创作的完整的鲁迅传记是王士菁的《鲁迅传》，最初由上海新知书店于 1948年 1 月出版。在此之前，较有影响力的鲁迅传记还有白羽的《鲁迅评传》、王森然的《周树人先生评传》两篇短评，欧阳凡海的《鲁迅的书》、王冶秋的《民元前的鲁迅先生》两本半部鲁迅传，以及虽非正式传记，但又不能不提的郑学稼的《鲁迅正传》。可以说，新中国成立前的鲁迅传记写作整体上处于对鲁迅的"素描"阶段，除了郑学稼的《鲁迅正传》带有明显的资产阶级右翼倾向和反共立场外，基本都是出于对鲁迅先生的敬仰而作，写出了自己理解中的鲁迅，表现了同时代人眼中鲁迅的真实人生。

新中国成立后，鲁迅研究受到空前重视。1956 年，作家出版社出版了朱正的《鲁迅传略》；1959 年，中国青年出版社出版了王士菁面向青少年读者新作的《鲁迅传》；1961 年，陈白尘等人集体创作的电影文学剧本《鲁迅传》上集问世。这几部传记从不同的视角对鲁迅的一生作了较为客观的叙述和评论，重点从整体上认识鲁迅的崇高地位和历史功绩，由政治角度塑造的鲁迅形象开始发展起来。"文化大革命"爆发后，鲁迅的战斗精神遭到无限放大，鲁迅形象被不断神化，逐渐沦为当时权势者的政治工具。1976 年，上海人民出版社出版的石一歌的《鲁迅传（上）》就是这一特定历史时代的特定产物，在这部以极"左"政治为纲领的作品里，鲁迅已经被抽象化为一个极端化、符号化的共产主义斗士。在此期间，曹聚仁也写了一本《鲁迅评传》，由于作者旅居香港，受大陆意识形态影响较小，其笔下的鲁迅有血有肉，是一个鲜活的生命个体，并且作者书写客观公允，是当时难得的佳作，只不过受制于当时的环境而无法在大陆出版传播。

1981 年恰逢鲁迅一百周年诞辰，以此为契机，短短三年内陆续出版了七种新的鲁迅传，分别是曾庆瑞的《鲁迅评传》（四川人民出版社 1981 年版），吴中杰的《鲁迅传略》（上海文艺出版社 1981 年版），林志浩的《鲁迅传》（北京出版社 1981 年版），林非、刘再复的《鲁迅传》（中国社会科学出版社 1981 年版），彭定安的《鲁迅评传》（湖南人民出版社 1982 年版），朱正的《鲁迅传略（修订版）》（人民文学出版社 1982 年版），陈漱渝的《民族魂》（浙江文艺出版社 1983 年版）。进入新时期以来，关于"真理标准"问题的大讨论为鲁迅传记写作提供了新的标准，传记作者们一方面奋力修正"文化大革命"中被神化的鲁迅形象，恢复鲁迅的真实面貌，另一方面又难以摆脱传统的思维模式，无法超越"三家五最"定论的樊篱。因此，80 年代初的这批鲁迅传记带有明显的过渡性质，它们一方面反映了思想解放的新气象，在文体与笔法上都有所创新，另一方面又不同程度地带有"左"的痕迹，因而它们所重构的鲁迅形象依然与当时的政治社会背景有着密切的关联性。

20 世纪 80 年代中期以后，随着经济的迅猛发展，中国逐渐走向世界，融入全球化浪潮当中；与此同时，国外的各种文化思潮和文艺观念被大量引入中国，一元化的思想文化格局被逐渐打破，鲁迅研究经过积淀和沉思之后朝着个性化、多样化的方向前进，逐渐进入了不断发展完善的阶段。1986—1999年，共有13部鲁迅传记问世，这一时期的鲁迅传记已经挣脱了以前的"集体性鲁迅"写作模式，开始向"个人化鲁迅"演变，鲁迅也终于走下神坛回归人间，逐渐被还原为一个真正的"人"。21世纪以来，随着市场经济和全球化的深入发展，整个人文环境甚至人们的思维方式都日趋自由化、多元化，鲁迅研究也进入一个整合、深化的阶段，逐渐形成一种开放式的发展模式。短短十来年已经出现了27部鲁迅传记，鲁迅传记呈现大丰收、大繁荣的局面，这些作品从多维角度对鲁迅进行了更加立体化、多元化的塑造，鲁迅作为一个真正的人的不同侧面不断得到新的观照，一个真实的、复杂的、深刻的鲁迅形象也因此日益丰满起来。

　　经过八十余年的积累，鲁迅传记写作收获了丰硕的成果，然而关于鲁迅传记的研究却相当欠缺，这与我国传记文学理论薄弱、传记文学批评滞后的情况不无相关。19世纪末20世纪初，经过梁启超、胡适、郁达夫等思想文化界先驱的大力倡导和躬行创作，我国的传记文学终于实现了从古典向现代的过渡，然而老一辈的传记文学开拓者却没能够培养出一批专业的传记文学研究人才。到目前为止，国内传记文学史的研究已经初具规模，但传记文学理论的研究尚且需要大量的奠基性工作，我国的传记文学研究整体来说仍然处于草创阶段。

　　受国内传记文学研究滞后情况的影响，鲁迅传记的研究同样显得不够充分。以较常见的是一些专家学者对新出版的鲁迅传的解读或批评，再有就是在传记中以序或跋的形式对作品进行的简单介绍和评论。直到80年代初才真正出现了关于鲁迅传记的综合性研究文章，分别是徐允明的《鲁迅研究与鲁迅传记的写作——兼谈新出的七种鲁迅传》、张梦阳的《谈七种新版鲁迅传的新进展》和陈金淦的《鲁迅传记五十年纵横谈——〈鲁迅研究的历史和现状〉之一章》。前两篇就当时新出版的七种鲁迅传的新特点进行了详细分析，前者重在透过鲁迅传记探讨鲁迅研究的新趋向，后者重在总结鲁迅传记写作的有效经验。陈金淦的文章首次对20世纪30年代到80年代初的鲁迅传记写作历史进行了整体性的梳理，将其分为"单篇雏形时期""成册奠基时期"和"大面积丰收时期"三个阶段，并对不同时期鲁迅传的突破和局限做了一一评述。三篇文章都探讨了鲁迅传记写作中应当注意的学术性与文学性、结构与体例，以及表现鲁迅性格、塑造鲁迅形象应该坚持的原则等相关问题。90年代初，李程骅发表了《鲁迅传记与鲁迅精神——新时期鲁迅传记著作述评》，相比于前三篇，该论文新增了对朱正的《鲁迅》和林贤治的《人间鲁迅》这两部出现于80年代中后期的鲁迅传的评介，但在传记文学理论的探讨上并没有更加深入。新世纪伊始，张梦阳在《鲁迅研究月刊》第3—8期上连续发表了六篇《鲁迅传记写作的历史回顾》，认真梳理、评述了从30年代初到90年代末的鲁迅传记写作历史，科学评析了当时已有的27部鲁迅传的得失，对鲁迅传记写作进行了理论反思，并在总结历史经验的基础上，探索了新版鲁迅传的写作思路，为鲁迅传记创作和研究的进一步发展提供了重要启示。2006年，吉林大学的胡富成同学撰写了以《鲁迅传记写作的历史与现状》为题的硕士学位论文，该论文沿用了张梦阳先生的研究方法，以鲁迅传记发展史为着眼点，概括总结了鲁迅传记不同阶段的创作情况和整体特点。同年，青岛大学的李红玲同学撰写了题为《鲁迅形象的演变——以鲁迅传记为中心》的硕士学位论文，该论文选取"鲁迅形象"这一独特视角为切入点，以不同时期产生的有代表性的鲁迅传记为研究对象，对鲁迅形象的演变历程进行了整体的梳理和考察，选题新颖，对鲁迅传记研究很有开拓意义。2007年，山东师范大学刘耀辉同学的硕士学位论文——《多维视野中的鲁迅传记研究》，采取理论概括与典型分析相结合的方法，总结了鲁迅传记在思想内容和艺术特色等方面的突出成就，并从本体论和方法论角度对传记理论建构做了尝试性的探索。在"新时期鲁迅研究三十年"学术研讨会上，绍兴鲁迅博物馆的金华元和徐明华发表了题为《鲁迅的传记研究断想》论文，认真梳理了新时期以来的鲁迅传记写作历史，并对不同时期的鲁迅传进行了客观精当的评述，整体上依然延续了张梦阳先生的思路和风格。2013年，兰州大学陈灵同学的硕士学位论文以《鲁迅形象的重构——新时期以来的鲁迅传记研究》为题，以新时期以来的鲁迅传为切入点，考察鲁迅形象在新时期的建构，探讨鲁迅形象演变的原因，该论文对鲁迅形象演变及其内在依据的分析应该在很大程度上借鉴了中国海洋大学徐妍教授的《新时期以来鲁迅形象的重构》一书的核心内容。

上述鲁迅传记研究成果不仅给笔者提供了相关的原始材料信息，而且也启发了本文的研究思路。通过仔细研读、学习前人成果，笔者发现：一、鲁迅先生真正被还原为一个有血有肉的"人"是从80年代中后期的鲁迅传开始的；二、近几年的几篇硕士学位论文从不同的角度对21世纪以来的鲁迅传进行了不同程度的研究，整体来说都是以"多元化"来简单概括该阶段鲁迅传记的特点。除此之外，笔者在搜集、整理资料的过程中还发现了一些前人研究中尚未提及的、有代表性的鲁迅传记。因此，论文选择以80年代中后期以来的鲁迅传为研究对象，采用比较分析和历史研究法，从思想内容和艺术形式两个方面对20世纪末（1986—1999）和21世纪初（2000—2014）的鲁迅传记写作进行梳理分析，总结不同时期鲁迅传记的写作特点，探讨两个阶段的差异和联系，并结合重要社会思想文化背景，发掘鲁迅传记写作演变的内在依据。其中，在分析不同阶段传记作品的思想内容时，重点考察鲁迅形象的发展演变，不仅要理清80年代中期以来鲁迅传记对鲁迅形象的重构线索，而且要深入探究这种发展演变的内在联系，并从整体上考察该阶段鲁迅传记写作与80年代中期以前的鲁迅传记写作的不同之处。此外，本书选取80年代中期以来有代表性的鲁迅传记为研究对象，其中涉及一些前人没有提到过的传记作品——以2000年之后出版的鲁迅传居多，笔者发现，进入21世纪以来，鲁迅传记创作"百花齐放"，令人目不暇接，然而，这些新作不仅少有引起文艺界、批评界关注的，而且除了在近年的寥寥几篇硕士学位论文中有所提及外，再难发现有对其进行学理性研究的文章或著作。对此，本书试将进一步考察这一"非常"现象，力图发现这种"尴尬"背后的内在原因，以期加深对21世纪以来的鲁迅传记写作特点的理解和把握，争取发现一点"多元化"之外的东西。本书希望通过分析研究80年代中期以来的鲁迅传记的写作特点，考察鲁迅在不同时期是如何被阐释的，探索鲁迅形象不断演变的内在动力，加深对鲁迅作为一个"巨人"和一个"凡人"的不同侧面的理解，尽可能总结鲁迅传记写作的历史经验，甚至期望能够为新版鲁迅传记的创作提出一点建设性意见。

第一节　1986—1999：个性化写作

1984年12月到1985年1月，在全国"拨乱反正"的大背景下，全国作协第四次会员代表大会在北京召开。大会《祝词》首次提出了"创作自由"的口号，主张作家的事要由作家们自己来管，并强调党将从此"尊重文学创作的客观规律，给作家充分的创作自由"。虽然在两年之后"作协四大"被扣上"资产阶级自由化"的帽子而受到批判，但是我们却不能因此否定"创作自由"对文学创作的重大意义，甚至应当说，"作协四大"开启了中国当代文学史上的一个"文学黄金时代"。"在 80 年代的中国文学界，已不存在号令天下以建立统一局面的可能性。为各种思想、目标和实际利益所驱动的多元化的趋势逐渐加剧，而从领导层到一般群众，也都存在对控制、批判斗争厌倦的抵制力量。加上自由经济力量的发展，整个社会（也包括文学界）出现越来越多的大小'空隙'，构成离散统一局面的空间。"① 同时，在改革开放浪潮的推动下，西方各式新的文化思潮和文艺观念被大量引入中国，国内现有的思想秩序和文艺格局受到强烈冲击，一些学者尝试运用新的方法来观照鲁迅及其文本。80 年代中期以后，鲁迅研究朝着个性化、多样化的方向前进，形成了更为活跃的局面。

同样的，经过 80 年代中期的积淀和沉思，鲁迅传记写作在 80 年代、90 年代之交和世纪末之前再度繁荣，共出现了 9 种新写和 3 种修订的鲁迅传以及唐弢的 11 章未完稿，按时间顺序依次是：林贤治的《人间鲁迅》、李允经的《鲁迅的婚姻与家庭》、曾智中的《三人行——鲁迅与许广平、朱安》、林志浩的《鲁迅传》、朱文华的《鲁迅、胡适、郭沫若连环比较评传》、唐弢的《鲁迅传》、彭定安的《走向鲁迅世界》、王晓明的《无法直面的人生——鲁迅传》、陈漱渝的《鲁迅》、黄乔生的《度尽劫波——周氏三兄弟》、陈平的《鲁迅》、钮岱峰的《鲁迅》。

一　走向人间的鲁迅

从 20 世纪 40 年代开始，政治阐释学主导下的鲁迅形象不断被"神化"，到"文化大革命"时期，鲁迅甚至已经变成了"打人的棍子"，被弄得"完全不像个人"。"文化大革命"结束后，经过"真理标准"问题的大讨论和十一届三中全会的拨乱反正，全国范围内政治日益民主，学术渐趋理性，鲁迅研究者们也竭力以自己的方式修正或颠覆被"神化"的鲁迅形象。一方面，他们自觉遵循"实践是检验真理的唯一标准"的原则进行传记创作，力图塑造本真的鲁迅形象；另一方面，以往的习惯性思维依然对鲁迅传记作者起着暗示性的影响。如果说 80 年代之前的鲁迅传记倾力塑造了一个后期鲁迅的正面形象，那么 80 年代初期的鲁迅传记则

① 洪子诚：《当代文学概说》，广西教育出版社 2000 年版，第 138 页。

着重塑造了一个前期鲁迅的正面形象。总的来说，鲁迅传记写作依然没有完全摆脱"左"的教条主义束缚。

1986年6月，王富仁的博士学位论文《中国反封建思想革命的一面镜子——〈呐喊〉〈彷徨〉综论》在北京师范大学出版社出版，其中提出了"回到鲁迅那里去"的口号，开启了新时期重构鲁迅的新起点。80年代中后期的鲁迅研究突破了单一的政治社会学理路而进入一个相对比较完备的思想文化研究的系统，鲁迅传记也突破了"三家五最"的藩篱，开始刻画另一种鲁迅——走向人间的鲁迅，典型的鲁迅"新像"包括以下几个方面。

（一）精神界之战士

1986年9月，花城出版社出版了林贤治著《人间鲁迅》的第一部——《探索者》，该著一改之前鲁迅传记的仰视视角，采用平视视角观照传主的一生，标志着80年代中期以后鲁迅传记对鲁迅"神化"的反思和对鲁迅"人性"的回归。第二部《爱与复仇》、第三部《横站的士兵》分别于1989年、1990年出版。

作者认为，鲁迅是"巨人"，没有一个人像他那样获得更为辉煌的战绩，但在鲁迅身后有太多的纪念会、雕像及传记，经过无数次有意无意的铺垫与厚饰，鲁迅变成了"奥林匹斯山上的宙斯"；然而，"平凡的伟大才是真正的伟大"，"鲁迅是'人之子'，人所具有的他都具有"[1]。因此，作者决定把鲁迅从"天上"拉回"人间"，复原鲁迅作为"人之子"的本真形象，这也是该著以"人间鲁迅"命名的用意所在。以往的鲁迅传记大都倾向于把传主放置于宏观历史语境之中，侧重表现传主的社会活动、思想主张、文学成就，因而鲁迅身上总是笼罩着一种孤傲冷峻的神性色彩，其作为一个普通人的存在却被无情忽略了。就像鲁迅曾说的那样，"这'猛志固常在'和'悠然见南山'的是一个人，倘有取舍，即非全人，更加抑扬，更离真实。譬如勇士，也战斗，也休息，也饮食，自然也性交……"[2]《人间鲁迅》把鲁迅定位于立足"人间"的"精神界战士"，开始关注鲁迅作为一个凡人的人生体验，在错综复杂的社会关系下，表现鲁迅作为"人之子"在不同层面的人间感受，凸显了鲁迅独立的精神品格，并展现了他内心的痛苦抉择，为我们刻画出一个完整的、发展变化

---

① 林贤治：《人间鲁迅——第1部〈探索者〉》，花城出版社1986年版，第2页。

② 鲁迅：《且介亭杂文二集》，《鲁迅全集》第6卷，人民文学出版社1981年版，第422页。

的、个性鲜明的人间鲁迅形象。

林贤治笔下的鲁迅既不是"纯粹思辨的哲人"，也不是"革命党之骁将"，而是"把自己消磨在思想启蒙的漫长而又无止境的工作之中"的"精神界之战士"。① 可以看出，立于"人间"的"精神界之战士"的角色定位虽然衔接了 80 年代"启蒙思想家"鲁迅的余绪，但又呈现出明显的异质重构特征，原因就在于林著写出了一点关于鲁迅的"本质的东西"——鲁迅的独立的哲学品格，这主要是在第三部《横站的士兵》中，通过对鲁迅周围的人物进行严酷的人格审视而凸显出来的。除此之外，作者还认为鲁迅既是"一个最世俗化不过的人"，同时又是现代中国各种类型的知识分子中"最理想"的一个。将"最世俗化"与"最理想"这相互矛盾的两种性格统一于鲁迅自身，可谓林贤治的独特发现，为我们重新认识鲁迅的深刻性与复杂性提供了一个新的视角。

（二）爱的"动物"

如果说之前的鲁迅传记大都着重塑造鲁迅"公"的一面，那么 1990 年李允经和曾智中的两本鲁迅传则独辟蹊径地表现了鲁迅"私"的一面——叙写了鲁迅的婚姻和爱情。当代西方思想家爱·摩·福斯特曾在《小说面面观》中将人生的主要事件归纳为五项，即：出生，饮食，睡眠，爱情，死亡。虽然这种观点有其欠缺之处，但是，我们不得不承认，爱情是人所特有一种高级的社会情感，爱情生活在人们的生活中占有十分重要的位置。之前的鲁迅传记大都从社会学的角度出发研究鲁迅，自然有其必要性；从爱情和婚姻生活的角度对鲁迅进行考察，则为我们进一步了解鲁迅、深刻认识鲁迅提供了新的可能。

1990 年 2 月，北京十月文艺出版社出版了李允经著的《鲁迅的婚姻与家庭》。这本书以鲁迅的婚姻、爱情与家庭为线索结构全文，简要叙述了鲁迅的一生。虽是面向青年读者的普及读本，却俗而不浅，雅而不艰，较好地做到了通俗性与学术性的结合。李著的突出贡献在于：第一，表现了鲁迅在婚姻生活中的矛盾与纠葛，写出了鲁迅作为一个普通人的情感需求；第二，第一次较全面地论述了婚姻与家庭生活对鲁迅的心理、性格、思想、创作等方面的影响，开阔了鲁迅研究的视野；第三，较准确地处理了鲁迅的婚姻、爱情与事业的关系，注意到了家庭与婚姻的不幸或美满对

---

① 张梦阳：《鲁迅传记写作的历史回顾（四）》，《鲁迅研究月刊》2000 年第 6 期。

鲁迅的事业的影响。虽然全书只有 14 万字，更像是一部"鲁迅小传"或"鲁迅传略"，但是史料翔实，文笔活泼，结构精巧，很是别致。

同年 9 月，中国青年出版社出版了曾智中著的《三人行——鲁迅与许广平、朱安》。曾智中和李允经的这两部鲁迅传都选择了鲁迅与许广平、朱安三人之间的爱情、婚姻关系这一特殊视角来描写鲁迅，但是曾著所引起的反响明显超过了李著。《三人行》全书 26 万字，几乎是《鲁迅的婚姻与家庭》两倍的容量，在表现鲁迅的婚姻、爱情对鲁迅一生的心灵历程的影响方面比李著挖掘更深，因而内容更厚重，也更具说服力。《三人行》反映了鲁迅、许广平、朱安这三人代表着的三极文化：一极是鲁迅，一个"历史的中间物"，一方面猛烈地反叛旧传统旧道德，另一方面又因袭着沉重的传统基因；另一极是许广平，一个狂飙突进时代的新女性；第三极是朱安，一个深受传统束缚的旧式妇女。在朱安面前，鲁迅是新时代的斗士；但与许广平相比，却时时反射出他身上的旧时代烙印。在三极文化的冲撞与纠葛中，鲁迅内心的痛苦、孤独、寂寞及其人格的二重性，自然也就立体化、多层次地显现了出来，一个既熟悉而又崭新的鲁迅出现在我们面前。

（三）国学大师

90 年代以后，随着改革开放的深化，中国文化进入转型期，日常生活成为一个新的旗帜。在当时学界流行的"思想淡出，学术凸显"口号的感召下，知识分子的广场意识逐渐被学者的岗位意识所替代，以往的文学史家鲁迅被微妙地注入了一分"学者"的人间情怀，鲁迅的"学者"形象得到了前所未有的突破。"进一步说，90 年代中国学者通过对鲁迅的学术精神、学术贡献的自觉阐释来把握鲁迅的精神世界，由此复现了鲁迅研究中几经中断、长期被政治意识形态所冲击、所覆盖的一个侧面——'学者'鲁迅形象。"[①]

1992 年 8 月，百花洲文艺出版社出版了吴俊著的《鲁迅评传》。这本书属于《国学大师丛书》系列，该套丛书的执行编辑钱宏指出，这里的"国学大师"即指"近现代中国有学问的大宗师"。将鲁迅视为"国学大师"是否存有争议我们暂且不说，但以鲁迅的"国学大师"的形象为研究对象，确实是鲁迅传记学史上的开山之作。作者着眼于现代学术史的宏

① 徐妍：《新时期以来鲁迅形象的重构》，安徽教育出版社 2008 年版，第 226 页。

观视域，围绕鲁迅的学术生涯这一主要线索，以鲁迅校勘《嵇康集》、撰写《中国小说史略》等学术活动为重点结构全文，从不同的层面对鲁迅的学术生平、学术成就、学术思想和学术影响进行了详细的阐述和分析。第一章导论，将鲁迅放置在"五四"时期中国传统国学研究向现代国学研究转型的历史背景之中，说明鲁迅对于传统文化的批判是出于"五四"新文化启蒙运动的需要，作者以高屋建瓴之势，令人信服地解释了鲁迅既猛烈批判传统文化，又一生浸润于国学研究中的疑问。第二章叙说鲁迅既师承章太炎，又希踪古贤，情归魏晋。作者指出，鲁迅之所以会倾心于魏晋，主要是因为他自己的某些个性特征、精神状态和心灵衷曲，在嵇康、阮籍等魏晋士人及其文章和著述氛围中获得了极大的印证。第三章评述鲁迅撰写《中国小说史略》等文学史著作的历程及其独特的方式与心态。第四章评述鲁迅在金石学、佛学领域的研究与贡献。吴俊将鲁迅定位为"国学大师"，难免不承担缩小鲁迅的价值的风险，但仔细阅读全著之后我们发现，作者并没有把鲁迅等同于通常意义上的专家和学者，而是以"学术"为切入点，探索鲁迅作为思想家和社会批评家所赖以支撑的深厚的文化底蕴与功力。

（四）绝望反抗者

1988 年，钱理群的《心灵的探寻》在上海文艺出版社出版，该书以精神心理体验的方式重构鲁迅，重点思考鲁迅的心性、灵魂的问题，开启了鲁迅研究"向内转"的先河。1991 年，汪晖的《反抗绝望——鲁迅及其文学世界》在上海人民文学出版社出版，该书不仅不再讳言鲁迅内心世界的"黑暗"，而且还探索了鲁迅"黑暗"主题的起源，引领了王晓明、王乾坤等年轻一代鲁迅研究者对个体鲁迅的持续探索。

1993 年 12 月，上海文艺出版社出版了王晓明的《无法直面的人生——鲁迅传》。这并不仅仅是一本传记，更是一部心灵史，一个凡人的心灵史，它凸显了鲁迅的"精神危机和内心痛苦"。作者在序言中自白，他不再像以前那样"崇拜"鲁迅，不再把鲁迅视作一个"偶像"，如此一来，反倒"在深层的心理和情感距离上"离鲁迅原来越近。① 赵白生的《传记文学理论》将传记分为"纪念性传记""认同性传记"和"排异性传记"三种，又将"认同性传记"分为"移情型""崇敬型"和"体验

---

① 王晓明：《无法直面的人生——鲁迅传》，上海文艺出版社 1993 年版，第 3 页。

型"三类。《无法直面的人生》就是一部典型的体验认同型传记，因为作者书写的是自己所理解的鲁迅的一生，以及自己"这理解所包含的种种共鸣"；这种写作本身已经不止是指向他人，同时也指向作者自己；作者不仅写下了自己"对鲁迅和他那个时代的理解"，也包含了对"自己和这个时代的理解"。① 这也就是赵白生所说的"体验型认同隐含着一种交流的相互性、合作的平等感"②。王晓明将目光集中在鲁迅"精神危机和内心痛苦"的"黑暗"一面，让"虚无""犹疑""渺小""软弱"渗透进鲁迅的内心世界，把鲁迅重构成一个痛苦的、绝望的"孤独者"，一个"大时代"的"中间物"。全著字里行间氤氲着作者对传主所遭受的大痛苦与大悲哀的强烈的感同身受和惺惺相惜，仿佛两人是处于不同时代的灵魂知音，作者的情感之真挚，体味之深切，着实令人动容。在鲁迅传记学史上，王晓明的这部鲁迅传别开生面，不同凡响，至今依然很受青年读者的欢迎。

除上述四部作品之外，林志浩以1981年版《鲁迅传》为基础修改而成的《鲁迅传》（增订本）③，篇幅由原来的37万字增到50余万字，进一步显示了鲁迅在夫妇、兄弟、朋友、师生以及敌我之间丰富多彩的人情和人性，使鲁迅形象具有了普通人的血肉感情，更为丰满真实；陈漱渝的《鲁迅》④在1983年版《民族魂》的基础增删、修订而成，特别是对鲁迅和周作人兄弟失和的历史疑案进行了严密的考证分析，并生动细腻地描绘了鲁迅与许广平婚后的感情生活与得子后的幸福，丰富了鲁迅的生活细节；钮岱峰的《鲁迅传》⑤是20世纪最后一部鲁迅传记，该著在一些地方，特别是鲁迅后期的评价上有些汲取了近来的新观念而与以往的鲁迅传记有所不同的说法，但在总体上没有明显的突破，因而没有引起研究界的注意。

二　20世纪末鲁迅传记的新样式

从本质上说，传记文学从属于历史的范畴，因此，史料研究对于传记写作有着不可替代的重要意义。但传记写作终究不等同于史料研究，要想

---

① 王晓明：《无法直面的人生——鲁迅传》，上海文艺出版社1993年版，第3—4页。

② 赵白生：《传记文学理论》，北京大学出版社2003年版，第130页。

③ 林志浩：《鲁迅传》，北京出版社1991年版。

④ 陈漱渝：《鲁迅》，中国华侨出版社1997年版。

⑤ 钮岱峰：《鲁迅传》，中国文联出版社1999年版。

熔炼成完美的传记作品，不仅需要从浩如烟海的史料中"淘金捡沙"，更需要匠心独运，"千锤百炼"。也就是说，只有对传主和他所处的时代有一个高屋建瓴的把握，恰当选取典型材料和重要细节，既能巧妙构思，又会艺术表达，才能成功刻画传主的性格特征并挖掘其形成的内在依据和发展过程，写出真正有价值的传记作品。跟以往的鲁迅传记相比，90 年代的鲁迅传在表现手法上更加多样化，文体结构也更为复杂，整体艺术水平比以往的鲁迅传有了很大的提高。

1. 连环比较体

传记写作方式多种多样，而各种方式又往往互相渗透，导致传记分类困难，至今尚无公认的分类标准。朱文华认为，从传主的情况看，根据被立传者是单人还是两人及两人以上，可以将传记作品分为"单传"和"合传"两类。现代传记以单传（梁启超所称"专传"）最为普遍，合传又可细分为一般性合传、中心轴传、比较传和连环传四类。

1991 年 10 月，上海文艺出版社出版了朱文华著的《鲁迅、胡适、郭沫若连环比较评传》。该著不仅是鲁迅传记学史上的第一部合传，而且开创了传记的新文体——连环比较体，体例的创新是这部评传最突出的贡献。全书分"鲁迅—胡适""胡适—郭沫若""郭沫若—鲁迅"三卷，每一卷以纵向（两位作比较的文化巨人并世时期的思想、生活和创作）为主要线索，从不同的层面对两个传主进行横向比较，卷末又设"余论"一章，就三人的生平思想活动的差异，论述了中国现代知识分子的文化使命及其实践。有比较才有鉴别，这种纵横交织的连环比较结构不仅有利于我们又好又快地认识不同传主之间的共性与差异，而且有益于我们从更为广阔的历史范畴内把握传主不同的文化背景与发展轨迹，这是单人评传所无法比拟的。

2. "书话"文体与杂文笔法

唐弢著的《鲁迅传——一个伟大的悲剧的灵魂》是一部未完稿，作者试图写出一部充分体现"鲁迅的精神世界和气质"、以 40 万—50 万字为宜的鲁迅传，可惜生前只完成了前 11 章，于 1992 年在《鲁迅研究月刊》上连载。

孙郁于 1993 年发表的《未完成的雕像》一文，对唐弢这部未完成的鲁迅传作了切中肯綮的评价："这十一章的遗稿，为当代外传文学，提供了一个新的模式。唐弢以杂文家和藏书家闻名于世，他对笔记文学和版本目录学的嗜好，也感染了这部传记。其考据、钩沉、议论、状物的水乳交融的描写，真是漂亮。""文章虽没有浓墨大彩，没有过于感性化的渲染，但这半带考据、半带议论的文体，仿佛他的某些被延长了的'书话'一样，有一种精善秀雅之气。"① 唐弢写过很多谈及鲁迅的书话，他强调"书话的散文因素需要包括一点事实，一点掌故，一点观点，一点抒情"②，这个概括迄今仍是比较完善的表述。这部鲁迅传完全是从史料以及鲁迅的作品、日记、书信所提供的线索出发，于博征之中求真义，既没有随意性的东西，也没有创造性的想象，甚至一些合情合理的渲染也被省略，因而不免地带有一种"学究味"；事实上，学者兼作家于一身的优秀素养和卓越才情非但没有让这部鲁迅传陷入枯燥的境地，反而彰显了一种清秀舒朗的美文特质。这是因为，作者不但专于考据，而且精于杂感，经常一语中的，使作品在整体上呈现出一种精约、严谨，而又老到、洒脱的品格。作者先从绍兴的自然风光、历史名人、名胜古迹，从"女儿酒""绍兴师爷""钱狲狲"，从民间关于徐文长的传说谈起，以乡俗氛围渲染鲁迅的精神风味；继而通过对祖父周介孚入木三分的刻画，让人感到了鲁迅性格的由来；作者还从寿镜吾那里发现了鲁迅钟情魏晋文章的最早源头；又通过描摹秋瑾、徐锡麟等人的性格进一步烘托出鲁迅的个性与气质。在准确把握"鲁迅的精神世界和气质"的基础上，唐弢还针对鲁迅研究界长期存疑的一些问题，通过仔细钩沉、切实分析，谈出了自己的真知灼见，发挥了一个杂文家的辩才。

3. 立体结构与复式笔法

1992年5月，辽宁教育出版社出版了彭定安著的《走向鲁迅世界》。这本书仅保留了1982年版《鲁迅评传》三分之一的内容，改动、重写的部分大大增加，篇幅也由原来的35万字扩大至68万余字，成为一部全新的鲁迅传。这部《走向鲁迅世界》与其前身《鲁迅评传》相比，有着明显的不同：第一，大大增强了对鲁迅后期的生活、思想和作品的书写；第二，对鲁迅杂文的分析更加详细和精深；第三，新增了对鲁迅的艺术思维与艺术世界的专门的评述；第四，强化了鲁迅对我国现代艺术、文化事业所做的贡献，以及他在翻译事业和学术事业上所取得的成就。

---

① 孙郁：《未完成的雕像——评唐弢的〈鲁迅传〉》，《读书》1993年第3期。
② 唐弢：《晦庵书话》，生活·读书·新知三联书店1980年版，第6页。

　　多重性的立体结构与复式笔法是《走向鲁迅世界》最突出的特点。作者在自序中指出，他的叙述意图是想采取一个总体的、宽阔的视角，以时间为经，以鲁迅的生活世界、思想世界和艺术世界为纬，来描述作者对这个“鲁迅世界”的观察、理解和诠释，系统地构筑一个“理解与接受”的世界。① 这样，书中的“世界”就指向了三个不同的层面：一个是世界本体，即历史、时代、社会、世界文化系统这些外部的物质与精神的世界；一个是鲁迅及鲁迅所看到的世界；还有一个是作者心中的鲁迅及鲁迅眼中的世界。因此，“本书有了四种质素：人类历史中的中国近现代史及世界格局中的中国文化面面观；鲁迅本体，他的生平、思想及作品；浸染了作者个性色彩和诗情的鲁迅形象、他的方方面面；与鲁迅产生和声、发生共振的作者本人的理论天地与情感世界。同时，本书也就蕴含了三种品格：史传；史论；史诗。是史、论、诗的交融，理与情的熔融，学术著作与英雄史诗的会融”②。这种多重性构成了《走向鲁迅世界》立体结构的基础。事实上，1982 年版的《鲁迅评传》已经突破了之前的鲁迅传所一贯采用的直线型平面结构，只不过仍然缺乏足够的整合力；1992 年版不仅结构更为宏伟、复杂、系统化，而且剪裁合度、条理清晰。作者胸有蓝图，善于铺陈与布局架构，并巧妙运用复式笔法，汪洋恣肆，挥洒自如，因此，呈现在我们面前的“鲁迅世界”不但是复杂多极、立体多角的，而且是富于变化、色彩缤纷的。

　　除了上述三部传记作品之外，曾之中的《三人行》、王晓明的《无法直面的人生》、陈平的长篇小说《鲁迅》③ 以及黄乔生的《度尽劫波——周氏三兄弟》④，在艺术形式上同样别具一格。其中，《三人行》不仅突破了以往倚重对事实的平铺直叙的文体结构，选择鲁迅、许广平、朱安代表的三极文化为文本的三根支柱，重新架构传主的生平事迹；而且善于进行镜头切入和视角转换，并采取视觉形象性很强的文学描写笔法，多用形象说话而少抽象议论，呈现出一种沉郁畅达、言近旨远的艺术情韵。《无法直面的人生》不仅是作者本人与阐释对象的交流，而且是现实与历史的

---

① 彭定安：《走向鲁迅世界》，辽宁教育出版社 1992 年版，第 4—5 页。

② 李春林、臧恩钰：《评彭定安新著〈走向鲁迅世界〉》，《鲁迅研究月刊》1993 年第 1 期。

③ 陈平：《鲁迅》，江苏文艺出版社 1998 年版。

④ 黄乔生：《度尽劫波——周氏三兄弟》，群众出版社 1998 年版。

对话，两者相互激活，引导读者参与其中，最终形成了"我"（王晓明）、"你"（暗含读者）、"他"（鲁迅）三点交流的格局。陈平的《鲁迅》在某些章节上作了小说式的描写，运用想象、虚构等手法使作品尽量丰富起来，虽然没能达到长篇小说的艺术标准，但以小说体裁来写鲁迅传却不失为一次大胆的尝试。《度尽劫波——周氏三兄弟》将鲁迅和周作人、周建人合在一起，作为中国历史转折时期的一个特殊文化现象来描述，是国内第一部关于兄弟三人的合传。

第二节　2000—2014：多元化展开

20世纪90年代中期以后，随着国家工作重心的转移，"发展"成为衡量一切的标准，市场理念和市场逻辑向经济、社会、文化等各个领域全方面渗透，中国社会市场化步伐日益加快，由此带来了整个人文环境和思维方式的改变。原本居于主导地位的精英文化退缩至边缘地带以求生存，面向大众的消费型文化取而代之，占据了绝大多数的文化空间，全球化影响下的自由主义思潮更是一直蔓延到了21世纪，继续影响着文化的多元化。

一　走近平民的鲁迅

世纪之交，市场化社会和多元化的文化语境既为鲁迅研究创造了更加活泼的氛围，提供了更加开阔的视野，同时也向其提出了更加严峻的挑战。1998年，青年作家朱文、韩东以《断裂：一份问卷和五十六份答卷》（原载《当代文学资料与信息》1998年第6期）首先向鲁迅发难，《断裂》认为鲁迅是"一块老石头"，对当代中国文学"确无教育意义"；1999年，葛红兵的《为二十世纪中国文学写一份悼词》（原载《芙蓉》1999年第6期）更是从"道德"和"文章"两方面来审判鲁迅，可以算是真正的"苛评"。20世纪末，鲁迅遭遇了接连不断的挑战，每一次"非鲁"的质疑都伴随着鲁迅热爱者的迎战，每一次"扬鲁"的回应又激发了新一轮更为激烈的挑战，解构鲁迅行动不断升级。2000年，《收获》第2期刊登了冯骥才的《鲁迅的功与"过"》、王朔的《我看鲁迅》和林语堂的《悼鲁迅》三篇质疑鲁迅的文章，引发了一场全国范围的"鲁迅研究热点问题"大讨论，解构鲁迅运动在世纪之交达到了顶峰。

2000 年的《收获》风波意味着鲁迅在世纪末走下神坛，解构鲁迅行动达到了顶峰，但并非意味着鲁迅研究从此陷入新的劫难。恰恰相反，经过这些论争，知识分子对于鲁迅的重构更加接近鲁迅自身，鲁迅研究也开启了重建学理新秩序的起点。解构论者虽然以反叛的姿态向鲁迅发起了挑战，但其中更隐含着他们完善鲁迅、接近鲁迅的初衷，因此，他们对鲁迅的质疑和责难实际上提供了多种阐释鲁迅的思路，他们的另一种声音实际也是对鲁迅形象的另一种建构。建构论者反对鲁迅形象的权威化，认为阐释鲁迅是一种个人化行为，赞同重构鲁迅的平民化形象，只不过由于各自阐释视角的不同，鲁迅在他们那里被重构为诸多的具有个人化的形象。其实，在这场风波中，建构论者与解构论者的观点有诸多重合之处，因为他们双方都试图通过世纪之交的鲁迅重构再度与新意识形态合作，以一种非政治的方式进行政治选择，解构论者和建构论者在这一点上不谋而合。世纪之交以《收获》为核心的解构鲁迅风波使鲁迅研究开始从近年来的低潮和"边缘化"逐渐回升，鲁迅再次成为文化界、文学界论证的焦点。虽然鲁迅生活的时代一去不复返了，但我们不能否认鲁迅生活的时代同当代中国的密切联系，鲁迅思想作为以一种精神文化资源并没有过时，我们今天仍然需要鲁迅。

进入 21 世纪以来，鲁迅传记作者们努力把鲁迅作为一个鲜活的生命个体，一个普普通通的"人"来塑造，一个不断走近平民的鲁迅得以展现在我们面前。朱正曾经这样说过："以往的鲁迅传，是记不足而论太多，或者说，是涂抹在鲁迅脸上的脂粉太重太厚，从而使鲁迅变得可爱而不可信，甚至是可怕又不可信。"[1] 21 世纪的鲁迅传记注重对普遍认可的事实和新资料的展现，作者本人很少发表评价和议论性的文字，把更多的阅读和思考空间留给了读者自己，鲁迅形象也因而变得更加可亲、可信。

2007 年 11 月，北京十月文艺出版社出版了朱正的《一个人的呐喊——鲁迅 1881—1936》。作者认为，比起他原先写的各本鲁迅传，《一个人的呐喊》有着明显的进步，他"希望现在写的这一本能够保存下去"[2]。这是一个传记作者的自信，从新著内容及各家评论来看，作者的这种自信并非虚妄。该著以"一个人的呐喊"为题，为我们认识鲁迅提

---

① 刘再复：《朱正新著〈鲁迅传〉港版序》，《鲁迅研究月刊》2008 年第 3 期。

② 朱正：《一个人的呐喊——鲁迅 1881—1936》，北京十月文艺出版社 2007 年版，第 2 页。

供了一个新的视角。在作者看来，鲁迅首先是一个人，其次才是一个作家和思想家，正因为鲁迅一生堂堂正正地做人，做一个"真的人"，所以他最后才得到了一个伟大的作家、思想家和民族魂的赞誉。作者详细描述了鲁迅作为"一个人"的"为人"，不但抹去了鲁迅头上的神性光环，带给我们一个可以平视的可亲可敬的凡人鲁迅，而且使我们更加深刻地意识到，虽然作为伟大作家和思想家的鲁迅的才华和成就是我们所无法效仿和企及的，但作为一个"真的人"的鲁迅的"立身行事"却是我们每一个人应该学习并且可以学习的。这本鲁迅传从"一个人"的角度，着重写一个平常人认真做人的生平、交往，写一个"真的人"在各种境遇中的苦乐悲欢、思想情感，非但不会削弱鲁迅作为伟大作家、思想家的完整形象，反倒为人们理解鲁迅各个时期作品的产生和内容，以及思想的发展和变化，提供了真实的历史背景和环境材料。除此之外，作为一个血肉之躯，鲁迅当然也有七情六欲，也食人间烟火，有优点，也有缺点，并非完人。"透过所谓的宏大叙述的背后，我们可以看到朱正先生寻到了一些裂隙，使原先定为一尊的可靠叙述变得不确定起来。"[1] 譬如，作者发现，鲁迅与许广平在上海组建家庭开始了新生活，却对两人的结合依然存在一些犹疑和彷徨；鲁迅主张妇女解放，却并不愿意许广平参加社会活动；鲁迅发出反封建的强力呐喊，却默认了母亲为自己做主的婚姻，戴假辫子、红缨大帽，穿袍褂规矩跪拜。《一个人的呐喊》通过种种叙述裂隙为我们展示了一个矛盾的鲁迅，而这样一个矛盾的鲁迅却令鲁迅的形象有些血肉丰满起来。

2003 年 11 月，浙江人民出版社出版了项义华的《人之子——鲁迅传》。该著以普通人的视角来观照鲁迅，努力去掉以往人们涂抹在鲁迅身上的各种时髦的伪饰，刻画了一个身处时代的激流中艰难跋涉的孤独者形象。作者对鲁迅和鲁迅身边的同时代人进行了全新的审视，让事实说话，从而发现了一些历史的本来面目，鲁迅原先被神性光环所遮蔽的真实的个性也随之明朗起来。例如，作者指出，鲁迅敏感多疑，谨慎严肃，在与人交往时往往显得不近人情、让人难以接近，而当时的革命志士大多不拘小节，性情豪放，两者纵使结识也难免存在隔膜，推翻了以往的描述中鲁迅与革命者亲密无间的结论，同时也使鲁迅的形象更加真实、丰富。

---

① 王德领：《走近人间的鲁迅——从〈一个人的呐喊〉看鲁迅传记的写作》，《博览群书》2010 年第 11 期。

可以说，之前的鲁迅传记都是学术研究型的，是"学院派"作品，而真正面向平民大众的鲁迅传记却很难见到，让人颇感遗憾。进入21世纪，随着大众文化的迅猛发展，鲁迅画传应运而生，成为鲁迅传记学史上不容忽视的新风尚。到目前为止，已经出现了10部鲁迅画传，2001年出版了王锡荣撰文、罗希贤绘图的《鲁迅画传》（上海辞书出版社）和上海鲁迅纪念馆编、缪君奇执笔的《鲁迅画传》（上海书店），2004年出版了朱正著文、王得后编图的《鲁迅图传》（广东教育出版社）和林贤治的《鲁迅画传——反抗者及其影子》（团结出版社），2005年有吴中杰的《鲁迅画传》（复旦大学出版社）和白帝的《鲁迅画传》（现代出版社）两本，2009年有余连祥的《鲁迅画传》（江西人民出版社），2010年北京鲁迅博物馆编的《鲁迅画传》由河南文艺出版社出版，2011年长春出版社出版了高旭东、葛涛的《图本鲁迅传》（2013年改名《鲁迅传》，由人民出版社收入《人民·联盟文库》再次出版），2013年黄乔生的《鲁迅像传》在贵州人民出版社出版。

这些鲁迅画传大多篇幅短小，字数一般在10万—20万，采用学术界普遍认可的材料和观点，加以铺排，以简略的文字概述传主的生平、思想和创作，同时以丰富的图片给予形象表达，从而塑造出一个相对完整的鲁迅形象。其中，王锡荣的《鲁迅画传》用连环画的形式再现了鲁迅不平凡的一生，其他的画传全都以鲁迅本人的照片及鲁迅与其他人的合照、鲁迅的活动旧址、手稿、书影、用品等珍贵老照片为传记的骨干。这些著作在图片选择、章节安排、文字表达及版面设计等方面也都各具匠心，朱正撰文、王得后编图的《鲁迅图传》善于用材料说话，叙述简洁有力，平实无华，所选图片重在反映当时的社会文化背景，传达传主的个性气质，可谓珠联璧合的高水准之作；林贤治的《鲁迅画传——反抗者及其影子》以鲁迅的思想经历为主线来结构全篇，重在表现鲁迅在上海时期的生活，从某种意义上说，该著算是《人间鲁迅》的压缩本和普及本；余连祥的《鲁迅画传》以点带面，图文互见，同时辅以互联网式的知识链接，重点交代了鲁迅人生历程中的几次重要经历，真实再现了鲁迅作为文化伟人的精神风貌；黄乔生的《鲁迅像传》以鲁迅的114帧单人及合影照片为中心，按照时间顺序和鲁迅一生游历所至地域，分五个部分系统讲述了这些照片背后的故事，纠正了以前一些对鲁迅照片的误读，过去一些不大被人们注意的事件、人物凸显了出来，鲁迅的人际关系因而更立体和多彩。

以画为血肉、以传为骨架的鲁迅画传让人们在紧张的工作之余能够更加快捷地捕捉到鲁迅的生平踪迹，更为直观地感受鲁迅的情怀和风采。21世纪新出的鲁迅画传以"面向大众"为目标，反映了编者向大众普及鲁迅、传播鲁迅的理念，标志着鲁迅传记从象牙塔走向民间。

二 21 世纪初鲁迅传记的新形式

1. 以思辨见长的鲁迅传论

2000 年 1 月，海南出版社出版了陈越的《鲁迅传论》，这是 21 世纪第一部问世的鲁迅传。第一章"作为思想家的鲁迅"概括传主作为思想家的特质，第二章"海岳精液，善生俊异"总述传主与越文化的渊源关系，这两部分构成了全书的总纲；之后 17 章则以传主不同人生阶段的重要社会活动为线索，清晰再现了鲁迅思想及创作的发展变化历程。

该著以"作为思想家的鲁迅"为中心，具体展示了鲁迅超凡卓绝的思想魅力，从而深化了鲁迅传记对鲁迅本体的理解。作者指出，作为思想家的鲁迅是作为文学家和革命家的鲁迅的立足点，小说和杂文都是他的"思想武器"，以"立人"为核心的改造国民性的思想是中国思想史上的一笔宝贵遗产。该著从"思想家"的视角切入，既阐释了鲁迅思想的独创性，又论述了鲁迅思想对其文学创作的穿透力，思路清晰，鞭辟入里，从而塑造了全新的鲁迅形象，揭示了鲁迅最本质的价值所在。该著避开单纯为鲁迅立传的体例，从"论"入手把握传主的生平、思想与创作，以"传"为骨架，以"论"为血肉，从而找到了一条整体把握鲁迅的新路子。作者紧扣"作为思想家的鲁迅"这一主题取舍材料，既注重重要史料的运用，又不拘泥于史料本身，而是将其只作为思想家所由产生的背景进行描述，以论立传，以传显论，从而见出了运用史料而又超越于史料的理论思辨色彩。另外，作者与传主同是绍兴人，作为一名越文化研究专家，陈越先生突破了只说鲁迅故乡或鲁迅在故乡的行踪的局限，既以故乡人独有的视角体察鲁迅与越文化的内在联系，又以思辨的眼光对鲁迅生平、思想和学术创作进行透彻审视，从而实现了理论对于史料的超越。

2. 以材料取胜的鲁迅史记

2004 年，福建人民出版社出版了林辰的《鲁迅传》。这是一部写于20 世纪 40 年代、未完整出版过的书稿，林先生逝世后，幸由王世家先生精心整理，这本被埋没了六十多年、具有独特价值与意义的鲁迅传才得以出版问世。

林著《鲁迅传》最突出的特点在于史实考据功力深笃、资料钩沉细密谨严。早在 1940 年初，林先生就开始了《鲁迅传》的酝酿创作，当时可供参考的信史材料极其匮乏，林先生便开始搜求鲁迅生平及创作的史实资料，并对其中的疑难问题进行细密的考证辨伪，后来编成《鲁迅事迹考》书稿，于 1948 年由上海开明书店出版。这本《鲁迅传》充分运用、吸收了《鲁迅事迹考》的研究成果，凡是出自鲁迅作品但不为大家所熟悉的文字，抑或涉及重要史实的引文，凡必要者，均随文注明出处；有需要特别说明或仍待考证的地方则在每一章的文后另有注释，显示出非同一般的科学性和学术性。因为原稿阙失了关于鲁迅在北京生活的第六章，以及更为重要的鲁迅在上海十年的部分，因此，不管是《呐喊》《彷徨》《野草》的创作，还是后期杂文与《故事新编》的探索，我们都无从读到了。此外，书中对于一些历史事件，以及对胡适、顾颉刚和现代评论派等的评价，难免受到时代的制约和史料的限制而存在不够客观的痕迹，作者生前没有对其进行删减与修饰，反倒使这部传记显出了历史真实性的价值。整体来说，林辰先生的这部遗著"确实以'详细而正确'的学术性，给我们描绘了一个真实而可以亲近可以理解的鲁迅。在这里我们也确然看到了一个热爱鲁迅的人所书写的一个真实的鲁迅。这部在四十年代历史环境中所产生的《鲁迅传》，因此也就超越时间的界限，至今还能浮现出它自身的历史价值与学术特色来"①。

朱正的《一个人的呐喊》与其说是以观点见长，不如说是以材料取胜。这样说并不是否定这本传记的见识水准，而是强调作者治学的严谨与精审。朱正 25 岁时就写出了《鲁迅传略》，从此开始了自己的学术生涯。1979 年，湖南人民出版社出版了朱正的《鲁迅回忆录正误》，该著出版后备受鲁迅研究界的关注，一版再版，而书中的考证结论也为之后的鲁迅传记作者所广泛引用。此后，作者又出了三部鲁迅的单人传记以及名为《周氏三兄弟》的合传。2006 年，作者与邵燕祥合作《重读鲁迅》一书，对鲁迅的著作和思想进行了颇具新见的阐释与分析。投身鲁迅研究 50 年，朱正先生不但对鲁迅的生平经历和文学创作极为熟悉，而且对鲁迅生活的

①　孙玉石：《一部"颇尽了相当的心力"的鲁迅传记——读林辰先生的〈鲁迅传〉》，《鲁迅研究月刊》2004 年第 3 期。

时代大背景，以及鲁迅身边的亲人、友人、政敌等，也都如数家珍。作者写作《一个人的呐喊》不仅有着自己的史料的独立准备，而且在追求准确性的前提下，尽量采用最近二十多年国内外才出现的新资料，这本传记可谓"集鲁迅史料研究成果之大成"。作者强调"论从史出""语必征实"，《一个人的呐喊》在如此丰赡、厚实的史料基础上进行精审的考证，自然会得出许多无可置辩的结论来，因此，许多章节给人以耳目一新的感觉。在体例上，该著多从难点、疑点入手，以中肯细密的论析深入掘进与突破，纠正了此前学界一些不确切乃至不正确的说法，从而推进了鲁迅研究中某些关节点的解决。

《一个人的呐喊》以"记"为经脉，以"信"为魂魄，展示了一种干净的、老实的史家笔法，是一部真正的鲁迅史记。陈丹青曾说"鲁迅身后即被意识形态的涂料弄得不像一个人"，朱正这本传记则是平正宽厚、朴实无华，"不但扫除了过去各色人等涂抹在鲁迅身上的各色'腻粉'，呈现出作家、思想家鲁迅特立独行的本来风骨，而且也呈现出作者在研究鲁迅生平的漫长过程中'不和众嚣，独具我见'的史家风骨"①。

3. 图文互动的鲁迅画传

画传可谓21世纪出现的一种新题材，它改变了过去以文字记述为主、以几幅照片作为附录的人物传记写作历史，图片和照片资料不再居于从属地位，而是与文字材料一起，共同构成表现传主生平经历的主导元素。画传以客观平实的笔触和大量翔实、直观的图片资料架构传主的人生轨迹，兼具传记和画册两方面的特点，既有客观性、可读性，又有直观性、可视性。

总的来说，鲁迅画传主要具有两大特点：第一，图文并茂。书中有大量的"图"，这里的"图"不是绘画或木刻等艺术图像，而是老照片。照片在书中不是文字的附庸或补充，而是经过精心的编排，能够准确真实地反映传主生活的时代背景，形象生动地再现传主的生命历程和才情气质，这些照片本身就是画传的主导元素，和文字同等重要。同时，画传中的文字既不是图片说明，也不是简单的资料汇编，而是与图片既相互独立又互为阐释，更生动也更直观地叙说传主的生平，立体呈现传主的人生。那些斑驳陈旧的老照片不光是为了"好看"，也是为了制造浓厚的历史现场

① 邱存平：《"扫除腻粉呈风骨"——朱正新著〈一个人的呐喊〉读后》，《鲁迅研究月刊》2008年第9期。

感，从而与文字互为印证、互为延伸、互为强化，使读者在看图阅读的过程中愈加真切地感受到传主及其所处的时代的那些情味。第二，既有通俗性、普及性，又有真实性、可靠性。这些作品首先是面向大众的，带有浓厚的"科普"特点。作者注重与读者的平等交流，以平实活泼的笔调引领读者，了解鲁迅的性格与为人，探索他的创作与思想的发展流变，触摸他的非同寻常的人生轨迹，体味他在日常生活中的苦恼与欢乐。文学史研究专深的成果在这里终于转化为平易诱人的传记论说，普通读者亟想知道也理应知晓的诸多方面均有涉及，而且简洁洗练，要言不烦，总让人感到亲切。这些画传虽然面向普通读者，却有着厚实的学术支撑，体现了鲁迅研究专家们谨严求实的史家笔法，既注重对传主创作生涯的轮廓勾勒，又有历史细部的体察。唯其如此，才能使鲁迅形象既亲切平易又真实可靠，才能使鲁迅画传既大众化、又不失准确性。

4. 文史结合的传记体小说

传记文学有别于诗歌、戏剧、小说等以虚构为主的作品，是非虚构性作品的重要文类之一，历史性是它的根本属性，真实性被认为是传记文学的最高准则。赵白生认为传记是一种"基于史而臻于文的叙述"①，传记事实、自传事实和历史事实构成了传记文学里事实的三维性，而传记文学的虚构则是一种"死象之骨"式还原。

张梦阳的《鲁迅传——苦魂三部曲》最大的特点就在于它的长篇小说笔法。虽然 1998 年出版的陈平的《鲁迅》在某些章节上也作了小说式的描写，但整体上并不尽如人意。2012 年 1 月，华文出版社出版了"苦魂三部曲"之一——《会稽耻》，该著一问世便在学界和读者中引起了不俗的反响。

其实，作者在 20 世纪 80 年代初就已经产生了创作文学版长篇小说体鲁迅传的想法，只不过因为一直致力于中国鲁迅学史的研究而无暇创作，只能不停地"心写"，经过二十余年的酝酿，终于在 2003 年开始了"苦魂三部曲"的创作。正如作者在一次采访中所说的那样，"苦魂三部曲"称得上是他"数十年锥心沥血的生命结晶，绝非应时之作"。② 作者最初构思的时候归纳出了八个点，最后选择了"会稽耻""野草梦"和"怀霜

①　赵白生：《传记文学理论》，北京大学出版社 2003 年版，第 44 页。
②　钟润生：《用小说笔法写出更丰满的鲁迅》，《深圳特区报》2012 年 2 月 17 日。

夜"这三个分别代表鲁迅一生的早、中、晚期的"景点"来构建鲁迅生命历程的立体模型。《会稽耻》写鲁迅从出生到离开绍兴、到南京求学的经历,《野草梦》写鲁迅从撰写《野草》首篇《秋夜》到携许广平南下的经历,《怀霜夜》写上海鲁迅晚年与瞿秋白的友情。《苦魂三部曲》力图全景式地再现鲁迅和他那个时代,旨在刻画鲁迅作为中国20世纪最痛苦的灵魂的心灵史,每部30万字左右,三部之间既相互联系,又各自独立成书,其中,《会稽耻》突出"绍味",《野草梦》突出"京味",《怀霜夜》突出"海味"。

《会稽耻》以鲁迅青少年时代从小康到没落的坎坷经历为主线,写他从出生到离开绍兴、到南京求学的经历,作者以淳厚、精细、凄美的小说笔法,艺术地再现了晚晴中国社会的腐朽、没落与鲁迅的精神成长。《会稽耻》诞生于解构主义和消费主义合流的时代,却并没有流于时下习见的一路历史小说或传记文学"戏说+演义"的俗套。作者坚持"大事不虚,小事不拘"的创作原则,力求艺术地再现鲁迅的真实原貌,最大限度地还原历史现场。故事的主干部分和传主的主体个性特征严格遵循历史事实,言必有据;为了文学的需要,又适当虚构了一些次要人物和旁支情节,巧妙地烘托、映衬出传主生平活动的大背景、大环境,极大地丰富了小说的阅读趣味。除此之外,小说还以精致的诗化结构和醇厚的语言质地,为读者精雕细刻了一幅幅"绍味儿"十足的民俗画。透过作者从容的叙述和细腻的描画,读者对鲁迅当年是怎样过"一个又一个的日子"的感同身受,甚至真切触摸到了传主所处的那个时代的"生活质地"。《会稽耻》完全以文学笔法细写鲁迅家世,描摹地方风味,在鲁迅传记史上可谓第一部。作者专治鲁迅研究三十多年,对鲁迅其人其文熟谙于心,书中资料处理得绵密周全,细节爬梳得条理精准,真实性使小说获得了不同流俗的价值、意义与旨趣,这是《会稽耻》令人称道的又一特征。

第三节　比较与反思

自20世纪80年代中期以来,中国社会发生了一系列的历史性变革。首先在政治上"拨乱反正";其次将工作重心转移到经济建设上来,大力发展社会主义市场经济,实施对外开放。随着社会主义市场经济体制的确立和改革开放的深入发展,中国经济取得了突飞猛进的发展,综合国力显著增强。在全新的时代语境下，人们的思想文化观念随之发生了极大的转变，同时，中国社会的发展，尤其是改革开放的实施，极大地促进了中国与世界的交流与融合，国外各种思想文化潮流大量融入中国，严重冲击了中国知识分子的现代化或现代性思想，传统的单一的文化模式被逐渐打破，多元文化的格局日益形成。在时代变革的大潮下，随着思想解放运动的渐趋深入，鲁迅研究在20世纪80年代中期以后不断发展完善，鲁迅传记作者们突破了单一的政治阐释视角，开始从各自不同的角度出发，写出自己所理解的真实的鲁迅，更多地关注鲁迅作为一个真正的"人"的存在，不断发掘鲁迅灵魂的深刻性和复杂性，努力展现鲁迅这一立体形象的不同侧面，重构鲁迅"人"的形象。

一　继承与发展

相较于以往的鲁迅传记，20世纪80年代初出版的七本鲁迅传显得更为扎实和丰富，这是鲁迅传记创作的一次突破，也是新时期文化繁荣、思想解放的一个缩影。然而，这一时期的鲁迅传记从思维模式到语言风格都不同程度地带有"左"的痕迹，它们未能摆脱政治阐释视角的窠臼，突出的仍是作为革命者、作为英雄的鲁迅的正面形象。80年代中期以后，随着人文环境和思维方式的改变，个人的主体性在这一时期得到了空前的重视。鲁迅传记作者开始反思和寻找在集体性阐释中缺失的鲁迅的个体生命，竭力写出"我之鲁迅观"，鲁迅传记创作进入个体性构建阶段。进入21世纪以来，鲁迅传记作者们延续了20世纪末的阐释思路，继续将鲁迅作为一个鲜活的生命个体，一个普普通通的"人"来塑造，广泛关注鲁迅本体的方方面面，鲁迅形象朝着多元化、立体化的方向发展，一个无限接近本真鲁迅的、真实的鲁迅形象也因而越来越清晰。20世纪80年代中期以来，鲁迅传记作者们奋力扭转之前不断被神化的鲁迅，重新建构鲁迅作为一个有血有肉的"人"的形象，以期真正"回到鲁迅那里去"，从一定意义上说，21世纪初的鲁迅传算是对20世纪末的鲁迅传的一种继承和发展。

1. 内容上的深化与整合

20世纪80年代中后期至90年代末的鲁迅传记最大的特点就在于研究视角的"向内转"。一方面，传记作者们开始注重表现鲁迅的私人生活和个性情感。之前的鲁迅传往往以鲁迅所生活的时代背景、鲁迅与周围人的交往及其社会活动等外部条件与事件为写作重点，80年代中期以后，新出的鲁迅传更加强调对鲁迅的个性心理、思想发展与内心感受的深入挖掘与探索，着重表现鲁迅作为人的"私"的一面。唐弢的《鲁迅传》在开始部分就从乡土本根与文化源流入手，写出了鲁迅多疑、犹豫、孤独的性格特点，突出了鲁迅个性中的"莱莫斯"精神和"野性"。曾智中的《三人行》更是以鲁迅的情感经历为线索，从鲁迅与许广平、朱安三人之间的爱情、婚姻关系这一特殊视角来描述鲁迅一生的心灵历程。王晓明的《无法直面的人生》重点突出了鲁迅灵魂深处的"精神危机和内心痛苦"，并以此为主线构架全书，不仅仅是一本鲁迅传记，更是一部心灵史，一个凡人的心灵史。林贤治在《人间鲁迅》中也有对鲁迅和许广平的恋爱过程和婚姻生活的详细叙述，同时写出了鲁迅内心对朱安的内疚与挣扎。如此这般对鲁迅情感心理和个性气质的发掘与展现，都使有血有肉的真实的鲁迅离我们更近了一步。另一方面，传记作者们开始将自身的主观情感融入传记作品之中，以个体的心灵感悟去探索鲁迅灵魂的最深处，使鲁迅传记由崇敬型创作转向体验型创作。之前的鲁迅传记大多出于对鲁迅的尊崇和敬仰，以仰视的视角来观摩、描绘鲁迅的一生，更多的是倾向于"崇敬型"创作。这种自下而上的认知方式"决定了传记作家只能看到巨峰叹为观止的一面，而无法领略鸟瞰所展示的千山万壑"。① 80年代中期以后，传记作者们开始以平视的视角看待鲁迅，努力与传主实现精神上的"对话"，产生情绪上的"共鸣"。林贤治的《人间鲁迅》寄存了作者自己的"爱憎、不平与抗争，向往与追怀"②；王晓明以自己那一代人的生存经验去理解鲁迅，更多的是体验到了鲁迅"那深无边涯的痛苦"③，《无法直面的人生》表达了作者"对鲁迅的多种情感，不仅仅是敬仰，是热爱，还有理解，有共鸣，甚至有同情，有悲哀"④。20世纪末，鲁迅传记作者们已然跳出了国家意识形态话语模式的局限，写出了自己眼中、心中的个性化的鲁迅。

　　进入80年代中期以后，传记作者们对80年代初的革命者鲁迅进行了多维的重构，作为现代知识分子的鲁迅形象引起了广泛的关注和深入的挖掘，鲁迅作为现代知识分子的深刻性、复杂性和悖论性开始得以展现。一

---

① 赵白生：《传记文学理论》，北京大学出版社2003年版，第128页。

② 林贤治：《人间鲁迅》，人民文学出版社2010年版，第891页。

③ 王晓明：《无法直面的人生——鲁迅传》，上海文艺出版社1993年版，第6页。

④ 同上书，第10页。

方面，传记作者们不再讳言鲁迅心灵世界的阴暗面，而从精神心理体验的层面对鲁迅进行深度解读，突出了鲁迅内心的孤独、绝望和虚无，重构了鲁迅作为现代知识分子的"孤独者"和"怀疑绝望者"形象。唐弢的《鲁迅传》在第一章中就指出，"变动着的历史"和"逐渐没落的家庭"使鲁迅"怀疑""忧郁""孤独"，"使他有时瞧不起人，使他不断向自己的心申诉"；① 作者还指出，鲁迅直到后期，其精神个性里依然保留着尼采式的冲动，鲁迅精神宇宙中始终存在非理性的东西。在林贤治的《人间鲁迅》中，"寂寞""空虚""孤独""痛苦""毒气""鬼气"等词语反复出现，作者不禁感慨"他虚无，他阴暗，他极力摆脱而不能。恐怕没有人会像他这样，甘愿永远成为一个人，一直孤军"②。王晓明的《无法直面的人生》用三次逃离意象概括鲁迅后半生的精神历程，从而展现了鲁迅是如何从悲观与绝望而跌入虚无之中的；作品认为，即便是在"五四"时代，鲁迅的启蒙呐喊也是"戴着面具的无望呐喊"，偶尔的"小成功"非但没有减轻先前的犹疑和顾虑，反倒招致了更深的"大绝望"，他对启蒙的信心"其实比其他人小，对中国的前途，也看得比其他人糟"③；作品还指出，鲁迅与周扬、成仿吾等人在30年代表面上是战友与伙伴的关系，骨子里却是两路人，"周扬们"明明不尊重鲁迅，却又借重他，利用他，这是鲁迅最为憎恶也最感到悲哀的地方。《无法直面的人生》对鲁迅"孤独者""怀疑绝望者"的现代知识分子形象的塑造，可以说是达到了一种极致。另一方面，传记作者们开始转向对鲁迅的思想价值、学术精神和文化贡献方面的发掘和解读，重构了鲁迅作为"学者""文化巨人"的形象。吴俊的《鲁迅评传》以鲁迅的学术生涯为主要线索，先将鲁迅放在"五四"传统国学研究向现代转型的历史背景之中，指出鲁迅的学术成绩源于传统学术文化现代转型的需要，即从宏观层面对鲁迅的学术精神的构成进行了阐释，然后进一步说明鲁迅既因为师承章太炎而放弃了桐城复古之风，又由于在嵇康的诗文中找到了知音、知己之感而倾心于魏晋文章，也就是从微观层面对鲁迅的学术精神进行了探析。此外，作品还重点描述了鲁迅校勘《嵇康集》、撰写《中国小说史略》、潜心金石研究等几项重要的学术活动，从不同的层面叙述、阐析鲁迅的学术

---

① 唐弢：《鲁迅传——一个伟大的悲剧的灵魂》，《鲁迅研究月刊》1992年第5期。

② 林贤治：《人间鲁迅——第1部〈探索者〉》，花城出版社1986年版，第342页。

③ 王晓明：《无法直面的人生——鲁迅传》，上海文艺出版社1993年版，第238页。

生平、学术成就、学术思想和学术影响，重塑了鲁迅作为"学者"的一面，并表达了作者对鲁迅作为一代国学大师，尤其是其所具备并表现出的一种豁达大度的学术品质和人文精神的敬仰和叹服。

21世纪以来，中国的文化环境发生了巨大变化，朝着"消费化"的方向发展，鲁迅研究在世纪之交的众声喧哗之后尘埃落定，不断向外开拓，呈现出一种开放型的发展模式，而有关鲁迅的传记创作也随之进入了一个整合、深化的阶段。80年代初的鲁迅传记所塑造的大多仍是政治化的鲁迅形象，这些作品集中于对鲁迅的革命面、伟大面、光明面、积极面的描绘，而很少书写鲁迅作为普通人的日常生活的一面。80年代中期以后，鲁迅传记作者突破了政治化的阐释模式，转而关注、发掘鲁迅的精神世界和内心体验，"光明""高大"的鲁迅形象逐渐被消解，取而代之的是"阴郁""痛苦""怀疑""绝望"的"孤独者"鲁迅形象，鲁迅生命和作品中的黑暗面、消极面得到了极大的释放。进入21世纪，在日渐宽松的政治环境和自由多元的时代语境下，鲁迅传记对以往的"光明的鲁迅"和"阴暗的鲁迅"进行了一定程度的整合，既看到了鲁迅作为历史名人、文化巨人所拥有的卓越才华和非凡气度，也看到了鲁迅作为现代知识分子在那个风起云涌的时代，在历史与现实的双重挤压下的坚守与退让、呐喊与彷徨、激进与保守，看到了鲁迅在理智与情感的紧张抗争中所呈现的种种悖论特质和孤独内心。21世纪的鲁迅传记重申了鲁迅的启蒙思想，并将鲁迅作为一个有血有肉的"人"进行了多维度的审视，因此，鲁迅作为一个鲜活的生命个体的矛盾性及其复杂性才得以真正体现，此时的鲁迅形象是亮色、暗色以及中间色的结合体，自然也更加接近真正的"人"的形象。在重构鲁迅作为真正的"人"的过程中，鲁迅传记作者们开始越来越重视读者的阅读体验。一方面，21世纪的鲁迅传突出对普遍认可的事实和新资料的展现，作者较少发表评价和议论性的文字，从阅读的引导者转向了事实的记录者，把更多的阅读和思考空间留给了读者自己；另一方面，这一时期的传记作品大多倾向于与读者平等交流，文风亲切自然，更加注重激发读者自身的感悟与体会。

2. 形式上的创新与突破

从整体上说，以往的鲁迅传记大都注重对鲁迅生平的考证和对其作品的分析，多是叙述加评议，理念重于形象。80年代中期以后，传记作者们力求写出既不失真又有艺术感染力的传记作品，鲁迅传记的文学性明显增强。林贤治的《人间鲁迅》已经没有了大段的引文和注释，而是以散文的抒情笔调，"描绘出一幅幅扑朔清远、深蕴淡出的画面，变幻出一个个腾挪摇曳、蕴藉深厚的意境"①，富有诗意地书写了传主在不同层面的人间感受与心灵历程，表现了作者对传主人格和思想的独特理解，每章开始部分的哲理性按语更让作品显示出浓郁的诗情和深邃的理性。曾智中的《三人行》几乎全用形象说话，很少抽象议论，显示出近乎纯粹的文学性质。唐弢的《鲁迅传》借鉴"书话"文体与杂文笔法，充溢着"清幽舒朗的雅兴，疏简清秀的笔致"②。陈平的《鲁迅》虽然总体上不算成功，但其某些章节运用虚构、想象等笔法所作的小说式的描写不失为一种大胆的尝试。除了叙述语言和写作笔法上的创新外，传记作者们还努力寻求文体结构与传记体例上的突破。《三人行》选择鲁迅、许广平、朱安这三人组成的三极文化作为传记文体结构的三根支柱，给人以耳目一新之感。彭定安的《走向鲁迅世界》更是打破了以往鲁迅传记的直线型平面结构，创造出一种多重性的立体结构与复式笔法。朱文华的《鲁迅、胡适、郭沫若连环比较评传》开创了传记的新文体——连环比较体，获得了单人评传所达不到的效果。黄乔生的《度尽劫波——周氏三兄弟》则是第一次将鲁迅与周作人、周建人合传。

　　截至 20 世纪末，鲁迅研究已经发展到了比较完备的程度，21 世纪的鲁迅传要实现大的飞跃可能并不明显，但仍能体现出一些新的特点。首先是体例上的创新，陈越的《鲁迅传论》以"传"为骨架，以"论"为血肉，既在无形之中加深了对更为内在的鲁迅本体的理解与把握，又区别于传统的"评传"，体现了鲁迅传记写作的拓展和深化；张梦阳的《鲁迅传——苦魂三部曲》以长篇小说笔法作传，大事不虚，小事不拘，艺术地再现了鲁迅的真实面貌及其所处的时代环境，开创了传记体小说这样一种全新的写作范式。其次是普及性和大众化，经过"文化大革命"时期的泛化宣传以后，鲁迅研究已然变成了学院派的专署，艰深的研究著作让鲁迅与大众越来越远；进入 21 世纪，鲁迅传记作者们的创作目的逐渐从学术研究、学术发现转向了普及鲁迅、推广鲁迅，他们多是采用学术研究界普遍认同的观点和材料，尽量隐去自己的议论和评价，在简洁洗练、客

---

① 张梦阳：《鲁迅传记写作的历史回顾（四）》，《鲁迅研究月刊》2000 年第 6 期。
② 孙郁：《未完成的雕像——评唐弢的〈鲁迅传〉》，《读书》1993 年第 3 期。

观平实的叙述中让读者自己去体会和感悟。再者是图文并茂，画传作品的出现自然是 21 世纪鲁迅传的一大新气象，就是传统的鲁迅传记也同样配有旧照片、插图、手绘图等大量的图片。这些图片不但具有重要的史料价值，而且能够与传记文字互为印证、互为延伸、互为强化，更能带给读者一种身临其境之感。

二　繁华与落寞

1."百家争鸣"的盛景

进入 21 世纪，鲁迅传记创作持续高温，出现了大丰收的繁荣景象。截至 2014 年，单是传统形式的鲁迅传记就已经出版了 16 部之多。这里所说的"传统形式的传记"即指狭义的"传记"概念。按照朱文华的传记分类方法，首先，从著者身份方面讲，它指的是他传；其次，从著述体例来说，它包括一般传记和评传两种，大体上相当于陈兰村等人的传记文学理论里所划分的历史性传记和评论性传记两类。除了朱正的《一个人的呐喊——鲁迅 1881—1936》、项义华的《人之子——鲁迅传》、陈越的《鲁迅传论》和林辰的《鲁迅传》之外，新世纪出现的传统形式的鲁迅传还有 9 本单传和 3 本合传，分别是：辛晓征的《国民性的缔造者——鲁迅》（湖北教育出版社 2000 年版），晏红的《二十世纪文学泰斗——鲁迅》（四川人民出版社 2003 年版），刘再复的《鲁迅传》（人民日报出版社 2010 年版），吴中杰的《鲁迅传》（复旦大学出版社 2008 年版），许寿裳的《鲁迅传》（东方出版社 2009 年版），陈静的《孤立呐喊——鲁迅》（湖南师范大学出版社 2011 年版），徐东波的《鲁迅》（黄山书社 2013 年版），倪墨炎的《大鲁迅传（第一部）》（上海人民出版社 2013 年版），胡高普、王小川合著的《鲁迅全传》（华中科技大学出版社 2013 年版），以及朱正的《周氏三兄弟——三兄弟的三种价值取向》（东方出版社 2003 年版），黄乔生的《周氏三兄弟——周树人、周作人、周建人合传》（浙江人民出版社 2008 年版），耿传明的《鲁迅与鲁门弟子》（大象出版社 2011 年版）。

其中，许寿裳的《鲁迅传》由《亡友鲁迅印象记》（峨眉出版社 1947 年初版）和《我所认识的鲁迅》（人民文学出版社 1952 年版）两部著作合辑而成，虽非真正的"新作"，却是字字珠玑，独到深厚，价值斐然，不但在鲁迅同时代人的同类著作中首屈一指，而且直到现在仍是鲁迅研究者进行研究工作的重要依据，也是鲁迅爱好者的入门必读书。倪墨炎的《大鲁迅传》既是"大鲁迅的传"，也是"大的鲁迅传"，该著力图多角度地叙述鲁迅的生命历程，全方位地介绍鲁迅的思想和著作，主要面向鲁迅研究者、大学中文系师生及文化水平较高的业余爱好者。在内容上，《大鲁迅传》主要有三个特点：首先，特别注意让史实说话，史料丰富，既有较多的原文引用，也有作者的分析、见解和辨析；其次，书中穿插了一些小考证；最后，与传主关系密切、对传主有过影响或与传主有过较大纠葛者，该著都写有列传。《大鲁迅传》共五部，每一部分别对应鲁迅不同的人生阶段，依次是"1881—1902""1902—1912""1912—1926""1926—1927""1927—1936"。目前已经出版的仅有第一部，我们期待着这部鸿篇巨制之作的完整面世。耿传明的《鲁迅与鲁门弟子》将鲁迅及围绕其身边的弟子们放在整个现代性的历史文化格局中来考察其价值和意义，描绘出这一激进知识分子群体的精神图谱和人生轨迹，在所有的鲁迅合传中别具一格。除了基本的史实梳理之外，该书也对鲁迅和鲁门弟子所代表的文化精神、价值取向、心理状态等予以了较多的关注和评述。

21世纪初的鲁迅传记呈现出多元化的发展图景，除了前面提到的传统型传记、画传和传记体小说外，还有四类传记作品在这里需要简单介绍一下。

一是回忆录，如周晔的《伯父的最后岁月——鲁迅在上海（1927—1936）》（福建教育出版社，2001年8月）、周海婴的《鲁迅与我七十年》（南海出版公司2001年版）、内山完造的《我的朋友鲁迅》（北京联合出版公司2012年版）等。这类著作大都出自鲁迅的亲朋好友之手，以回忆鲁迅的生平事迹为主要内容，侧重描写作者与传主交往接触过程中的所见所闻。虽然作者对传主的回顾并不完整，因为难以摆脱感情的羁绊而又存在为亲者讳的可能，但是这类回忆录的最大价值就在于提供了传主活动的某些重要线索或鲜为人知的细节情况。

二是自述，如绍兴鲁迅纪念馆编的《鲁迅》（浙江教育出版社2001年版）、鲁迅著述的《鲁迅》（中国社会科学出版社2003年版）、鲁迅的《鲁迅自述》（京华出版社2005年版）、金隐铭编的《鲁迅自述》（河南人民出版社2006年版）、张明林编著的《鲁迅自述：传奇故事》（西苑出版社2011年版）等。这些自述作品以鲁迅的散文回忆集为主体，将传主以或散文，或书信，甚或日记形式讲述人生的文字连缀成书，带有一定的自传性质，但又不等同于自传。两者的主要区别在于，自述常常是零敲碎打随兴所至的篇什，它没有自传的整齐章法，如果说自传更带有"宏观叙事"的意味，那么自述则是"微观叙事"的好手。但是，不论自传还是自述，都是一种个人化的历史叙事，即都是由传主自己来讲述各自的人生，自然为我们了解传主真实的人生和思想提供了弥足珍贵的第一手材料。

三是少儿或青少年读物，如闫玉萍改写的《鲁迅》（延边大学出版社2002年版），蒲苇的《民族之魂——鲁迅》（延边人民出版社2002年版），周怡的《文坛先驱——鲁迅》（时代文艺出版社2002年版），鲁波、侯久萱的《鲁迅》（中国少年儿童出版社2003年版），左刚强、姚忠泰改编的《鲁迅》（中国地质大学出版社2004年版），陈漱渝的《鲁迅》（中国社会科学出版社2006年版），谢华良的《文学之魂——鲁迅》（北方妇女儿童出版社2007年版），路琳琳编写的《鲁迅》（大众文艺出版社2008年版），姜宝昌编著的《鲁迅》（晨光出版社2009年版）等。这些作品大都是各种名人传记丛书之一，由儿童文学研究、创作方面的学者和作家所作，他们用通俗易懂、活泼明快的语言展示鲁迅丰富的人生轨迹，注重传记的故事性和趣味性，用伟人的事迹激励孩子茁壮成长。

四是人物研究，如张杰、杨燕丽选编的《鲁迅其人》（社会科学文献出版社2002年版），林贤治的《鲁迅的最后十年》（中国社会科学出版社2003年版），孔庆东的《正说鲁迅》（重庆出版社2008年版），房向东的《孤岛过客——鲁迅在厦门的135天》（崇文书局2009年版），陈漱渝主编的《一个都不宽恕——鲁迅和他的论敌》（人民日报出版社2010年版），倪墨炎的《真假鲁迅辨》（2010年9月），吴十洲的《寻找鲁迅——从百草园到且介亭》（人民日报出版社2010年版），周海婴、周令飞的《鲁迅是谁》（金城出版社2011年版），孙郁的《鲁迅与胡适》（现代出版社2013年版）等。

虽然按照《中国图书分类法》，这四种著作都属于中国人物传记类，但在实际上，除了少儿或青少年版鲁迅传记，其他三类并不能算是真正的传记作品。根据朱文华的传记文学理论，"正式传记"旨在准确地反映并评价传主的生平思想，是根据第一手材料（原始资料）或根据研究材料（次要资料）写成的；而自述和自传都是传主自撰的文字，属于"原始资料"，回忆录和人物研究则属于他人撰写的非正式非完整的传记作品，属于"次要资料"，它们实际上都是为后人撰写正式传记提供一种传记材料。另外，这四种传记著作并不是 21 世纪特有的新兴类型，回忆录有 1952 年冯雪峰的《回忆鲁迅》（人民文学出版社）、1956 年茅盾的《忆鲁迅》（人民文学出版社）、1961 年许广平的《鲁迅回忆录》（作家出版社）等，自述有 1993 年台北龙文出版社股份有限公司出版的《鲁迅自传》（《中国现代自传丛书》）、1997 年江苏文艺出版社出版的《鲁迅自传》（《名人自传丛书》）等，少儿或青少年读物有 1996 年泓冰编著的《鲁迅》（中国和平出版社）、1997 年干天全编著的《鲁迅》（四川少年儿童出版社）、1998 年姜宝昌和黄喆生著的《鲁迅》（晨光出版社）等，人物研究有 1954 年陈梦韶的《鲁迅在厦门》（作家出版社）、1985 年彭定安的《鲁迅和他的同时代人》（春风文艺出版社）、1997 年孙郁的《鲁迅与周作人》（河北人民出版社）等。之前以鲁迅传记为核心的四篇硕士学位论文在新世纪以来的传记部分都或多或少介绍了这四种类型中的某些作品，对新世纪之前的同类作品却只字未提；徐允明、张梦阳、陈金淦、李程骅四位专家对 21 世纪以前的鲁迅传记的研究论文却不约而同地将这些作品排除在鲁迅传记之外。本文在此将它们分别列出，并依据朱文华的理论把它们归入"非正式传记"一类，不再深入研究。

2. "自说自话"的窘境

进入 21 世纪以来，鲁迅传记作品种类繁复、数量众多，抛开层出不穷的非正式传记作品不多，单是正式的鲁迅传记在短短十几年内就已经出现了 27 部，几乎相当于 30 年代初到 90 年代末的鲁迅传记作品的总量，21 世纪初可谓鲁迅传记创作的大丰收、大繁荣时期。然而，在受关注度和影响力上，新世纪初的鲁迅传记相比于八九十年代的鲁迅传记却难以望其项背。除了陈越的《鲁迅传论》、林辰的《鲁迅传》、朱正的《一个人的呐喊》、上海鲁迅纪念馆编的《鲁迅画传》和张梦阳的《会稽耻》收获了专家学者的几篇评论文章或报纸媒体的几篇采访报道外，其他的传记作品很少引起学术界和评论界问津的；另外，21 世纪以来，鲁迅传记创作持续高温不下，硕果累累，却没有专家对其进行阶段性、专题性的研究，只有李红玲的《鲁迅形象的演变——以鲁迅传记为中心》、刘耀辉的《多维视野中的鲁迅传记研究》和陈灵的《鲁迅形象的重构——新时期以来的鲁迅传记研究》三篇硕士学位论文在部分章节里对其进行了探讨分析。可以说，新世纪以来的鲁迅传记虽然让人目不暇接、眼花缭乱，呈现一片欣欣向荣之势，但这表面的繁华却难以掩饰其背后的落寞，如果说八九十年代的鲁迅传每一部作品都掷地有声，那么新世纪的鲁迅传则带有一定的自说自话性质。这一现象的形成是由不同时代的思想文化语境决定的，它体现了当代知识分子不同的现实选择。

1977年，"四人帮"被粉碎，中国进入社会主义革命和建设的"新时期"。随着一系列"拨乱反正"和"正本清源"活动的开展，社会生活形态逐渐恢复到正常状态，在现代化建设的感召下，作家们满怀"解放"的激情和乐观的期待投入到"新时期文学"当中，文学创作成为他们政治表达和情绪释放的重要载体。"文化大革命"结束到80年代初，随着政治环境的日益宽松和思想解放运动的逐步深入，鲁迅传记创作者开始尝试从自己对鲁迅的理解出发去重构鲁迅，纠正被过于政治符号化的鲁迅形象，但他们并没有摆脱单一的政治社会学视角。80年代初期鲁迅传记所重构的鲁迅形象实质上就是恢复"五四"时期鲁迅的启蒙者形象，既表达了新时期中国知识分子启蒙自身以重新确立自己独立性的渴望，又寄托了他们启蒙大众以参与新时期文化建构的理想。

80年代中后期，改革开放的浪潮席卷着中国社会各个领域，促成了新一轮思想解放局面的形成；"回到文学自身"和"文学自觉"成为这一时期的热门话题，当代的知识分子对社会与公众的关注热度有所下降，文学开始失去其在80年代初的显赫地位。90年代，中国内地最重要的社会现象就是市场经济的全面展开，尤其是1992年社会主义市场经济体制的确立，推动了中国的全球经济"一体化"进程，直接导致了社会结构重组、文化格局改变的"社会转型"的出现。一方面，国外各种新的文化思潮的文艺观念被大规模地引入中国，为鲁迅传记写作提供了新的研究思路和研究方法，80年代末至90年代的鲁迅传记跳出了已有的传统窠臼，转向了个体生命本真层面的鲁迅形象重构，展现了鲁迅作为现代知识分子的个体性和复杂性。另一方面，年轻一代的知识分子在思想文化多元化的背景下面临着选择的艰难，对本土民族传统的怀疑加剧了无所适从的痛苦，对西方强势文化的"救助"又时刻警惕，如履薄冰，"深刻的不信任感使得这批生活道路相对单纯的知识者成为精神上最不单纯、最为复杂、最矛盾以至混乱的一代"①。可以说，年轻一代的中国知识分子在重构鲁

---

① 汪晖：《反抗绝望——鲁迅及其文学世界》，河北教育出版社2002年版，第298页。

迅形象的过程中实现了对充满矛盾性的自我意识的思考和对自身的审视，又在审视自身的过程中进一步理解了作为现代知识者鲁迅文化选择的悖论性痛苦，分享了鲁迅悖论性的个体生命。

自90年代中期以来，市场经济发展迅猛，日益成熟，市场理念和市场逻辑向社会各个领域渗透，整个中国社会呈现出全面市场化的态势。"文学与政治权力，与市场之间，建立了一种既抵御又同谋的复杂依存关系。"① 文学与政治相对疏离，文化经济和商业文化相伴出现并不断发展壮大，改变了原先的文化格局，寄予公众关怀和人文精神的、具有深度思想价值的文学作品已经难以缓解现代人的焦虑感和紧张感，人们倾向于去寻求一种娱乐性的消费文化产品，以获得感性和感官的满足，在某种程度上，大众思维已经被种种复制化、平面化的文化碎片所占满，精英知识分子和精英文学在社会中的地位也日趋边缘化。面对大众文化的强势"入侵"，面对边缘化的生存处境，当代知识分子做出了不同的选择。一部分知识分子依然坚持学院派的学术本位思想，只是不再扮演"公众代言人"和"人生导师"的角色，而是从公共领域转向了私人领域，在自己的私人空间内坚持学术研究而笔耕不辍。比如陈越创作《鲁迅传论》，朱正创作《一个人的呐喊——鲁迅传》，项义华创作《人之子——鲁迅传》，倪墨炎创作《大鲁迅传》等，这些传记作品都延续了传统的学术研究模式，体现了创作者对知识分子的大众启蒙理想的坚守。另一部分知识分子则是感受到了无所不在的大众文化对高雅文化的威胁，努力调整自我以适应大众化的时代背景，在与大众文化的融合中寻求新的发展机遇。比如一系列的鲁迅画传和普及型的鲁迅传记读物的出版，都是21世纪知识分子顺应当下的文化潮流、面向大众的产物。21世纪的鲁迅传记虽然创作模式和书写风格各不相同，但都树立与宣扬了作为"真人"鲁迅的公共知识分子形象，并试图在对鲁迅一生的叙述和描绘中实现对自身的重新定位。

结　语

法国作家瓦雷里说"人是×"。鲁迅只有一个，但对鲁迅的言说却有无数个，对于这样一个丰富的人的标本，不同的人，不同的时代，就会有

---

① 洪子诚：《中国当代文学史》，北京大学出版社2007年版，第328页。

不同的鲁迅，鲁迅的生命力就在于他活在这样一个阐释的河流之中。这是由鲁迅本体的丰富性、复杂性和深刻性所决定的，同时，它又为传记创作者写出一个真实的鲁迅带来了巨大的挑战性和无穷的吸引力。虽然鲁迅已经成为过去，但鲁迅和他所处的那个时代依然散发着让人无法抗拒的独特魅力，吸引一代又一代的人们去怀念，去憧憬，去回味，去求索。鲁迅作为中华民族的一种独一无二、价值斐然的精神文化遗产，无论在任何时代都有不可磨灭的教育和指导意义，只有紧密联系当代中国的实际，深入挖掘鲁迅精神文化遗产的丰厚内涵，不断从中汲取智慧和能量，才能真正历久弥新。鲁迅的时代已经一去不复返了，但我们今天依然需要鲁迅，鲁迅是言说不尽的。

本书通过对鲁迅传记的梳理研究，从文本内容和艺术形式两个方面，对80年代中期以后的鲁迅传记写作进行了整体的考察，比较分析了20世纪末和21世纪初两个阶段的鲁迅传记创作的共性和差异，并结合不同时代的思想文化脉动，探究了鲁迅传记创作演变的内在依据，从而加深了对整个鲁迅传记写作历史的感知和把握。

经过研究发现，80年代中期以后，鲁迅传记写作无论在创作方法、表现内容上，还是在艺术构思、写作手法上，都与以往的鲁迅传记截然不同。一方面，传记作者们突破了以往阐释的单一视角，开始从各自不同的视角出发，写出"我之鲁迅观"。20世纪末的鲁迅传记塑造了"走向人间"的鲁迅形象，鲁迅被描绘成"精神界之战士"、为情所困的"爱的动物"、专治学术的"国学大师"，甚至是孤独苦闷的"绝望反抗者"；21世纪的鲁迅传记则重构了"走近平民"的鲁迅形象，不但鲁迅"作为思想家"的一面得了刻画，而且其作为一个普通人、一个平民知识分子的不同侧面更加受到关注。前一阶段的鲁迅传记倾向于对知识分子鲁迅的个性化书写，后一阶段的鲁迅传记则更加多元化，呈现一种开放型的发展模式。另一方面，80年代中期以来的鲁迅传记更加注重作品的艺术构思和艺术表达，不仅在笔法上有所突破，在文体结构方面也同样有所创新。20世纪末的鲁迅传记不但开创了连环比较体的先例，而且还成功运用了书话文体和杂文笔法、立体结构和复式笔法；21世纪以来的鲁迅传记既有以思辨见长的鲁迅传论，也有以史料取胜的鲁迅史记，其中，图文互动的鲁迅画传成就最为突出，文史结合的传记体小说——《苦魂三部曲》在鲁迅传记学史上同样独树一帜。通过纵横对比，笔者发现，20世纪末和21

世纪初的鲁迅传记存在一种继承与发展的关系。从整体上说，这两个阶段的鲁迅传记创作的社会思想文化背景有着一定的相似性，"文化大革命"后政治生活的日益民主化，经济迅速发展带来的社会市场化，以及全球化语境所影响下的思想文化自由化、多元化，都不同程度地影响了鲁迅研究的方法和方向，进而引起了鲁迅传记写作的发展演变。其中最为关键的是，这两个阶段的鲁迅传记对鲁迅形象的塑造都隐含了"回到鲁迅那里去"的共同目标，鲁迅形象不再局限于"三家五最"的藩篱，从"天上"回到"人间"，之前不断被"神化"的鲁迅形象逐渐被修正，鲁迅作为一个真正的"人"的不同侧面逐渐得到关注和展现，一个真实的、深刻的、复杂的、立体的鲁迅形象逐渐丰满起来。从这个意义上说，21 世纪以来的鲁迅传记创作可以算是对 20 世纪末的鲁迅传记的一种深化和整合。还有一个问题是，21 世纪以来的鲁迅传记创作存在"百家争鸣"与"自说自话"的矛盾。一方面，21 世纪以来的鲁迅传记创作不断升温，短短十几年已有 27 部鲁迅传，几乎与之前半个多世纪的鲁迅传数量相当，呈现出一种百花齐放的繁荣景象。而另一方面，这一时期的鲁迅传记创作虽然大获丰收，却少有作品引起文艺界、批评界的关注，不像 20 世纪末的鲁迅传记那样，几乎每一部都掷地有声，21 世纪初的鲁迅传记写作遭遇了一定的"自说自话"的尴尬。这与 21 世纪消费型文化"大行其道"、精英文化日益边缘化的社会现实密切相关。

我国是传记文学大国，但在传记文学理论方面却不时陷入"捉襟见肘"的窘境。不可避免地，本书在写作过程中遭遇了同样的尴尬。虽然笔者从现有的传记理论出发，竭尽所能从不同的层次对 80 年代中期以来的鲁迅传记做了理性分析和探究，力图从理论高度上对鲁迅传记创作提出一些建设性的意见，但最终还是力不从心而不得不放弃。尽管如此，笔者还是满心期待一部与鲁迅真正相称的、能够酣畅淋漓地展现鲁迅的人格魅力和才情气质的、达到世界优秀传记水准的鲁迅传能够早日问世。

第三章

"历史河流"中的"鲁迅形象"

引 言

鲁迅无时无刻不在被人言说着、鲁迅形象无时无刻不在被人构筑着，鲁迅正存活在这种不断的言说和构筑中。至今关于鲁迅的各种传记已有30多部，而对这些传记的研究目前尚处于起步阶段。

王富仁的《鲁迅研究的历史与现状》（浙江人民出版社 1999 年版）通过近百年来四个不同历史时期中人们对鲁迅的认识与评价，梳理出不同历史阶段鲁迅形象的演化；钱理群也在《心灵的探寻》（北京大学出版社 1999 年版）中指出：不同层次的读者都从各自的时代和个性出发，不断地建构、接近"鲁迅"本体，又不断地丰富"鲁迅"本体，这是一个没有终结的阐释过程。真正对鲁迅传记进行全面细致梳理的是张梦阳的《鲁迅传记写作的历史回顾》，作者在文中开宗明义地写道："认真梳理、评述鲁迅传记写作的历史，科学地评析这 27 种鲁迅传的得失，从理论上总结鲁迅传记写作的历史经验，探索新版鲁迅传的写作新路，不仅对鲁迅研究会有所推动，而且对其他中国现代作家研究和传记写作以至整个传记学的理论建设都会有所裨益。"①但从整个鲁迅阐释长河中对鲁迅传记进行研究，并结合社会历史及文化原因探究不同时期所产生的鲁迅传记中鲁迅形象的演变在目前还未形成专著专论。因此，以鲁迅传记为中心，勾勒出整个阐释河流上鲁迅形象的演变无疑具有重大的学术价值。

"阐释"是在理解文本中的读者的能动性显现，而文本的历史和动态本质是：存在于时间系列中接受视野的不断交替演化中，是与阐释者相互作用而生成的，是"效应史"中永无终结的展示。在不同的文化语境里，

---

① 张梦阳：《鲁迅传记写作的历史回顾》，《鲁迅研究月刊》2000 年第 3 期。

阐释者总是根据自己所处的时代和境遇不断地修正许多既定的观念和日积月累形成的习惯，对既往的阐释进行重新阐释，使之更具有当代性。新的阐释在与以往阐释的对比与重复里重写、问答、重建，对以往的事件重新审查，与以往的争论一起争论，有时还要抽出身来，做一个全新的定位和评价，这就是阐释的历史性。阐释学主张：在通常的文学史中应该将历史性阅读居于阅读的首位。① 阐释的当代性特征即是在现在时间之下展开当下的意义与当下命题的层次，而且是在理解中，通过综合，从整体上把握或理解各种阐释的当代意义，这也就是阐释学所说的"理解总是在特定情境、特定条件下，由特定的个人实施运作的"②。也即是对于阐释对象把握的方向和重点都要与阐释主体的阐释目的暗合，这就是阐释的主体性。也就是说，阐释总是具体情境下阐释者的创意、引申与发展。当然，这种创意、引申与发展不能离开阐释对象本体。

就研究一个历史人物来说，人物传记是考量其生平和接受的重要依凭。人物传记的作者有时同时具有"读者"和"作者"双重身份，特别是对一些作家传记的作者来说。他们通过阅读传主的作品去理解和阐释传主，又在自己的传记中应用于对传主的阐释和理解。因此，"鲁迅"作为阐释对象也可视为一个"文本"，他同样有一个不断被当代化的过程，即鲁迅形象有一个演变史。以鲁迅传记为着眼点去探究鲁迅形象的演变无疑是一个极好的切入点。不同时期的鲁迅传记对于鲁迅形象的建构，都鲜明地体现了传记作者所处时代的特征。这些传记写作的目的当然主要是为了还原一个真实的鲁迅形象，可真实的尺度也处于不断变化之中。这就意味着鲁迅形象一直体现着"当代人"的精神世界。因此，无论鲁迅的文学还是思想，都是在"当代"文化理论、"当代"人的精神构成内被阐释的。

鲁迅形象经历了一个由"个人—集体—个人"建构的演变过程，也即是由1931年第一部鲁迅传——增田涉的《鲁迅的印象》诞生至"文化大革命"前期的个体化鲁迅形象的塑造，到"文化大革命"时期石一歌《鲁迅传》的集体化阐释，再到"文化大革命"后的个性化鲁迅形象的建构。每个人都根据自己的阅读经验，力图还原"真实"的鲁

---

① 金元浦：《文学解释学》，东北师范大学出版社1998年版，第195页。

② 同上。

迅（包括鲁迅形象的解构论者）。然而，"处于不同时代的读者由于各自历史背景和文化背景的差异，必然对同一作家，同一作品有不同的理解、解释和评价，这方面的差异有时甚至很大"①。"此外，同一历史时期的读者、读者集团和社会阶层由于社会政治经济地位、文化程度、生活经历和欣赏趣味的差异，因而对作品的理解、解释与评价也会大不一样。占主导地位的接受意见往往决定某一时代对某个作家或作品一般的理解和评价。"② 但是，阐释者并没有放弃建构真实鲁迅的梦想，尽管绝对意义上的真实的鲁迅永远可望而不可即，但阐释者可以在阐释之路上接近，再接近。何况接近鲁迅的过程也是接近阐释主体自我世界的过程。真正有建树的阐释不在于全面刷新以往有关鲁迅的言说，或者彻底否定以往的结论，即使泛政治化的阐释，也还是要考虑阐释的特定历史性。这样，新的阐释又是在对以往阐释成果尊重的前提下弥补以往的阐释盲点。所以，我们把研究重点放到鲁迅形象的动态演变以及鲁迅形象与阐释主体间相互生成的互动过程上。在这一总体思路的基础上，以时间顺序为经，以同一时期产生的鲁迅传记为纬展开研究。传记作者从自己所处的历史语境出发，使鲁迅形象经历了由启蒙者鲁迅逐渐走向政治形态的鲁迅，以后又还原为启蒙者鲁迅，同时深化了文化巨人与精神伟人的巨大空间与深邃世界，再转向探索个体鲁迅的多个侧面，最后汇合成多元、立体的鲁迅形象："民族精神的缔造者"、饱含"人文关怀的学者"以及"自由主义者""蔑视偶像的莱谟斯""社会公民""受凌辱最甚的人"③ 等。但这其中又包含一个解构的过程：解构者亦从反思政治形态的鲁迅被神化出发，发展到为了打破鲁迅神话而进行的缺少学理性的全盘否定，再经由俗化的论争，最后升级为对鲁迅形象的全面颠覆：从思想到文学，再到人格。但是，值得注意的是，建构在一定条件下也是一种解构；反之，解构又是另一种意义上的建构。

回顾半个多世纪以来鲁迅形象的建构，也即鲁迅的阐释史，其实质就是鲁迅作为一个文本的接受史。姚斯说："我们把诠释过程看作由理解（intelligere）、阐释（interpretare）和应用（applicare）三个瞬间过程组成

---

① 张汝伦：《意义的探究——当代西方释义学》，辽宁人民出版社1986年版，第303页。

② 同上。

③ 上述观点参见《走近鲁迅》，《收获》2001年第2—6期。分别为陈思和、黎湘萍、王富仁、章培恒的观点。

的统一体。"① "理解、阐释和应用（在诠释过程中完成的）的三位统一体与三个相关视野——主体视野、解释视野和触发视野——是相互适应的。"② 接受美学的所谓具体化或客观化，似乎都是在提倡一种新意识——效应史意识。效应史意识是阐释活动的主导意识，是阐释与寻找意义，或曰抛弃以往文学理论研究中一味注意作品的因素和它们间的相互作用的"旧价值"，而寻求置读者于阐释设计中心的新价值。因此一个作家的价值就是在他被不同地区、不同时代的读者不断理解、阐释和应用的过程中逐步彰显出来的。

　　鲁迅的丰富性和矛盾性使他成为中国现当代文化中一个重要的话语资源。不同时代及置身其中的不同个体都构筑起自己的"鲁迅观"和"鲁迅形象"，不同的"鲁迅观"和"鲁迅形象"的论辩与冲突构成了一道充满喧哗的文化景观。我们试图通过从 20 世纪 30 年代到 21 世纪初这七十多年间产生的鲁迅传记，勾勒出这一文化景观中鲁迅形象的演变过程，从而获得对鲁迅形象演变的整体性认识。而选取在各个时代有代表性的鲁迅传记作为研究对象当是一条最恰当、最有效的途径，一方面它可以帮助我们寻绎步入"鲁迅世界"的恰当方式，另一方面也可以以此为透镜考量整个中国现当代思想文化的脉动，并为当下的鲁迅研究提供借鉴。

　　毫无疑问，鲁迅形象的塑造会随着社会制度和文化政策的变化而变化，但研究鲁迅形象的演变其意义并非单纯至此。鲁迅是中国现代优秀知识分子的代表，鲁迅形象的塑造是中国知识分子对于自身精神的剖析与描述。换言之，考察鲁迅形象的演变也就是考察中国知识分子的思想变化状况，这一演变过程几乎可以勾勒出近百年来中国知识分子的精神变迁史。鲁迅形象的演变既可归因于西方思潮"外部冲击"的影响，也源于鲁迅形象自身的丰富性和复杂性，更是由于中国知识分子自身的内部需要，即在建构鲁迅形象的背后，隐含着中国知识分子不同的文化观念和精神选择。可以说，不同时期鲁迅形象的建构，与中国知识分子在其所处的不同时代的文化环境中的精神构成密切相关。一方面，被建构的鲁迅形象参与了当时中国知识分子的精神构成；另一方面，知识分子如何反观自身，也

---

　　① ［德］H. R. 姚斯、［美］R. C. 霍拉勃：《接受美学与接受理论》，周宁、金元浦译，辽宁人民出版社 1987 年版，第 176 页。

　　② 同上。

便如何建构他们心中的鲁迅形象。

总之，本章试图通过对鲁迅传记的考察更深切地领悟到："历史经验的特点是我们身在一个事件之中而不知道我们周围发生的是什么，后来在回顾时才理解已经发生的事情。因此历史必须由每一个新的现在重新撰写。"[1] 当然，重新撰写不是目的，通过重新撰写、重新思考阐释者如何反思、对抗、清理阐释学对于鲁迅形象建构的隐在影响，才是本书的写作目的。它也是中国知识分子唤醒自我、寻找自我、建构自我、审视自我的一种方式。

第一节 1931—1949：正反批评中所显出的原生态

20世纪30年代的中国正处于内忧外患的境地。历经鸦片战争、甲午战争、八国联军侵华、袁世凯复辟等事件，中国的政治、经济已是千疮百孔，只有文化在积贫积弱的国家中发出怒吼，以狂飙突进之势荡涤着封建思想的流毒，将科学、民主的观念植入进步知识分子的心中。这一特定的时局特征和文化背景无疑对于当时的鲁迅研究和批评是十分重要的。

回顾鲁迅阐释史上阐释主体与鲁迅形象之间密切相关的命运，我们可以看出，"五四"时期，虽然鲁迅的启蒙者身份一开始就已被确认，但阐释者大多是处于自在状态的直觉批评者。在20世纪三四十年代，阐释者曾经拥有过相当充分的主体自主性，即使在革命文学论争之时，鲁迅的启蒙者形象遭到激进思想的质疑时，阐释者也还是能够拥有一定的批评空间的。

一 同时代人眼中鲁迅的真实人生

国民政府成立后，虽然民众和在野党派一般仍可以批评政府及执政党，但政府和执政党却很少听取批评者的意见。由于民主制度的缺位，政府官员的贪赃枉法、作威作福也就无法避免。进步知识分子就是在国民党统治的夹缝中求得生存的。

1936年10月19日凌晨5时25分，鲁迅走完了自己历经坎坷的一生，

---

① ［德］伽达默尔：《伽达默尔集》，严平编选，邓安庆等译，上海远东出版社2003年版，第52页。

安详地闭上了双眼。10月22日，数万民众自发参加了鲁迅先生的葬礼，在一片挽歌声中，覆盖着"民族魂"之旗的鲁迅灵柩徐徐入穴。巨星陨落，万众同悲。一个停止了言说的人将在别人的言说中延续他的生命，从此以后，鲁迅成为一个十分重要的话语资源，不同的时代、不同的个人都将构筑起自己心目中的鲁迅形象。

鲁迅出生于一个士大夫家庭，他幼年时家道中落，看惯了世态炎凉；他踮着脚到药店为父亲买药，并终生痛恨耽误了父亲性命的中医；他看到中国人围观日军屠杀同胞的幻灯片，深悟国民麻木的可怕，于是准备以文艺拯救国人的灵魂；他把朱安视为母亲的"礼物"，强烈反对封建礼教的他，却成了孝道的牺牲品；他多疑，把疯人杨树达的"袭来"想象成别有用心的骚扰；他固执，对不喜欢的人和事毫不留情，在厦门大学演讲，校长先请他吃饭再让他登台，他却依然对校长的治校之道发难；他的韧性体现在他对论敌"一个都不宽恕"上面，他的温情更多地体现在他对柔石、刘和珍、萧红、殷夫这些青年父爱般的关怀上；他矮小并且身着陋袍，他抽烟并且多为劣质；他在教育部任佥事并且在多所学校任教，是为了养家；他曾在家研佛抄碑，也曾苦读唯物主义与马列著作；他写杂文"骂人"，就是要给论敌添点"小不舒服"……

在鲁迅去世前，作为文坛巨人，他的形象就被人们塑造着。最早的鲁迅传是由鲁迅的私淑弟子增田涉写于1931年、公开发表于1932年4月东京《改造》杂志上的《鲁迅传》，曾被误为佐藤春夫所作，据说曾得到过鲁迅的认可。此外还有1934年王森然的《周树人评传》，1935年美国记者斯诺的《鲁迅——白话大师》，1941年小田岳夫的《鲁迅传》等。这些传记以及周作人、许广平、孙伏园、许寿裳、内山完造等鲁迅的亲人和朋友的回忆，可以为我们勾勒出鲁迅的真实人生。

上海文学书店出版的增田涉写的《鲁迅传》，署名佐藤春夫，梁成译，用简洁的笔触粗糙地勾勒了鲁迅的一生，约有3万字，文中大量地引用了鲁迅的作品，以及同时代人对鲁迅作品的评论，其中虽有误记之处，却因是与鲁迅有过亲密接触之后所作，故有真实之感。在叙述上延续了鲁迅自传所提供的基本生活经历，又有所补充与评价。鲁迅在南京求学时"他是沉醉于像少年似的浪漫的人道主义，兴奋地在努力着"①，因而以优

---

① ［日］佐藤春夫：《鲁迅传记其他》，上海文学书店1936年版，第5页。

异的成绩毕业，"得到省费到日本去留学"①。在留学期间"鲁迅已经是推翻满清的革命党党员了"②，积极参加各种旨在推翻满清政府的实际运动。由于家人需要他的经济援助，不得不于 29 岁那年回国。先在杭州师范任教，后在绍兴中学当教务主任，但不到半年就跑掉了，是因为"他和无论哪一个上自校长下至所有古董的道学先生的同事吵架，思想上不对的缘故"③。待到"都督（王金发）要杀害鲁迅的消息带到他（鲁迅）那里，鲁迅拔腿就逃到了南京去"④，在教育部任职。这些记述与后来鲁迅传记对这些事件中善于战斗、富有反抗精神的鲁迅形象地塑造大相径庭，更像生活在你我身边的普通人。

王森然曾在北大听鲁迅讲过《苦闷的象征》，他的评传勾勒出了生活中的鲁迅。"先生上课，至独早，去至迟。尝挟书包，至大红楼前，列席棚中便饭。玉菽窝头，芥面条子，与人力车夫，卖报童叟，共坐一凳，欣然大餐。"⑤ "先生上课时，其铅笔恒置右耳上，备以更正讲义中之错字者。有时畅谈，一小时不动讲义，其笔仍置耳上不动。下课后先生置棚中吃饭，余蹒跚其行，至御河桥上，北望五龙亭，挟书伫立。先生口衔纸烟，囡发蓝衫，坐人力车过此，微笑点头，视之，其笔仍在耳上也。"⑥ 许广平则作如是说："在钟声还没收住余音，同学照往常积习还没就案坐定之际，突然，一个黑影子投进教室来了。首先惹人注意的便是他那大约有两寸长的头发，粗而且硬，笔挺的竖立着，真当得'怒发冲冠'的一个'冲'字。一向以为这句话有点夸大，看到了这，也就恍然大悟了。褪色的暗绿夹袍，褪色的黑马褂，差不多打成一片。手弯上、衣身上的许多补钉，则炫着异样的新鲜色彩，好似特制的花纹。皮鞋的四周也满是补钉。人又鹘落，常从讲坛跳上跳下，因此两膝盖的大补钉，也掩盖不住了。一句话说完：一团的黑。"⑦ 一个不修边幅、平易近人的鲁迅跃然

---

① ［日］佐藤春夫：《鲁迅传记其他》，上海文学书店 1936 年版，第 5 页

② 同上书，第 7 页。

③ 同上书，第 9 页。

④ 同上。

⑤ 王森然：《周树人先生评传》，生活·读书·新知三联书店 1998 年版，第 284 页；本书 1932 年原版和 1984 年重版时书名均为《近代二十家评传》。

⑥ 同上。

⑦ 许广平：《鲁迅和青年们》，《欣慰的纪念》，人民文学出版社 1981 年版，第 41 页。

纸上。

小田岳夫在鲁迅逝世几个月后才到鲁迅家去拜访过,他跟鲁迅并没有实际的交往,但他的传却不乏真知灼见。他认为"孙文是制造新中国的外表的人。而鲁迅,同他比起来,却是为制造新中国的实质而毕身忍受着苦痛的人"①,也即"中国精神的缔造者"。鲁迅写作小说的目的"是在中国人的人性的改革",而"并没有想做作小说家的意欲和野心"(同增田涉一样,强调"启蒙思想家"才是鲁迅努力的目标,"作家"是实现这一目标意外的结果),在写作的过程中,鲁迅制造着孤独,品尝着孤独,"渐渐地他和文化界一般人的步调不同,带有了孤高的风度"②。1927 年的"四·一二"反革命政变一向被鲁研界认为是鲁迅思想由进化论转为唯物论的分水岭,小田岳夫却有不同的观点,认为鲁迅并未受唯物主义的影响,"他的这种转变的出发点,乃是他苦恼着没有权力去救助那些弱者,这是基础于他的固有的一种人道主义的志向的"③。对于鲁迅参加左联,一般人都认为鲁迅是转向甚至投降了,但小田氏认为"虽然他有态度的发展,但却从来不曾转向过"④。这与斯诺和增田涉的看法是一致的,他们都认为鲁迅的思想是一个连续发展的过程,并不存在早期思想和晚期思想的断裂与飞跃。对于鲁迅的性格,小田氏则认为鲁迅有"洁癖的性情……鲁迅的心境多少带有着被迫害者那样的成分"⑤。

1935 年由北新书局出版的李长之的《鲁迅批判》在鲁迅研究史上有举足轻重的地位,它是鲁迅研究史上第一部成体系的专著,也是唯一经由鲁迅亲自批阅过的,它虽不是一本纯粹的鲁迅传记,但它的第五章"总结:诗人和战士的鲁迅:鲁迅之本质及其批评"却深入了鲁迅的文化心理、性格特征和生命哲学等各个方面,运用心理分析的方法表达了自己对鲁迅的独特理解。作者把研究对象置于一个特定的历史环境,从主客观互相关系的推动上,探讨鲁迅创作不断向前发展和变化的轨迹,塑造出了一个动态的鲁迅。

"倘若诗人的意义,是指在从事于文艺者之性格上偏于主观的,情绪

---

① 〔日〕小田岳夫:《鲁迅传》,上海开明书店 1936 年版,第 2 页。

② 同上书,第 52 页。

③ 同上书,第 72 页。

④ 同上书,第 79 页。

⑤ 同上书,第 65—66 页。

的，而离庸常人所应付的实生活相远的话，则无疑地，鲁迅在文艺上乃是一个诗人；至于在思想上，他却止于是一个战士。"① 他称鲁迅为诗人，却又不是吟风弄月的那一派，因为鲁迅"所有的，乃是一种强烈的情感，和一种粗暴的力"②。正是这种情感上的粗暴，使鲁迅对于优美缺乏鉴赏力，只能欣赏"力的表现"的木刻。又说鲁迅"是枯燥的"，"性格上是内倾的"，"不爱'群'，而爱孤独，不喜事，而喜驰骋于思索情绪的生活"，鲁迅在情感上是病态的，在理智上却是健康的，这种性格使鲁迅在情绪的表达上取得了巨大的成功，却又使他难于写出长篇小说。

"鲁迅像一般的小资产阶级一样，情感一方面极容易兴奋，然而一方面却又极容易沮丧。"③ 因而鲁迅"非常脆弱"，"太锐感"，"容易变到多疑上去"，却"是一个再善良也没有的人"。④ 小资产阶级的根性使鲁迅容易走上个人主义的道路。"然而鲁迅不是思想家。因为他是没有深邃的哲学脑筋，他所盘桓于心中的，并没有幽远的问题"⑤，"他在根底上，是一个虚无主义者"，而这一切都无损于鲁迅成为一个战士，"他在战士方面，是成了一个国民性的监督人，青年人的益友，新文化运动的保护者了，这是我们每一思念及我们的时代，所不能忘却的！"⑥ "诗人是情绪的，而鲁迅是的；诗人是被动的，在不知不觉之中，反映了时代的呼声的，而鲁迅是的；诗人是感官的，印象的，把握具体事物的，而鲁迅更是的。"因此，鲁迅确定无疑是个诗人。另外，李长之又特别看重鲁迅的战斗精神及其战士的本色。在书的结尾，作者用"诗人"和"战士"两个词概括鲁迅，说："撇开功利不谈，诗人的鲁迅，是有他的永久价值的，战士的鲁迅，也有他的时代的价值！"⑦

此后的几年里，毛泽东从自己的政治倾向和审美观念出发给了鲁迅极高的评价。1938 年在陕北公学纪念鲁迅逝世大会上，毛泽东说："鲁迅在中国的价值，据我看要算是中国的第一等圣人。孔夫子是封建社会的圣

①　李长之：《鲁迅批判》，人民出版社 2003 年版，第 136 页。
②　同上书，第 136—137 页。
③　同上书，第 148 页。
④　同上书，第 150 页。
⑤　同上书，第 160 页。
⑥　同上书，第 161 页。
⑦　同上书，第 162 页。

人，鲁迅则是现代中国的圣人。"① 1940 年，毛泽东在《新民主主义论》里给予鲁迅更详细的评价："而鲁迅，就是这个文化新军的最伟大和最英勇的旗手。鲁迅是中国文化革命的主将，他不但是伟大的文学家，而且是伟大的思想家和伟大的革命家。鲁迅的骨头是最硬的，他没有丝毫的奴颜与媚骨，这是殖民地半殖民地人民最可宝贵的性格。鲁迅是在文化战线上，代表全民族的大多数，向着敌人冲锋陷阵的最正确、最勇敢、最坚决、最忠实、最热忱的空前的民族英雄。鲁迅的方向，就是中华民族新文化的方向。"② 这些评价已初露抬高的端倪，但对"鲁迅的骨头是最硬的，他没有丝毫的奴颜与媚骨"的评价是准确无误的。

　　胡风是鲁迅十分信赖的朋友和助手，更是鲁迅思想的继承者，他是从人格、精神、事业、思想上全面地吸收、感应着鲁迅，将之完全融化成了自己的血肉生命，并且创造性地用鲁迅的精神与现实世界碰撞、结合。在"国防文学"与"民族革命战争的大众文学"两个口号的论争中，胡风忠诚地执行了鲁迅目标。20 世纪 40 年代，面对复杂现实斗争，胡风清醒而深刻地看到，"在神圣的民族战争期的今天，鲁迅的信念是明白地证实了：他所攻击的黑暗和愚昧是怎样地浪费了民族力量，怎样地阻碍抗战怒潮的更广大的发展"③。从这一立场出发，可以看出胡风的确是鲁迅反封建的"进步主义"的精神弟子。在鲁迅逝世以后，他自觉继承鲁迅所开创的现实战斗精神的实践道路，用现实主义的理论来指导和影响文艺创作实践，他通过编辑《七月》《希望》等刊物和丛书，团结了一大批向往革命的文学青年，在抗战文学运动中产生过重大的影响。胡风所有的文学实践都是以鲁迅坚持的知识分子的启蒙立场为出发点的，他强调知识分子应该继承"五四"的战斗传统进行抗战。他还继承了鲁迅对于蕴含于大众中的"精神奴役"进行批判，这些都鲜明体现了胡风对鲁迅"启蒙思想家"的认同与继承。

　　第一本真正出自国人之手的鲁迅传，是王士菁写于 1947 年的《鲁迅传》，它将鲁迅的生活经历与社会的发展结合起来描绘鲁迅的一生，为后来鲁迅传记的写作奠定了一个基本的模式。文中大量地引用鲁迅的原著以

---

① 毛泽东：《论鲁迅》，《毛泽东文集》第 2 卷，人民出版社 1993 年版，第 34 页。

② 《毛泽东选集》第 2 卷，人民出版社 1991 年版，第 698 页。

③ 胡风：《关于鲁迅精神的二三基点》，《胡风全集》，湖北人民出版社 1999 年版，第500—502 页。

及关于鲁迅及其作品的评论文章，作者自己的观点表露甚少。在文章的结尾，他引用了毛泽东对鲁迅的评价："鲁迅是中国文化革命的主将，他不但是伟大的文学家，而且是伟大的思想家与伟大的革命家……鲁迅的方向就是中华民族新文化的方向"，"鲁迅则是新中国的圣人"，并且认为"这就是鲁迅在历史上最真实的评价"。①

什么是真实的鲁迅？鲁迅是一个立体雕像，人们都从自己的视角切入鲁迅性格的一个方面。

鲁迅对青年后辈的提携与关爱是人所共知的，他的大部分时间都花在帮助青年作家改稿、办报、出书上，晚年还为提倡版画而奔波。他曾亲自上街去为青年修鞋，也曾供养过欲为他当"儿子"的青年的一家三口，还曾被自己扶植起来的青年的倒戈所伤，然而，他并不"因为一个人做了贼，就疑心一切的人"②，依然一如既往地关心着青年的成长。"鲁迅对于后进的提拔，可以说是无微不至。《语丝》发刊以后，有些新人的稿子，差不多都是鲁迅推荐的。他对于高长虹他们的一集团，对于沉钟社的几位，对于未名社的诸子，都一例地在为说项，就是对于沈从文氏，虽则已有人在孙伏园去后的《晨报副刊》上在替吹嘘了，他也时时提到，唯恐诸编辑的埋没了他。还有当时在北大念书的王品青氏，也是他所属望的青年之一。"③

鲁迅对论敌的讽刺与痛骂也是有目共睹的，他的大部分杂文都是在针砭社会的时弊与人性的丑恶，毫不留情。他曾主张"痛打落水狗"，也曾辛辣痛斥"资本主义的乏走狗"，直至去世之前他还说"我一个都不宽恕"。林语堂说："鲁迅与其称为文人，无如事号为战士。战士者何？顶盔披甲，持矛把盾交锋以为乐。不交锋则不乐，不披甲则不乐，即使无锋可交，无矛可持，拾一石子投狗，偶中，亦快然于胸中。此鲁迅之一幅活形也。德国诗人海涅语人曰，我死时，棺中放一剑，勿放笔，是足以语鲁迅。"④ "有人以为鲁迅好骂，其实不然，我从不见其谩骂，而只见其慎重谨严。他所攻击的，虽间或系对个人，但因其人代表着某一世态，实为公

---

① 王士菁：《鲁迅传》，香港文学研究社 1973 年版，第 527 页。

② 许广平：《鲁迅和青年们》，《欣慰的纪念》，人民文学出版社 1981 年版，第 48 页。

③ 郁达夫：《回忆鲁迅》，《鲁迅印象》，学林出版社 1997 年版，第 40 页。

④ 林语堂：《悼鲁迅》，《鲁迅印象》，学林出版社 1997 年版，第 16 页。

仇，绝非私怨。而且用语极有分寸，不肯溢量，仿佛等于称过似的。"①

这就是鲁迅，"为了提倡新文艺"，放弃了学籍；为了养活家人，又放弃了学业。对自己所欣赏的青年可以倾其所有地予以帮助；对御用文人则"决不宽容"。生活中不修边幅：满口的假牙，说话时口沫飞溅；熏黑的手指，有时咯吱咯吱地搔着两股周围；一件洋官纱可以从端午穿到重阳……却有着性格上的洁癖：对自己的书籍和文具，似乎比生命还重要，时刻保持干净整洁，更不容许同辈人性格上的瑕疵。因此，他可以和学生随意地开玩笑，一边讲笑话一边表演；可以在爱人面前炫耀自己，"许先生对我说，周先生在北京时，有时开着玩笑，手按着桌子一跃就能够跃过去"；②　却不能容忍朋友的一句口误，"有一回孙伏园——著名的《晨报》副刊的编辑——和先生谈话，得意忘形，说：'他们不料这一下踏在炸弹上了！'——这一句话便使先生大为不悦，以为自己替人写文字，费心尽力，结果当作了人家的炸弹，而至于粉骨碎身！"③……

　　　"同一历史时期的读者、读者集团和社会阶层由于社会政治经济地位、文化程度、生活经历和欣赏趣味的差异，因而对作品的理解、解释与评价也会大不一样。占主导地位的接受意见往往决定某一时代对某个作家或作品一般的理解和评价。在考察某一时代的对文学作品的接受情况时，不仅要考虑占支配地位的接受意见，还要了解占非支配地位的接受情况，这样才可能对某一时代的某一作家或某一作品的接受情况有比较全面地认识和了解。"④　我们试图寻找一个真实的鲁迅，然而，什么样的鲁迅才是真实的鲁迅？是"启蒙思想家"？是"民族魂"？是"战士"？是"文艺作家"？是"诗人"？是典型的"小资产阶级"？还是"好叔叔"？斯诺和增田涉则一致认为"他是优胜的农民作家，这也不可以这样说吧；可是还不能说他是无产阶级作家"。⑤

---

① 许寿裳：《日常生活》，《鲁迅印象》，学林出版社 1997 年版，第 50 页。

② 萧红：《回忆鲁迅先生》，《鲁迅印象》，学林出版社 1997 年版，第 116 页。

③ 徐梵澄：《星花旧影——对鲁迅先生的一些回忆》，《鲁迅印象》，学林出版社 1997 年版，第 178 页。

④ 张汝伦：《意义的探究——当代西方释义学》，辽宁人民出版社 1986 年版，第 304 页。

⑤ ［日］佐藤春夫：《鲁迅传记及其他》，上海文学书店版，第 23 页。

二　另类声音

20 世纪 40 年代的中国是一个特殊的历史时期，这不仅仅因为它一直处于战火纷飞之中，还因为它在时段上分为抗日战争和人民解放战争前后两个时期，这两个时期的战争性质和范围有着很大的不同，其政治和文化状况及特点各异。中国的文化界并没有因战火连绵而停滞不前，正是战争给人们带来了生活上的巨大灾难，促使文学家们对社会、生活等方面的问题做出了更为深刻的思考。抗日战争时期，中国在政治区域上形成日伪占领下的沦陷区、国民党占领下的国统区和共产党领导下的解放区三方鼎立的局面。出于当时激烈的政治斗争需要，不同政治利益集团都自觉地利用文学做宣传，文学在不同政治区域成为"载"不同政治利益集团之"道"的工具，即体现不同的意识形态。这一时期，无论国统区还是解放区，抗战建国和发展独立的民族文学是文学家们共同努力的目标。有关文艺"大众化"和"民族形式"的讨论，都是围绕通过文艺唤醒民众抗战的政治目的而发。沦陷区文学家则把抗拒日本殖民文化的同化，保持和发扬本民族的文学传统作为文学发展和自身努力的目标。"国统区文坛也显露出与抗战初期明显不同的新特点。作家的宣传活动受到国民党文化机构的限制和审查，失去了行动和心灵的自由。"① 倾向于国民党的文人也活跃起来。1942 年郑学稼的《鲁迅正传》就是在这样的背景下产生的。

在所有的鲁迅传中，郑学稼的《鲁迅正传》无疑是一个另类，与鲁迅传记的其他所有作者不同，郑学稼不是鲁迅的仰慕者和追随者，他完全以一个批判者和嘲讽者的姿态为鲁迅写下了洋洋洒洒约十万字的传记，而且套用了《阿 Q 正传》的名字，命名为《鲁迅正传》，这代表了自"鲁迅"之名问世以来一直存在的一条解构鲁迅的思路。

郑学稼是大学教授，农学院出身却在文学方面也小有所成，古远清称之为"第四种人"，"系指郑学稼除当过共产党，又做过'反共理论大师'，并在中西文化大论战中和胡秋原并肩作战外，还把'第三种人'所不齿的'托派'陈独秀及汉奸汪精卫当成自己崇拜的偶像"②。郑学稼一生写译了 70 多本传记，以《鲁迅正传》最为畅销。此书最初于 1942 年 3

---

① 朱德发：《中国现代文学史实用教程》，齐鲁书社 1999 年版，第 126 页。
② 古远清：《"第四种人"郑学稼》，《鲁迅研究月刊》2005 年第 4 期。

月1日由重庆胜利出版社出版后，1953年由香港亚洲出版社重版，1978年又在台湾出版了增订本的《鲁迅正传》，由最初的约十万字增至三十多万字（由于条件所限，本人以增订本的《鲁迅正传》为例）。

《鲁迅正传》在众多的鲁迅传记中是唯一的一部"排异性传记"。"排异性传记的主人公大多数属于'非我族类'……传记作家对他们或批评，或讽刺，或谴责，总之，把他们作为一种异类而以排斥。"① 从章节的名称"假洋鬼子""浪子之王""反抗奴隶总管"等就可看出作者对鲁迅强烈的否定意味。此外，在增订版序中，郑学稼也表明自己写作《鲁迅正传》的目的："我一贯地说：鲁迅是文学家，但不是思想家，更不配称'中国高尔基'……'伟大革命家'"；"我的初版《鲁迅正传》，只力说鲁迅不是'革命家'，不是'革命的青年导师'，不是'前进的中国思想家'"；"不管鲁迅是何等人，他总是'五四'后闻名于国际的作家。如果把他与共产党人所捧的'革命家'，或'马克思主义思想家'的鲁迅分开来，更显现他的真面目。就为这一目的，我才改写这本书"。②

郑学稼攻击鲁迅的主要论据之一，就是反复强调鲁迅在教育部当了14年佥事，却从没有反对过北洋军阀。"由一九一二至一九二五年间，北政府易大总统六、摄政二、临时执政一，计被称为'元首'的六人（重复不计）中间，尚有一个'洪宪皇帝'。至于教育总长，可考的，在那14年中，先后更易的有二十七人。在那多变的北廷中，一个人能够久任官职，虽属'佥事'之类的中级官吏，亦为难能。在那龌龊的世界中，神圣的革命者，是无法一日安居其位的。"③ 这就暗喻鲁迅深谙官场世故，虽政局动荡，却能稳坐钓鱼台。反推之，能够"在那龌龊的世界中""安居其位"14年，那就一定不是什么"神圣的革命者"了！所以，当袁世凯改元"洪宪"时，"我们的'佥事'"鲁迅未置可否；当张勋复辟时，他却"愤而离职，同月乱平即返部"，在他14年的官吏生涯中也仅仅"愤"了这么一次；对"猪仔议员"选举的总统——曹锟、"外崇国信"的临时执政——段祺瑞，鲁迅都可以默认，由此可见，鲁迅决不是什么革命者，更没有革命者的操守和气节。"超过'不惑'之年的周氏，还未曾成为一个革命者，只是北廷官僚群中的一员。我们十分明白，在那样腐化

---

① 赵白生：《传记文学理论》，北京大学出版社2003年版，第131页。
② 郑学稼：《鲁迅正传》，时报文化出版事业有限公司1982年版，第1—6页。
③ 同上书，第37页。

的北京官场中,周树人能混了那么久的时间,是不容易的。他是否在那迎张送李似的生涯中,和一般官僚表演了奴颜婢膝的丑剧,只有他的同僚们晓得。"①

郑学稼不但不承认鲁迅是一个"革命家",而且认为鲁迅是一个老谋深算的"文坛政客"。鲁迅之所以能够得到共产党的肯定正是他老于世故的结果。在和创作社、太阳社的论战中,鲁迅虽然痛骂批评者,"但坚守一个原则,那就是骂太监,不骂皇帝",因为他知道创作社背后有强大的靠山——苏联和中国共产党。因此,"老于世故的他,骂曾骂他的人,而不得罪苏联和中共"②。当冯乃超等人批评梁实秋连带地批评鲁迅时,鲁迅理应反击冯乃超他们,可是鲁迅却把"新月派"当作主要的论敌,郑学稼认为原因有两个:"第一,由于徐志摩属于'正人君子派'为报旧怨;第二,他利用这机会,使中共的文化工作者了解他不是他们的敌人,而是可结成联合战线的战友。"③ 由此得到中共的信任,在中共的支持下,鲁迅被推上了左翼文化领导者的位置。

郑学稼否认鲁迅是"青年的导师",认为他的言行不足以指导青年。他认为鲁迅顶多也就是个"浪子之王"。所谓的"浪子"是指19世纪在巴黎出现的一个特殊的阶层,是一群处于二三十岁年龄层的青年,他们充满理想,却不得施展,整日无所事事,处于社会的底层。文中郑学稼将鲁迅领导的小资产阶级知识分子比作"浪子",而鲁迅恰是"浪子之王"。并且这个"浪子之王"并没有做出多大的实际贡献,"因为他只'关在玻璃窗内做文章',只'坐在客厅里谈革命',并没有和'实际的社会斗争'。一有风吹草动,就忙于逃匿"④。

由于国民党政府的高压统治政策,言论自由受到极大的限制,鲁迅的文章要么被删改得面目全非,要么无处刊登,鲁迅对此义愤填膺,于1933年12月5日在东京《朝日新闻》上发表《上海所感》揭露国民党的罪行,因而被郑学稼暗示为有通敌的嫌疑。"由于军阀反中央政府和中共的盲动,使当局不能不在政治、军事和文化各战线应付。鲁迅只言论和出版受限制,但不和毛泽东们登基北平后的捕杀反共文人一样,毫无活动的

① 郑学稼:《鲁迅正传》,时报文化出版事业有限公司1982年版,第45页。
② 同上书,第169页。
③ 同上书,第224页。
④ 同上书,第261页。

余地。只要他，不攻击政府，他的文章还可发表。他为发泄气氛，十二月五日，在东京‘朝日新闻’发表‘上海所感’，大骂国民政府在政治上、文化上的‘滔天罪行’。这正是正侵略中国和在伪满宣传‘王道’的日本军阀所需要的。”①

　　虽然在鲁迅的传记中以否定的基调对鲁迅进行阐释的只此一家，但对鲁迅进行非难的人却不在少数，他们或出于私怨，或出于公仇，或为了扳倒鲁迅以使自己在文坛上扬名立万，目的不一而足，从来不曾消停过。陈源说鲁迅是“一位做了十几年官的刑名师爷”，高长虹说他是“世故老人”“青年的绊脚石”，冯乃超说他是“社会变革期中的落伍者”“是‘恭维’及‘害怕’的强迫症病人”，杜荃（郭沫若）说：“他是资本主义以前的一个封建余孽”，“是二重的反革命的人物”，“是一位不得志的fascist（法西斯谛）”“文坛总司令”，郑学稼说他是“政治势力的工具”、披着红色外套的“赵七爷”……然而这根本不是在深知鲁迅的为人或认真阅读鲁迅作品之后所得出的结论，只是凭一点印象和主观好恶而妄下论断。

　　综上所述，可以看出这些解构者对于鲁迅的形象缺少学理性的分析，所以对他进行全盘的否定，再经由俗化的论争，而最后升级为对鲁迅形象的全面颠覆：从思想到文学，到人格。但是，需要说明的是，解构论者的解构目的也不一样，不能因为解构论者的某些极端性话语而全盘否定其对于建构鲁迅形象所做出的推进作用。如李长之说鲁迅：“他在根底上，是一个虚无主义者。”不可否认的是，鲁迅的思想里的确包含虚无主义的成分。再如，高长虹的“世故老人”说，对鲁迅有深刻了解的曹聚仁就曾说，鲁迅虽然不喜欢这一说法，但也不得不承认自己是“世故老人”，这是鲁迅历经事变，看透人间的世态炎凉，由自尊和自卑的两重心理所凝聚，敏感异常，所以磨就了这性格。也不能一味地认定解构行为完全来自个人性的哗众取宠，不过，也不排除其中的可能性。追踪解构论者的逻辑行程，进而分析解构论者的解构目的可以得出：不同的政治取向才是解构论者诋毁鲁迅的根源。单纯出于私怨而对鲁迅进行的谩骂并不多见。

　　解构论者为了支持自己对鲁迅形象的解构，经常借助鲁迅的日记，或关于他的传闻、谣言、花边传说等传记性事实，以攻击鲁迅的生活、信

---

　　①　郑学稼：《鲁迅正传》，时报文化出版事业有限公司1982年版，第439页。

仰、价值准则，使其更具有解构的效用。如苏雪林等人根据鲁迅日记在
1932 年 2 月 16 日记载"往青蓬阁饮茗，邀一妓略来坐，与以一元"①，就
大肆宣扬鲁迅"召妓发泄"。他们试图以更彻底的解构方式消解那时一切
已经确立了的鲁迅的正面形象——启蒙思想家、文学家、精神战士、青年
导师、民族魂等。概言之，解构论者实际上是在通过文本与传记性事实的
差异来质疑以往的鲁迅形象，为自己所拥护的政党服务。如林语堂、梁实
秋等一直力求阐释一个被政治剥夺了自由的孤独者鲁迅，并以此标明
"自由"对于个体生命的至高无上性，但他们的阐释同样难以摆脱政治倾
向的左右，因为他们"自主"的主体性也还是有所依附的。无论是创造
社、太阳社的成员，还是倾向于国民党的梁实秋、陈源等人，或是"第
三种人"胡秋原、"第四种"人郑学稼，其目的无不出于此。

第二节 1949—1985：走上偶像之路

鲁迅说"预言者"即"先觉"或"伟人"，"每为故国所不容"，"如
果活着，只得迫害他。待到伟大的人物成为化石，人们都称他伟人时，他
已经变了傀儡了。有一类人之所谓伟大与渺小，是指他可给自己利用的效
果的大小而言"②。这或许可以看作是鲁迅对自己命运的预言。

从 1949 年新中国成立到"文化大革命"结束这 30 年左右的时间里，
是新中国政治思潮纷迭的时期，整个社会在政治制度的松、紧、偏、正、
松、紧、偏、正的不断修正中前进。文化政策也紧随政治制度的变化而变
化，一时间是"百花齐放"，一时间又是"文化革命"……由 50 年代初
的自由论争最终走向了 60 年代末 70 年代初的政治动乱。鲁迅的命运在这
一时期，既得到了最高的赞誉，又得到了最低的践踏。在一个非常的政治
时期（"文化大革命"时期），他几乎成了媚政治之俗的最大祭品。鲁迅
成了毛泽东思想的一个形象图解，成为毛泽东政治理念的一个文学化身。
夏志清认为："鲁迅是中国最早用西式新体写小说的人，也被认为是最伟
大的现代中国作家。在他一生最后的六年中，他是左翼报刊读者群心目中
的文化界偶像。自从他于一九三六年逝世以后，他的声誉便越来越神化

---

① 鲁迅：《鲁迅全集》第 15 卷，人民文学出版社 1981 年版，第 5 页。

② 鲁迅：《鲁迅全集》第 3 卷，人民文学出版社 1981 年版，第 256—257 页。

了……中国现代作家中，从没有人享此殊荣。"①

早在 20 世纪 30 年代末，就有人提出对于鲁迅逝世后在民族战争时期被塑造为民族英雄的警惕。20 世纪 40 年代，王士菁对鲁迅的定位是对于毛泽东对鲁迅"三家五最"评论的最初阐释。20 世纪 50 年代中期冯雪峰的观点既是在"百花齐放"的阐释理论指导下，阐释主体对于阐释客体的意义的发现，又是鲁迅思想以文本形式的自行显现。到六七十年代，当政治最终走向动乱的时候，石一歌等人最终还是以政治的阐释意图统一了鲁迅复杂的思想发展。"文化大革命"后到 80 年代中期，知识分子又力图复活他们心目中的"真实"的鲁迅形象。

一　政治化的评述

新中国成立初期，万象更新，百废待兴。社会主义国家政权的初步建立，一方面激发了中国人尤其中国知识分子对于建设新型国家的想象，另一方面也开始了新秩序的重建：土地改革、新婚姻法的颁布等。在此基础上，毛泽东将他的建国方针一直延伸到知识分子的思想领域，提出了思想改造的计划，不久发展为思想改造运动。鲁迅被塑造成一位用马克思列宁主义"教育自己和改造自己"、从自由知识分子和小资产阶级知识分子改造为共产主义战士的典型，成为广大知识分子思想改造的学习楷模。1949年 7 月 2 日在第一次全国文代会上周扬作了《新的人民的文艺》的报告。这份报告强调鲁迅是伟大的革命现实主义者，他后来的创造活动更成为社会主义现实主义的伟大的先驱者和代表者。此时的鲁迅已经不仅仅作为一个战士的形象出场，而且还是一个社会主义文化的先驱了。

1951 年《人民日报》的纪念文章又发出了这样的号召："为着完成毛泽东同志所交给我们的光荣任务，我们必须学习鲁迅坚韧的斗争精神，在文化思想工作上加强和巩固马克思列宁主义思想的领导，肃清帝国主义、封建主义的思想影响，并且对自由资产阶级和小资产阶级的各种错误思想进行严肃的批判。"②

1956 年中共中央所提出的"百花齐放，百家争鸣"的方针，带来了文艺与学术上的自由空气，鲁迅研究在这样的气氛中得到了发展。朱正、

---

① 夏志清：《中国现代小说史》，刘绍铭等译，香港友联出版社 1979 年版，第 63—64 页。
② 《学习鲁迅，坚持思想斗争》，见《人民日报》1951 年 10 月 19 日。

王士菁、陈白尘各有鲁迅传问世，他们都从各自的视角对鲁迅的一生作了当时主流政治许可范围内的客观评论和叙述，由政治角度塑造的鲁迅形象开始发展起来。

1956年问世的朱正的《鲁迅传略》以坚实的史实为基础，塑造了一个"公"的鲁迅形象。作者以鲁迅个性发展的不同阶段自然分章，平实、客观地再现了鲁迅的一生，在这部传记中除了描写鲁迅童年的经历外，几乎不涉及鲁迅的个人生活和内心世界。例如大家普遍关心的兄弟失和，他与朱安和许广平的关系等问题，作者只字未提。这既是由作者的写作原则决定的，"毛泽东同志在'新民主主义论'等著作中的论断，瞿秋白同志所写的那篇著名的'鲁迅杂感选集序言'，是我写作时努力遵循的指导思想和叙述的主要线索"①，也是当时主流文化的倾向影响下知识分子的自主选择。

这一年《人民日报》的纪念文章还原了鲁迅的作家身份并对战士鲁迅进行了体制内的突破性阐释："他在晚年是马克思主义者，但是并不因此而把马克思主义者的错误也说成是正确的，把非马克思主义者的正确也说成是错误的；相反，正因为他是一位真实的马克思主义者，他坚持实事求是的分析态度，而严肃地反对浮夸、武断和宗派习气。"② 其间较为宽松的氛围给了传记作者客观评述的勇气。作者认为鲁迅研究佛经是对当时政治灰心和不够积极的表现，从鲁迅前期的论文中"可以明显地看出他的思想基础还是进化论和个性主义。他当时还是用进化论的观点来观察人类社会的各种现象"③。他既承认鲁迅汲取了进化论中合乎辩证法的部分，又认为鲁迅以进化论的观点分析社会生活是很不够的，甚至有些错误，并不以鲁迅的是非为是非，对其错误之处也不加掩饰。

狄尔泰认为，"单独的个人在他自身的个别存在中，是一个历史的在场者，他是由他在时间进程中的地位，在相互作用的文化体系和社会中的地位决定的"④。因此阐释者总是在他们所处的社会环境中，从当时的社会组织与文化价值去评价、解释生活。因此，朱正的《鲁迅传》也必然地体现出了当时的政治取向。当说到鲁迅后期与党的关系时，文中这样写

---

① 朱正：《鲁迅传略》，作家出版社1956年版，第189页。

② 《伟大的作家、伟大的战士》，《人民日报》1956年10月9日。

③ 朱正：《鲁迅传略》，作家出版社1956年版，第70页。

④ ［德］狄尔泰：《狄尔泰全集》第7卷，1958年，第135页。

道："鲁迅认识到了毛泽东同志不仅是一个伟大的革命家，而且是一个杰出的革命天才；中国共产党不仅是一个英勇的奋斗着的党，而且是一个已经有了正确的战略与策略的党，一个有着强大力量的党，鲁迅确信中国共产党必将完成解放中国的历史使命。这样，当然地鲁迅和党的关系更加亲密了，也更加佩服和信赖毛泽东同志的革命天才了，他非常愿意在党和毛泽东同志的领导下进行战斗。"① 这样的阐释完全抹杀了鲁迅的个性。"他真正做到了'横眉冷对千夫指，俯首甘为孺子牛'。对于无论怎样凶恶的敌人都决不屈服，对于无产阶级和人民大众就全心全意的服务。"② 同年，茅盾在《鲁迅——从革命民主主义到共产主义》一文中也说，鲁迅就是以这样的信念，在中国共产党思想的领导之下，坚决为人民服务，坚决与各种嘴脸的反动势力斗争的。这里，把鲁迅的斗争再次强调成在党领导下的行为。

进入 60 年代前期，对毛泽东进行个人崇拜的气氛越来越浓，在这一背景下，由陈白尘执笔，叶以群、唐弢、柯灵等创作的电影剧本《鲁迅》（上）在把鲁迅推向神坛的道路上又向前迈进了一步。剧本在内容提要中指出其创作目的主要是表现鲁迅在 1907—1927 年近二十年间的革命斗争和创作活动，表现鲁迅"在党的关怀和影响下，从进化论者成为阶级论者，从革命民主主义开始迈向共产主义的思想演变和发展过程"。剧本创造性地把鲁迅作品中的人物与现实人物以及虚构的人物杂糅在一起，以辛亥革命、五四运动、三·一八惨案等大事件为场景，表现鲁迅的创作活动和思想变迁。但是，为了迎合政治的需要，歪曲了一些历史事实，如夸大了鲁迅与李大钊的交情，把鲁迅离京南下说成是李大钊鼓动其去感受南方的革命气氛，并把鲁迅离粤赴沪说成是共产党的敦促。此外，概念化的描述掩盖了鲁迅内心深处的矛盾性和复杂性。

这一时期特别值得称道的是身处香港的曹聚仁写的《鲁迅评传》。曹聚仁和鲁迅交往甚长，早在鲁迅在世时就已开始搜集材料准备为鲁迅写传记。曹聚仁说他到香港的目的是写传记，第一部就是要写鲁迅评传，更对当时出现的鲁迅传甚为不满，"而说鲁迅的，也只能让聂绀弩、王士菁、郑学稼之流去颠倒黑白，乱说一阵了；我把真实的事实，摆在后世人的面

---

① 朱正：《鲁迅传略》，作家出版社 1956 年版，第 178 页。
② 同上书，第 184 页。

前。(那些接近鲁迅的人,都已没有胆量把真实的鲁迅说出来了。)"① 正是从这样的目的出发,他把鲁迅写成了一个"人"而不是一个"神"。

在鲁迅与同盟会的关系尚无定论的时候,曹聚仁就认为鲁迅并没有参加同盟会,因为当时的同盟会员大多具有"浪漫气氛",这并不合鲁迅的口味,并引用景宋的话说"鲁迅终生是一个思想领导者,而不是实际行动者"②。鲁迅为人精明,很敏感,有时敏感得过分了一点。唯独对青年人很宽容,因为他相信未来是属于青年人的,所以他对中年人,甚至对他的朋友都不肯认输,不肯饶一脚,独有对青年人,他真的肯让步肯认输。正因为他有站到青年圈里去的勇气,所以他虽无意于领导青年,去充当"导师",却为青年人所崇拜,成了"神",成了青年革命者的"导师"。他认为鲁迅是"世故老人",年纪不大,看起来却十分苍老。因历经事变,看透人间的世态炎凉,由自尊和自卑的两重心理所凝聚,敏感异常。鲁迅文章虽尖刻,人却极易相处,真可称得上君子之交淡如水。

曹聚仁对鲁迅的了解可谓深刻,透过鲁迅分析嵇康和阮籍的一段话,他也对鲁迅进行了类似的分析并得出这样的结论:"我们决不能说是看了几部鲁迅的作品,几篇鲁迅的散文,就算了解鲁迅了。鲁迅表现在文章的是一面,而他的性格,也许正和文章中所表现的完全不相同的。那些要把鲁迅捧入孔庙中的人,怕不使鲁迅有'明于礼义而陋于知人心'之叹?"③曹聚仁对鲁迅非常崇敬,却并不因此故意抬高鲁迅,而是从客观事实出发尽可能地塑造真实的鲁迅,既澄清了一些对鲁迅的诬蔑,又揭示了鲁迅自身的一些缺点。从鲁迅的总体性格看,他认为鲁迅是一个"廉介方正"之人。

在新中国成立后十七年里,鲁迅个性思想中革命性、战斗性、"公"的一面得到了阐释者的高度重视。鲁迅的孤独感、绝望感、虚无感,也就是"私"的鲁迅的一面因不合当时的政治和文化价值取向而被掩盖了。值得庆幸的是"双百"文艺方针的提倡,使鲁迅在学术方面的成就在一定程度上得到了彰显。对鲁迅的学者型一面进行关注的是文学史家李长之。他在继 30 年代的《鲁迅批判》中的文学家鲁迅的阐释之后,又在

---

① 曹聚仁:《鲁迅评传》,新文化出版社 1956 年版,第 158 页。

② 同上书,第 38 页。

③ 同上书,第 160 页。

《文学史家的鲁迅》这一长文中，对文学史家鲁迅进行了探讨。李长之开篇就确立了政治意识形态规定下的阐释视角："在鲁迅留下的丰富遗产中，文学史著作也是极可珍贵的一部分。"① 他还深入地探讨了鲁迅文学史著作的历史地位、中国特色、所体现出的文学发展规律性、文学史方法论等问题。其中最有价值的部分是该文对于文学史家鲁迅的学术精神构成的探讨。李长之将鲁迅的学术精神与战斗精神区分开来："鲁迅的文学史著作终有鲁迅的精神面貌和独特性，令人感觉出有鲁迅的生命在，其中不独体现了鲁迅的战斗，而且就是学术性的问题，也见出鲁迅本人的专长，并和鲁迅治学的经历有关，而决不是其他人所能措手的。"② 李长之可谓是继 30 年代蔡元培的观点之后，再一次从学术的立场，将鲁迅视为一位真正的学者，尽管他小心翼翼地选取了"文艺科学家"的字样。"文化巨人的鲁迅不只是勇猛坚毅的战士，也是一个热爱文学遗产的文艺科学家。尽管鲁迅的文学史著作还没有全部完成，尽管鲁迅的文学史著作还没有达到完全运用马克思列宁主义的科学方法论和美学原则的地步，然而就所遗留的一部分文学史著作论，已经解决了文学史方法论上的絮聒根本问题，已经体现了中国文学发展的若干轮廓，已经树立了编写中国文学史的范例，已经开辟了科学地处理中国文学史的道路。"③ 林辰的《鲁迅辑录〈古小说钩沉〉的成就及其特色》可谓一篇从纯粹的学术眼光看鲁迅学者型一面的文章。他对鲁迅的《古小说钩沉》做出了这样的评价："它具有体例谨严、搜罗宏富、辑文完善、考订精审等特色。"④ 虽然这样的结论只是重复了蔡元培等人对鲁迅学术精神的发现，但在当时的语境里却是相当难得的。

　　总的来说，鲁迅形象在新中国成立后的十七年里主要是作为中国知识分子接受社会主义国家意识形态改造的典范来塑造的，其思想的矛盾性、性格的复杂性都被尽量地简化了、淡化了。"是的，鲁迅是莱谟斯，是野

① 李长之：《文学史家的鲁迅》，李宗英、张梦阳编《60 年来鲁迅研究论文选》（下），中国社会科学出版社 1982 年版，第 147 页。

② 同上书，第 183 页。

③ 同上书，第 190 页。

④ 林辰：《鲁迅辑录〈古小说钩沉〉的成就及其特色》，中国社会科学院文学研究所鲁迅研究室编《1913—1983 鲁迅研究学术论著资料汇编》（5），中国文联出版公司 1989 年版，第 1192 页。

兽的奶汁所喂养大的，是封建宗法社会的逆子，是绅士阶级的贰臣，而同时也是一些浪漫谛克的革命家的诤友！他从自己的道路回到了狼的怀抱。"① 这一时期的鲁迅被强调的正是他从旧社会的营垒中走出转变成共产主义者的一面，也就是他"封建社会贰臣贼子"的身份。这样的塑造是符合当时主流政治改造知识分子思想的要求的。

二 鲁迅形象的集体建构

恩格斯说："历史是这样创造的，最终的结果总是从单个的意志的相互冲突中产生出来的，而其中每个意志，又是由于许多特殊的生活条件，才成为它所成为的那样……各个人的意志……虽然都达不到自己的愿望，而是融合为一个平均数，一个总的合力。"② "文化大革命"就是 20 世纪 60 年代中期中国社会各种因素合力的产物，既有社会政治制度上的原因，又有经济体制和社会文化的原因。《五·一六通知》同《五·七指示》是发动"文化大革命"运动相互照应的姊妹篇。一个旨在"破"，一个旨在"立"。一个是"砸烂旧世界的纲领"，一个是"建设新世界的蓝图"。《五·一六通知》的发表标志着"文化大革命"的发动。在其后于 1966 年 8 月 8 日召开的中国共产党八届十一中全会通过了《关于无产阶级文化大革命的决定》，即《十六条》，则进一步全面阐述了"文化大革命"的基本主张。自此，轰轰烈烈的长达十年之久的文化浩劫开始了。

1966 年《人民日报》的纪念文章这样写道："在无产阶级文化大革命的风浪中，我们要学习鲁迅的敢于斗争、敢于革命的精神，一定要誓死保卫毛主席，誓死保卫党中央，誓死保卫毛泽东思想，谁反对毛主席，谁反对毛泽东思想，就打倒谁。"③ 鲁迅的战斗精神被癫狂的阐释者所利用，此时的鲁迅几乎已经成了一位红卫兵小闯将。

如果说"文化大革命"在发动之初有既"破"也"立"的动机的话，那么在实际的行动中它却违背了自己的宗旨。这是一个疯狂的年代，随处可见"打、砸、抢"的行为，无数优秀的文学著作被定为"社会主义的毒草"而束之高阁；无数的优秀作家或被迫缄默或蒙冤而死。鲁迅

① 何凝：《〈鲁迅杂感选集〉序言》，《鲁迅杂感选集》，解放军文艺出版社 2000 年版，第 3 页。

② 转引自宁可、汪征鲁《史学理论与方法》，北京广播电视大学出版社 1991 年版。

③ 《学习鲁迅的革命硬骨头精神》，《人民日报》1966 年 10 月 19 日。

差不多可以说是中国近代以来唯一没有被新时代否定的知识分子，“文化大革命”中鲁迅是他同时代知识分子中唯一得到肯定的知识分子；“文化大革命”时期鲁迅的书是他同时代作家中唯一没有被禁读的，也就是说那一代“生在新社会长在红旗下”的人是读着鲁迅的书长大的，这不知是鲁迅的幸还是不幸？

　　“文化大革命”时期是一个“个人”消失的年代，“个人”淹没在“群众”的洪流中不见踪影，历来属于个人行为的写作此时也被集体创作所代替，当时某些流行的时文往往被冠以“某某单位某某写作组”作。在这些写作组中，由张春桥、姚文元亲自挂帅的“上海市委写作组”无疑是其中的翘楚。“文化大革命”时期唯一的半部《鲁迅传》就是在“上海市委写作组”的授意下写成的。“‘石一歌’即《鲁迅传》小组便是张春桥、姚文元授意‘写作组’一号掌柜朱永嘉，假借毛泽东的‘学点鲁迅’的名义成立的。1972年写出10万字的《鲁迅传》初稿后，曾任王洪文秘书的肖木就向张春桥汇报，后又由姚文元拍板‘这样写可以’。”①从石一歌的《鲁迅传》及其写作过程，我们可以了解在“文化大革命”时期鲁迅是怎样被利用、歪曲直至践踏，并进一步勾勒出“文化大革命”时期的鲁迅形象。

　　1971年，周恩来在陪同外宾到上海视察时，希望在上海成立一个学习、研究鲁迅著作的小组，于是张春桥就安排欲为江青一伙树碑立传写《文艺思想斗争史》的朱永嘉组织一班人马编写一本20万字左右的《鲁迅传》。这样，由陈孝泉、吴欢章、江巨荣、周献明、夏志明、林琴书、邓琴芳、孙光萱、余秋雨、王一纲、高一龙组成的《鲁迅传》写作小组成立了，因最初的小组成员有11个人，故取谐音为“石一歌”，后来他们还以“石望江”“丁了”等笔名发表了大量攻击周恩来、邓小平，为“四人帮”大造舆论的文章。这就是石一歌《鲁迅传》的写作由来。

　　这部传记卷首的毛主席语录体现了鲜明的“文化大革命”特色。这种特色还体现在这部传记的语言运用上，如江南水师学堂请和尚“放焰口”，恰是一股股浓烟“毒雾”；像“打倒孔家店”，批判“孔老二”，说胡适、陈西滢是北洋军阀的“走狗”等“文化大革命”时期流行词汇触目可及。但同样不可否认的是，作为当时文化精英组合的“石一歌”的写作技巧，撇开其政治立场不谈，其中也不乏精彩的描述。

---

　　①　古远清：《余秋雨与“石一歌”》，《鲁迅研究月刊》2001年第1期。

鲁迅生活在 19 世纪末 20 世纪初中国社会大动荡、大转折时期，特别是鲁迅杂文创作最活跃的 20 世纪 30 年代正处于国民党专制统治时期，广大知识分子没有自由言说的话语空间，所以鲁迅的杂文总用曲笔表达自己的思想。"这些短评，有的由于个人的感触，有的则出于时事的刺戟，但意思都极平常，说话也往往很晦涩，我知道《自由谈》并非同人杂志，'自由'更当然不过是一句反话，我决不想在这上面去驰骋的。"① 正是由于当时的历史语境造成了鲁迅文本的曲折晦涩，从而给了后人进一步阐释的可能。"解释者只能理解他的经验准备让他看到的东西，解释者总是根据他自己的经验来理解或解释对象，或者说，解释者总是用他的经验作为一种工具来揭示未知的东西的可能的在。"② 因而鲁迅的话可以被"文化大革命"时期的某种政治势力加以利用，因为他的许多话是可以根据阐释人所处的社会环境来评价、推论、解释的。"文化大革命"时期任何人要诠释鲁迅，都必须在毛泽东的"三家五最"的框架之内，必须以"从民主主义者到共产主义者"的路数去解释鲁迅的生平与思想，石一歌的《鲁迅传》正是从这一角度来塑造鲁迅的。由于政治意识形态的歪曲与学者的肢解，把鲁迅当作一种立场、符号来捍卫的人，把鲁迅变成一个阴森的符号。"鲁迅"这一符号在"文化大革命"中被肢解成为造神运动、全面革命的工具，因而被抬到极高的地位。

在那个"以阶级斗争为纲"的年代里，在鲁迅的"捍卫者"眼中，他已不是一个伟大的生命存在，而是被剥剩"斗争精神"，变成了"毛主席的一名小兵"。早在童年时期鲁迅就已开始关注劳动人民的生活命运，而家道的中落"使他初步看到了剥削者的虚伪和劳动者的纯朴"③，如此的叙述已表明少年时的鲁迅已具有了初步的阶级观念。经历了家衰父逝的巨变，鲁迅决定"走异路，逃异地，去寻求别样的人们"④，带着母亲筹备的八元川资，鲁迅于 1898 年进了江南水师学堂。在转入矿路学堂后，鲁迅首次接触到了严复翻译的赫胥黎的《天演论》，"鲁迅从这部书里，既受到了唯物的自然史观的影响，又受到了唯心的社会史观的影响"，⑤

① 鲁迅：《鲁迅全集》第 5 卷，人民文学出版社 1981 年版，第 4 页。

② 张汝伦：《意义的探究——当代西方释义学》，辽宁人民出版社 1986 年版，第 54 页。

③ 石一歌：《鲁迅传》，上海人民出版社 1975 年版，第 10 页。

④ 鲁迅：《呐喊·自序》。

⑤ 石一歌：《鲁迅传》，上海人民出版社 1975 年版，第 17 页。

石一歌以这样的叙述轻轻地淡化了鲁迅信奉了多年的进化论思想，而强化了唯物史观对鲁迅的影响。

从洋务学堂毕业的鲁迅，其思想已经超越了洋务派富国强兵的梦想和戊戌变法的天真，“二十二岁的鲁迅为了寻求救国救民的真理，离别祖国，到了日本”①，在他们的笔下，此时的鲁迅已初步具备了战士的风貌。在日本留学时期的鲁迅更被描绘成一个为资产阶级民主主义革命而不停奔波的革命战士，“一个经历了从旧民主主义革命到新民主主义革命的伟大转变的无产阶级战士，在其早年受到历史唯心论的影响是不足为怪的。鲁迅的可贵之处在于：他永远自觉地紧跟时代的步伐，坚持战斗，坚持前进，一步步同传统观念彻底决裂，终于树立起无产阶级世界观，成为伟大的共产主义者”②。

“在祖国的大地上，革命在召唤。鲁迅于一九〇九年夏离日返国”③，这就彻底否定了鲁迅为养家才被迫回国的事实。鲁迅是不相信“群众”的，将它称为“庸众”，但在这部传记中，鲁迅成了一个尽管痛心群众的不觉悟，却深信革命只有同群众相结合才能取得胜利的无产阶级革命战士。革命斗争在发展，“对工农群众认识的深化，又促使鲁迅对无产阶级革命和无产阶级专政的认识比以往进了一步”④，1927 年的反革命政变后，“鲁迅最终地把信仰和希望倾注到了中国无产阶级及其先锋队中国共产党身上”⑤，“鲁迅正是在反动派的反共高潮中，自觉地、勇敢地把自己的命运与中国共产党和无产阶级革命事业紧紧地联在一起了”⑥，正是在无产阶级革命处于低潮的时候，“鲁迅却公开宣告自己向共产主义者的高度迈出了坚实的步伐”⑦，完成了从“革命民主主义者”向“共产主义者”的伟大转变。

对于鲁迅作品的评价则主要集中在鲁迅打倒“孔家店”的坚决性上，“从《狂人日记》开始，鲁迅‘一发不可收拾’，向着孔孟之道展开了持

① 石一歌：《鲁迅传》，上海人民出版社 1975 年版，第 19 页。
② 同上书，第 30 页。
③ 同上书，第 32 页。
④ 同上书，第 124 页。
⑤ 同上书，第 144 页。
⑥ 同上书，第 145 页。
⑦ 同上书，第 147 页。

久的、勇猛的进攻，成为'打到孔家店'的一员主将"①；对资产阶级买办文人胡适、陈源等人的批评，则如在评价鲁迅的《中国小说史略》时所说，"系统地论述了中国小说的发展和演变的历史，从而粉碎了胡适利用小说考证来咒骂革命、反对马克思主义的阴谋"②；以及在作品中表现出来的对于资产阶级领导的旧民主主义革命不彻底性的批判和对无产阶级革命的向往。《故乡》是一篇"探讨中国农民命运和中国革命前途的小说"③，《呐喊》"则是新民主主义革命中第一个最丰硕的文学成果"④……不但如此，鲁迅和毛泽东早在五四运动时期就已"步调一致"，毛泽东在"五四"时期发表了一系列的著作，代表了反帝反封建斗争的正确路线和方向，当时的鲁迅，"由于他自觉地遵奉'革命的前驱者的命令'，把批判孔孟之道和反帝反封建的斗争紧密地结合起来，所以，他就能坚定地和共产主义知识分子站在一起，并肩作战，和毛泽东同志所代表的正确路线和方向取同一步调"⑤。

"文化大革命"中的鲁迅是一种御批立场的代表，是一种打击异己力量的致命武器，无论是批判孔子，还是批判冯雪峰、批判周扬，鲁迅都被当作理论大棒。鲁迅的文字在政治权威的语言巫术中咒语化，成为拥护现行意识形态的咒语。总之，在数十年的历程中，鲁迅被蒙上了太多太多的光环、灰尘乃至口水。"痛打落水狗"这一代表鲁迅对论敌决不宽恕的著名论点，在红卫兵眼里，可以现炒现卖为"打倒一切牛鬼蛇神"。

而鲁迅极其丰富的生命内涵则完全被忽略，他的个人主义、人道主义、虚无主义，他的爱恨交加，都被当作有损鲁迅光辉形象的污点而被尘封。鲁迅小说对于人性的关注以及他在学术上的建树完全湮没在政治的图解当中。鲁迅，完全成为一个政治化的符号，随着政治斗争的需要而被任意宰割、肢解。一切学理意义上的鲁迅研究都被视为"封、资、修"而被摧毁。

此后，毛泽东于1940年在《新民主主义论》里提出的对于鲁迅的著名评价："鲁迅是中国文化革命的主将……就是中华民族新文化的方向"

---

① 石一歌：《鲁迅传》，上海人民出版社1975年版，第50页。
② 同上书，第76页。
③ 同上书，第6页。
④ 同上书，第71页。
⑤ 同上书，第59页。

得到了进一步的发展。不难察觉,鲁迅被强化成了战斗英雄和旗手,他的形象中具有冲击力和震撼力的一面被渲染得格外突出,他也被贴上了"革命主将"的标签。在以集中一切可能的力量打击敌人为主要任务的战争时期,这样的取舍是自然的。而政治所着意遮蔽的正是鲁迅思想的灵髓:追求个人精神自由、与文化专制主义抗争、针砭国人魂灵的病灶等。

如果说一个社会的发展需要政治、经济、文化三根支柱来支撑的话,"文化大革命"时期的中国却只剩两根支柱,经济的支柱已经坍塌。鲁迅成为捍卫毛泽东思想、"横扫一切牛鬼蛇神"的理论大棒。这一时期无论是姚文元、石一歌、红卫兵的鲁迅研究,还是编选的鲁迅文选文集,都以阶级分析法把鲁迅打扮成为一个一面可以"横眉冷对千夫指",对敌人像秋风扫落叶般的无情,一面又可以"俯首甘为孺子牛",对同志像春天般的温暖的两极化形象。

三　"三家五最"的影响与延伸

1976 年 3 月下旬起,当人们自发地组织起来纪念周总理的活动受到"四人帮"阻止时,全国人民反对"四人帮"的呼声达到了高潮。毛泽东的逝世加速了"四人帮"夺权篡位的步伐,10 月 6 日,以华国锋、叶剑英、李先念等为代表的中央政治局,采取断然措施,将"四人帮"隔离审查。18 日,中共中央发出《关于王洪文、张春桥、江青、姚文元反党集团事件的通知》,标志着粉碎"四人帮"反革命集团的胜利,历时 10 年的"文化大革命"内乱从此结束。但是,"文化大革命"时期形成的政治形态和思维模式对人们思想的禁锢不是一朝一夕能够更改的,"两个凡是"的观念还在继续,直至 1978 年关于"真理标准"的讨论才结束了这一错误的论调,并为 1981 年召开的十一届三中全会奠定了基础。人们翘首企盼的一个政治民主、学术昌明的时刻正在缓缓地走来。

十年"文化大革命"的创伤不可能在一夜之间抚平。毛泽东对鲁迅做出的"三家五最"的评论,经过"文化大革命"的过度宣扬与阐释,已经深入鲁迅研究者的骨髓,即使在"文化大革命"结束以后的近十年中,在政治文化政策从解冻到日见昌明的情况下,鲁迅传记作者也一时难以挣脱"三家五最"这一定论的樊篱,深深印在人们脑海里的依然是"思想家、革命家、文学家"的鲁迅。发表于 1976 年的《人民日报》的纪念文章,难免将鲁迅形象作为新的造神工具:"我们要遵照毛主席的教导，紧密结合现实的阶级斗争和路线斗争，读点鲁迅，学习和发扬鲁迅的革命精神，向阶级敌人，向修正主义，永远进击，长期作战。"①

或许是因为即使在"文化大革命"时期鲁迅研究也一直不曾停步，更或许是因为鲁迅自身的丰富性和时代的需要，新时期伊始，被"文化大革命"践踏为一片荒野的文学研究领域犹如初春的原野，万物复苏，绿意盎然，但首先表现出勃勃生机的依然是一直保持着旺盛势头的鲁迅研究。1981 年恰逢鲁迅一百周年诞辰，以此为契机，在 1980 年到 1985 年短短的六年间就出版了八本鲁迅传记。它们是唐弢的《鲁迅的故事》，曾庆瑞、彭定安的《鲁迅评传》，吴中杰的《鲁迅传略》，以及林非和刘再复合著的《鲁迅传》等。

1981 年鲁迅诞辰一百周年纪念大会在人民大会堂召开。纪念委员会副秘书长林林以官方发言人的身份说："纪念委员会决定举行隆重纪念活动，广泛宣传鲁迅、学习鲁迅、研究鲁迅，继承和发扬鲁迅的战斗精神，为建设具有高度文明的社会主义现代化强国而奋斗。"② 在这个辞旧迎新的时刻，鲁迅的民族英雄形象成为中国人告别"文化大革命"进入新时期的一个号召、标志。因此，这一时期的传记作者虽然力图摆脱鲁迅神性的光环，却并未走出鲁迅脸谱化、符号化的窠臼。

此时，鲁迅研究者竭力以自己的方式扭转"文化大革命"时期被神化的鲁迅形象，但又自觉不自觉地进入了另一个新的神化模式的建构。正如张梦阳的描述："'文革'结束以后的 1976 年至 1979 年，中华民族经历了一段痛苦的精神过渡，一方面对'文革'中极'左'思潮和极端做法提出激烈的批判，另一方面又难以摆脱旧的思维窠臼和旧的真理标准。同样，鲁迅研究领域也是在艰难的精神过渡中取得了一些初步的超越，但是又时时难以挣脱'左'的教条主义束缚。"③

"文化大革命"结束后展开的真理标准问题的大讨论为这一时期的鲁迅传记作者提供了新的写作标准。曾庆瑞在发表于 1981 年的《鲁迅评传》前言中说："要写人，而不写'神'"，"把实践当作检验真理的唯一标准"，"坚持严格的历史性，绝不把鲁迅没有的思想硬挂在他的名下，

① 《学习鲁迅，永远进击》，《人民日报》1976 年 10 月 19 日。

② 林林：《鲁迅诞生一百周年各项纪念活动陆续展开》，《人民日报》1981 年 9 月 15 日。

③ 张梦阳：《中国鲁迅学通史——20 世纪中国一种精神文化现象的宏观描述与理性反思》，广东教育出版社 2001 年版，第 528 页。

而不管这思想是'贬低'的还是'拔高'的"。① 彭定安在他的《鲁迅评传》也声明："坚持信守一条原则：如实地描绘，而不添加任何主观的臆测和各种方式的歪曲——不论拔高或贬低都是一种歪曲。把鲁迅当作一个人，是伟大的、革命的人来写，而不是当作一个'天才'和尊神来描画。"② 林非在总结他和刘再复所写的《鲁迅传》时也说："此书的创作意图，是要在活生生的中国近代历史背景上，写出一个真实的鲁迅。"③ 从这些叙述可以看出，纠正"文化大革命"中被神化的鲁迅，复归鲁迅的真实面貌，是这一时期鲁迅阐释者共同的心愿。

　　然而，历史记忆并非随同人为的历史分期而终止，而是在历史的断裂处、现实的隐蔽处绝境逢生。"文化大革命"记忆也难以被人彻底遗忘。正如一位学者所说："整个80年代，'文化大革命'始终是一个无所不在的潜文本，始终是一个'所指'不断增殖的'能指'，同时是一个政治及表达的禁忌，一个意识形态的雷区，一个历史的写作、集体记忆与个人记忆不断被曝光、遮蔽并阻断的区间。"④ 虽然这一时期的鲁迅阐释者不断地对以往在长期的政治运动中所塑造的政治形态的鲁迅形象进行否定和颠覆，成为他们反思的对象，但以往的政治阐释模式在"文化大革命"后的个人记忆与集体记忆中始终是无处不在。而且那个被否定的政治形态的鲁迅形象作为人们记忆深处的潜在文本，即使在"文化大革命"后也被不断地重申。曾庆瑞在文中多次称鲁迅是"革命党之骁将""工人阶级的好战士"，彭定安则将鲁迅后期的思想过分突出为"党给鲁迅以力量"，林志浩在他的《鲁迅传》中也说鲁迅留日时期就"以'革命党之骁将'的姿态，参加过实际斗争"。可见，政治形态的鲁迅在这一时期是作为一个共同的阐释背景而存在的。只是有时它以建构的形式存在，有时又以解构的形式存在。但是，无论建构还是解构，都基于历史记忆中政治形态的鲁迅形象的隐性参照。

　　痛定思痛，当人们反思"文化大革命"，试图探究这场浩劫发生的深层动因时，惊奇地发现从"五四"开始无数进步的知识分子孜孜以求的

　　① 曾庆瑞：《鲁迅评传》，四川人民出版社1981年版。
　　② 彭定安：《鲁迅评传》，湖南人民出版社1982年版。
　　③ 林非：《我和鲁迅研究》，《鲁迅和中国文化》，学苑出版社2001年版。
　　④ 戴锦华：《隐形书写——90年代中国文化研究》，江苏人民出版社1999年版，第73—74页。

"人的解放"这一目标并未实现，由此而导致了十年浩劫中对人的价值、人的尊严的肆意践踏。在这场关系到中华民族历史命运的思想解放运动中，鲁迅研究以其特有的思想资源起到了重要的推波助澜的作用。正是因为与时代的需要相契合，与中国历史发展的潮流相契合，鲁迅研究才走上健康发展的轨道。以鲁迅"立人"思想为核心，鲁迅遗产的各个方面再度受到人们的关注和开掘，一个伟大的启蒙思想家的形象清晰地屹立在国人面前。"巨大的建筑，总是一木一石叠起来的，我们何妨做做这一木一石呢？我时常做些零碎事，就是为此。"① 林非、刘再复引用鲁迅自己的话说明他为建造中国新文学艺术的大建筑所做的不懈努力。

虽然在21世纪曙光的召唤下，自由的学术空气渐聚渐浓，然而长期形成的"左"的政治枷锁并不能在短时期内挣脱。传记作者虽然都申明了"实践是检验真理的唯一标准"这一宗旨，主观上也努力去实践，并取得了一定的效果，然而从思维模式到语言风格，却依然留存着非常明显的"文化大革命"痕迹。如："尤其可贵的是，大革命失败以后，一些知识分子在敌人屠刀下吓破了胆，有的颓唐，有的落荒，有的隐退，有的叛变了。正是在这种情况下，作为伟大的革命战士，面对残酷的阶级斗争，鲁迅却坚定了自己的意志，用无产阶级世界观把自己武装起来，奔向更加尖锐、激烈和曲折复杂的阶级斗争战场。他以自己的抉择和行动，为革命知识分子树立了不断革命、不断前进的光辉榜样。"② "经过实际斗争的痛苦的教训与严肃的思索，鲁迅更坚定、更自觉地在国际上的阶级斗争中，为保卫无产者的国家而战斗，寄希望于无产阶级专政的国家；在国内的阶级斗争中，为中国无产阶级的解放事业与民族解放事业而战斗，寄希望于中国共产党。"③

阐释者试图从自己对鲁迅的理解去构筑鲁迅形象，但"文化大革命"的创伤又使他们意识到与国家政治方向保持高度一致的必要性，因此他们选择了配合国家的主流意识形态去构筑鲁迅，既在国家意识形态许可的范围内还原本真的鲁迅，又为"社会主义现代化建设的精神文明建设"树立了新的楷模。"文化大革命"后，阐释主体意欲挣脱政治阐释学的羁绊，但20世纪70年代末至80年代前期的鲁迅思想研究仍然沿袭着固有

① 鲁迅：《鲁迅全集》第13卷，人民文学出版社1981年版。

② 曾庆瑞：《鲁迅评传》，四川人民出版社1981年版，第545页。

③ 林非、刘再复：《鲁迅传》，中国社会科学出版社1981年版，第294页。

的政治阐释角度。例如，林非的《鲁迅前期思想发展史略》认为:"研究鲁迅思想的发展，就像研究一切伟大的思想家那样，绝对不能离开产生它的社会和时代的全部条件，而要紧紧抓住社会的背景和时代的脉搏。"①袁良骏的《鲁迅思想论集》将鲁迅形象的建构与新时期伊始的意识形态紧密联系在一起:"鲁迅的榜样曾经教育、启发了一代又一代的革命知识分子，鲁迅精神哺育了一代又一代的革命文艺工作者。今天，我们祖国进入到四个现代化进军的伟大的历史新时期，革命知识分子的双肩上承担着十分宏伟的历史使命。此时此刻，鲁迅的榜样更焕发着新的思想光辉。"②在《鲁迅思想的发展道路》里，袁良骏旨在"戳穿'四人帮'的卑劣手法和险恶用心，破除他们对鲁迅的'神化'，打破他们在鲁迅研究领域设置的种种'禁区'"③。杨义的《鲁迅小说会心录》分别以"民族志士"、"时代思考者"、"民众代言人"等名称结构各章，但文化语境的限制使他们的整体阐释理论依然统一于政治革命的阐释方法。可以说，在"文化大革命"后的一段时间里，从政治阐释学的角度对鲁迅进行解读依然是鲁迅研究中的主体。尽管此时有的阐释者有比较新颖独到的目光，例如，易竹贤的《鲁迅思想研究》旨在塑造鲁迅"人性"的一面，以反对鲁迅被"神化"的一面。但是，这些吉光片羽的阐释也难以对政治阐释视角有根本性的突破。

　　"文化大革命"后鲁迅形象的建构无论有多少差异，阐释者至少在一点上达成了共识认同，即修正或颠覆从 20 世纪 40 年代至 70 年代中期"文化大革命"结束时被政治阐释学所逐渐"神化"的鲁迅形象。鲁迅形象进入 80 年代伊始，虽然还被"左"的教条主义所束缚，但一经与新时期思想解放的重要组成部分——人道主义思潮相遇，知识分子便立即追忆起被中断的鲁迅原初的启蒙者形象。80 年代，中国思想界、文学界有两个响亮的口号:"回到五四""回到鲁迅那里去"。这两个口号与"文化大革命"后中国知识分子精神重建密切相关:"文化大革命"结束后重新思考知识分子的独立性和探讨个体存在的意义成为中国知识分子思考的重点。这和鲁迅早年的启蒙思想是一致的。因此，80 年代知识分子自觉地承担起了新的启蒙大业:一方面要启蒙"文化大革命"后的大众，以启蒙精神参

---

① 林非:《鲁迅前期思想发展史略》，上海文艺出版社 1978 年版，第 3—4 页。

② 袁良骏:《鲁迅思想论集》，天津人民出版社 1979 年版，第 220 页。

③ 参见袁良骏《鲁迅思想的发展道路》，北京出版社 1980 年版。

与国家意识形态的重建;另一方面也要启蒙自身,重新确立知识分子在国家意识形态中的独立性。这样,中国知识分子此时所建构的启蒙者鲁迅既有 80 年代知识分子对政治形态的鲁迅形象的反拨,也有对国家现代性的向往和对自身独立性的回归。

概括说来,"文化大革命"后被建构的鲁迅形象一直在与政治形态的鲁迅形象,尤其是与"文化大革命"时期被神化的鲁迅形象划清界限,并以表面上的差异竭力掩盖它们之间内部千丝万缕的联系。即,一经辨析"文化大革命"后鲁迅形象建构过程中这些传记的生成方式和话语习惯,就会发现:"文化大革命"后被建构的鲁迅形象无论如何意欲摆脱、清理政治形态的鲁迅的潜在影响,都始终不能摆脱政治阐释学的历史记忆。可见,这一时期的阐释者既在反神化中复活鲁迅,又在复活后重新神化鲁迅。既注重鲁迅形象的精神价值,又将鲁迅的精神价值依然解释为一种政治阐释学的实用工具。也就是说,此时的鲁迅形象依然是政治形态的鲁迅形象。它承担了两项使命:为现代民族国家的重建提供精神资源,为偏离党的总路线的基本点提供批判资源。前者是重点,后者为前者的保障。

可以看出,在 80 年代之前阐释者塑造了一个后期鲁迅的正面形象,而在 80 年代以后又有一个早期鲁迅的正面形象屹立在国人面前。这取决于 80 年代鲁迅研究者和鲁迅有一种心理上的同构,这种同构来自知识分子对自身地位的理解,也就是知识分子启蒙角色的定位,这个角色是和整个 80 年代与"五四"时期的"启蒙思想"呼应联系在一起的。

毋庸讳言,80 年代鲁迅形象的建构更多的是从社会学角度出发的。也就是说,80 年代鲁迅形象的阐释享有一个共同的社会语境,就是批评家们所说的"巨型话语"。鲁迅形象成为一个从历史的记忆中走出,经由集体阐释所构筑的英雄神话。可以说,80 年代的鲁迅研究者充满了通过鲁迅形象的阐释进而阐释自我的热望,也就是所谓的"六经注我"。而每位阐释者的阐释又都必须与时代精神相一致,否则,将难以存留。不过,这使 80 年代鲁迅形象的建构陷入了一个悖论:研究者在"真理标准"的号召下试图塑造本真的鲁迅形象,将历史真实设想为写作的原则,却因缺乏阐释主体的独立性而使鲁迅形象与阐释原则无法合二为一。

第三节 1986—2004:多元文化下的回归

从 20 世纪 80 年代中期以后,中国社会的发展以建设社会主义民主和法制为主线。回顾这二十多年的政治发展进程，大体上可分为两个阶段：一是政治体制恢复阶段，也就是使在"文化大革命"中被扭曲的权力结构、制度体系、政治生活和观念形态恢复到正常状态；二是政治形态转型阶段，随着经济形态从计划经济转向社会主义市场经济，计划经济体制下传统的制度体系、政治生活和观念形态必将日益不适应社会的变化和发展。社会主义市场经济体制的确立和发展，深刻地改变了中国社会的权力结构，也随之改变了人们的文化观念。

中国社会所发生的历史性变革，使向世界开放成为一种不可阻挡的趋势。特别是由于改革开放政策的实施，促进了中国经济的发展，使中国与全球的经济交往和信息传播成为可能，世界成为一个互动的网络，环环相扣、息息相关，世界在涌向中国，中国也在奔向世界。于是，国际化不仅是一种背景，而且也是一种动力，交互作用于中国的政治、经济、文化。因而，中国文学研究的国际化语境就是80年代中期以后，在一种全球化互动的语境中得到进一步发展。而鲁迅阐释者在80年代以后所处的国际化语境就是这样一种全球化的互动语境。

全球化观念的最大意义似乎在于它能使中国知识分子突破现代化或现代性思想所设置的樊篱。全球化语境的发展激发了中国知识分子对于全球化文化语境下中国文化图景的种种想象。基于对这种理想文化图景的建构，历经三十多年发展形成的文化上的一元化的桎梏被逐渐打破，多元文化的格局日益形成。

正是由于时代需求的召唤，中国历史发展潮流的推动，鲁迅研究在80年代中期以后逐渐进入了不断发展完善的阶段。以鲁迅人学思想为核心，鲁迅遗产的各个方面不断受到人们的关注和开掘，一个全方位、多视角的立体的鲁迅形象清晰地屹立在世人面前。

一 天上—人间：写作视角的下移

1984年10月，党的十二届三中全会通过了《关于经济体制改革的决定》，比较系统地提出和阐明了经济体制改革中的一系列重大理论和实践问题，突破了把计划经济同商品经济对立起来的传统观念，确认了我国社会主义经济是公有制基础上的有计划的商品经济。商品经济观念的确立，为中国经济的发展翻开了新的一页，经济基础决定上层建筑，中国的政治、文化也进入了一个崭新的发展阶段。"现代化"成为80年代后期到

90年代初中国社会的共同主题。

"现代化"并不是80年代提出的新命题，早在"五四"时期就已是先进知识分子孜孜以求的目标。鲁迅无疑是"五四"那一代知识分子的杰出代表，因此，在80年代中后期，当国家处于一个新的复兴阶段的时候，与鲁迅作为中国新文学的开拓者和奠基者的历史作用相关联，鲁迅研究得到了不断地深化与拓展，鲁迅的思想成为研究者观照中国知识分子的思想变化、观照中国知识分子的社会地位、观照中国文学发展的重要的历史尺度。不仅如此，80年代由文学研究向文化研究的深入，思想史的研究也在不断深化，这一切都与鲁迅研究的蓬勃发展密切相关。

1992年邓小平的"南方谈话"、市场经济的兴起以及随后而至的1993年知识分子发起的关于人文精神衰落的大讨论联系在一起。围绕在鲁迅研究之外如何看待市场经济、如何理解世俗生活、中国知识分子在90年代的职能是什么等问题，影响了这一时期鲁迅形象的建构。通过对于鲁迅的阐释，知识分子表达了自己对于90年代中国知识分子自身的不同看法：批判或同情。不过，正因如此，这一时期的鲁迅阐释才构成了90年代鲁迅研究中值得关注与思考的事件。因为鲁迅形象被建构的意义就在于让鲁迅形象参与到当代的文化建设中，而不同的鲁迅形象的建构正反映出他们在90年代这一相同的文化环境下的不同选择。

20世纪80年代的鲁迅研究从一个新的层面展开，从王富仁、钱理群、汪晖到林非、刘再复、林贤治，他们研究鲁迅的共同特点是从早年的鲁迅着手来重新审视他的一生。80年代中后期的鲁迅研究群体都颠覆了前一阶段对于鲁迅从革命民主主义者到无产阶级革命者，再到"三家五最"的描述，他们要刻画另一种鲁迅。这种刻画是从鲁迅早期留学日本期间的文章说起，《摩罗诗力说》《破恶声论》《文化偏至论》……他那时深受尼采、施蒂纳等西方现代哲人思想的影响，再到《野草》，直至鲁迅的小说创作。在这种形象刻画中，20世纪80年代的鲁迅阐释者塑造了一个痛苦的、绝望的、独立的鲁迅，与庸众相对抗的"孤独者"形象。

1986年，林贤治的鲁迅传《人间鲁迅》问世，标志着这一时期的鲁迅传记作者对鲁迅"神化"的反思，和对鲁迅"人性"的回归。赵白生在他的《传记文学理论》中将传记分为纪念性传记、认同性传记和排异性传记。在认同性传记中又可分为移情型、崇敬型和体验型认同。"'隔而不隔'，体验也。这是因为体验型认同隐含着一种交流的相互性、合作的平等感。"①《人间鲁迅》的命名昭告了这一时期传记作者写作视角的下移。曾志中的《三人行》则从鲁迅与朱安、许广平的关系这一普通人的情感经历入手描绘鲁迅的一生，都表现出由上一历史阶段的仰视角写作逐渐改为平视角写作，也就是由崇敬型认同向体验型认同的转变。

直到1989年才全部出版完毕的林贤治的《人间鲁迅》三卷本，衔接了80年代启蒙知识分子的余绪，把启蒙思想家鲁迅定位于"人间"的"精神界战士"形象。《人间鲁迅》让鲁迅从天上回到人间，在人间各种错综复杂的关系下，凸显"人间"鲁迅独立的精神品格，同时也展现了他的痛苦抉择。继《人间鲁迅》之后，张承志、张炜通过《致先生书》《再致先生》《荒漠之爱》等将鲁迅拉回民间置于放逐精神、消解崇高的世俗界，此时的鲁迅是只能独战于"无物之阵"或者静默于荒漠之野的孤独人。

《人间鲁迅》的阐释意图很明确，就是要把鲁迅从"天上"拉回"人间"，归还鲁迅"人之子"的本原形象。但是，何谓"人间"与"人之子"？这是否就意味着要描写鲁迅在世俗人间的琐屑生活？然而，不是的。虽然在《人间鲁迅》中作者也描写了鲁迅作为"人之子"在创作、社交、婚姻、爱情、友谊等不同层面的人间感受，但"人之子"在人间却屡次被放逐，被迫成为"横站的士兵"。"命运注定了这个珍惜生命的人要以加倍的速度损耗生命。没有谁命令他这样做，全凭内心的指示。"②"内心"，就是"人之子"的生存空间；守护"内心"，就是"人之子"的生命形式。

林贤治对鲁迅的理解是独特的。与以往的鲁迅传记作者相比，像林贤治这样先把鲁迅作为一个民族的精神象征，然后再进入他的内心世界进行阐释的作者却不多。这并不是一本单纯为研究而研究的书，这是一本为表达思想、为张扬个性而写的书。林贤治从鲁迅身上发现了许多独特的东西，他为人们重新认识鲁迅提供了一个新的视角。在第三部，林贤治集中分析了鲁迅对中国知识分子地位、对"革命"和"革命文学"的看法，鲁迅的创作观、改造"国民性"思想、对生存的看法，以及内心难以驱除的"孤独"感，认为鲁迅是"一个最世俗化不过的人"③。林贤治认为

① 赵白生：《传记文学理论》，北京大学出版社2003年版，第130页。

② 林贤治：《人间鲁迅》（下卷），安徽教育出版社2004年版，第924页。

③ 以上观点见林贤治《人间鲁迅》（下卷），安徽教育出版社2004年版，第601—612页。

在现代中国的各种类型的知识分子当中，以鲁迅为最理想。鲁迅是最彻底的反专制反极权的勇敢战士。"最世俗化"与"最理想"这相互矛盾的两种性格又统一于鲁迅自身，正体现了鲁迅的深刻性与复杂性。

林贤治对鲁迅是偏爱的，甚至有些崇拜的意味。鲁迅身上那种对专制和极权的不妥协的斗争以及他对黑暗中国的清醒认识，在林贤治看来，是鲁迅同时代人中所达到的最高境界，而鲁迅留下的精神遗产还没有给予足够的重视与开掘。赵白生在谈到传记写作的视角时说："崇敬型认同的主体是一棵向日葵，唯太阳是瞻，因而在情感和认知上具有较强的排他性。"[①] 虽然作者声明要以体验型认同的视角来定位鲁迅，但并没有完全排除崇敬型认同视角的影响，这使林贤治在分析鲁迅和他同时代人的许多论战时，有时不是站在中立的立场上，也不能采取客观的态度，而是以鲁迅的是非为是非，不能不说是本书的缺憾之处。

1990 年出版的曾智中的《三人行》以鲁迅与许广平、朱安三人之间的爱情、婚姻关系为支柱建构了一部视角独特的鲁迅传，描述了鲁迅一生的心灵历程。这可谓鲁迅传记写作中的一大突破。在以前的鲁迅传记中，大多都对鲁迅的婚姻生活讳莫如深，因为这对鲁迅本人来说也是一个难以解释的矛盾：鲁迅终生反对封建礼教、反对愚忠愚孝、反对包办婚姻，自己却尊母命娶了毫无感情可言的朱安，后与许广平生活在一起却又未与朱安离婚。虽然许广平聪明地选择了"同居"二字来描述二人的婚姻生活，竭力避免有人以鲁迅攻击过的"姨太太"之名来攻击鲁迅与自己，但以往的传记作者要么以此为鲁迅的污点，要么怕写作时难以处理，都对鲁迅的婚姻问题避而不谈。《三人行》的写作足见 90 年代以后人们文化观念的新变化，也标志着这一时期鲁迅研究视野的开阔。

《三人行》的最大价值在于，它不仅写了鲁迅在思想革命上的功绩、在文学创作上的贡献，而且写出了鲁迅作为一个普通人所具有的内心矛盾和感情纠葛。文中对鲁迅在"四·一五"反革命政变后在广州所写的"时大夜弥天，璧月澄照，饕蚊遥叹，余在广州"作了新的解释，"他曾对一个学生解释过这句话：'那是我有意刺高长虹的！高长虹自称是太阳，说景宋是月亮，而我呢，他却谥之为黑暗，是黑夜。他追求景宋他说

---

① 赵白生：《传记文学理论》，北京大学出版社 2003 年版，第 127 页。

太阳在追月亮；但月亮却投入黑夜的怀抱中，所以他在那里诅咒黑夜'"①。作者反问："这是否有点不像鲁迅，但正因如此，鲁迅才成其为鲁迅！"推翻了以往人们对这句话的解释："生动地描写他在白云楼生活时的险恶处境，勾画了他对吸血的'饕蚊'极端的轻蔑和鄙视，尤其表现出他那光明磊落、凛冽难犯的崇高的精神境界。"②

在国外的鲁迅研究专著当中，竹内好的《鲁迅》是迄今为止较为中肯的评价和描画鲁迅的专著，也许他所刻画的并不是完整意义上的鲁迅，但至少展示了部分真实层面的鲁迅。有别于国内的有些研究者总是逃不出中国传统的俗套的限制和政治上已有定论的局限。正是竹内好不在中国特有的话语环境中，因而能对鲁迅作一种客观的评价，提出自己独到的理解鲁迅的新概念和新思维模式。他认为："鲁迅不是所谓的思想家"，"鲁迅是一个彻头彻尾的启蒙者"，"鲁迅是个文学家，而且是根本意义上的文学家"，"鲁迅在本质上是一个矛盾"。"作为表象呈现出来的鲁迅，始终是一个混沌。""这个混沌使得一个形象从混沌中集中地浮现出来了，那就是作为启蒙者的鲁迅和近似于儿童的、相信纯粹的文学的鲁迅这种二律背反同时存在的一个矛盾的统一。"③ 竹内好还提出了"鲁迅本身是一个发展"的观念。不仅鲁迅本身是通过自我否定获得发展，整个中国文化也通过像鲁迅这样的自我否定者的发展而获得了发展。

竹内好的这些观点深深地影响了此后的鲁迅研究。鲁迅的思想在多个层面上受到研究者的关注。王富仁、钱理群的鲁迅研究在精神文化史的视角下融入哲学的玄思。王乾坤的《鲁迅的人格自塑》把鲁迅形象不仅与政治形态的鲁迅划清了界限，而且对精神文化鲁迅也有所推进。该文甚至对一切类型化的鲁迅形象，包括 80 年代中期的鲁迅研究实绩——文学家鲁迅的形象提出了质疑："因为文章的不伦不类，归不到某一体裁中去，就不算文学；因为他后期没有创作小说而去写杂文，就感到遗憾，这才是值得遗憾的。用某种既定的'伦'、'类'等规范和角度要求，去规约裁剪活生生的能动的人，这正是复制型人格的特征。复制型自塑永远忙碌于模仿之中。而创造人格是不可复制的。他既不重复别人，也不重复自己，

---

① 曾智中：《三人行》，中国青年出版社 1992 年版，第 310 页。
② 林志浩：《鲁迅传》，北京出版社 1984 年版，第 248 页。
③ ［日］竹内好：《鲁迅》，浙江文艺出版社 1986 年版，第 12 页。

只知道开放地接受世界的一切馈赠，不断开发自己的潜能，从没有路的地方践踏出路来，而决不吊死在一棵树上。"① 这段话体现了创造人格是个体鲁迅被建构的前提。正如福柯所说："话语是外在性的空间，在这个空间里，展开着一个不同位置的网络。"② 从这段话中我们可以解读出当时日益多元化的文化语境对阐释者的影响。

综上所述，20 世纪 90 年代前后，精神伟人的鲁迅开始淡出，文化鲁迅的形象日益凸显；政治化、观念化、简单化的鲁迅被更为深邃、矛盾、复杂的思想者的鲁迅所悄悄接替。

二 更趋个性化的鲁迅形象构建

1992 年之后，"发展是硬道理"替代了"政治挂帅"。随着国家工作重心的转移，带来的是整个人文环境和思维方式的改变。"发展"成为衡定一切的标准。经济发展成为国家工作的重中之重，个人的发展作为国家发展的推动力量也被大张旗鼓地宣扬起来。

或许是对前一个阶段集体主义对个性主义淹没的强烈反拨，个人的主体性在这一时期得到了空前的重视。如何在研究中体现自己的个性、张扬自己的个性是这一时期学人的共同目标。人云亦云已是昨日黄花，语不惊人死不休之作不断涌现。

钱理群的《心灵的探寻》（北京大学出版社 1988 年版）标志着鲁迅研究由外部研究向内部研究的转变，从 1991 年问世的《反抗绝望》（上海人民出版社）开始，汪晖等年轻一代鲁迅研究者不仅不再讳言鲁迅内心世界的"黑暗"，反而在阐释过程中表现出一种非鲁迅之"黑暗"面勿谈的倾向。1993 年孙郁的《20 世纪中国最忧患的魂灵》出版（群言出版社），它以思想史与精神心理分析相结合的方法，直接面向当代的鲁迅。"这就是我们的鲁迅。他对历史文化的态度，对新文化的断想，对自我的认识与民族集体无意识的把握，对中国人的生存现状与前景的思考，其深刻性都是前无古人的。他从人的生命价值中升发出的现实精神与为人生的

① 王乾坤：《鲁迅的人格自塑》，《空前的民族英雄——纪念鲁迅 110 周年诞辰学术讨论会论文选》，陕西人民教育出版社 1996 年版，第 34 页。

② ［法］福柯：《知识考古学》，谢强、马月译，生活·读书·新知三联书店 1998 年版，第59 页。

精神，开辟了中国现代文学广阔的道路。"① 一位从历史文化中上升到现代文化峰巅的精神伟人的形象展现在世人面前。表达了阐释者对于新时期文化发展前景的无限希冀。钱理群、汪晖、孙郁对于鲁迅"心灵"、"黑暗"的个体性探索还开启90年代以后王晓明、王乾坤等其他年轻中国知识分子对于个性鲁迅的建构。本章在这一节将以王晓明的《无法直面的人生——鲁迅传》（上海文艺出版社1993年版）为例作个案分析。

在个性化的鲁迅形象建构过程中，"精神性主体"得到了空前的放大。"精神性主体"也即阐释者对认识对象的主动性与能动性，钱理群在《精神的探寻·引言》中曾说："但本书要说的是'我之鲁迅观'，即是在追求研究的客观性的同时，又突出研究者主体的能动作用。"② 但"精神性主体"更确切地被界定为：阐释主体在自我剖析的深层阐释心理引导下，以精神体验的方式进入到研究对象的精神世界——在此指鲁迅文本的精神世界，通过精神研究的方法探讨20世纪中华民族的思想、心理、情感发展的精神辩证法与精神现象，由此探寻自身的精神构成。这样的阐释主体就是精神性主体。精神性主体即是中华民族在现代世界生存与发展的民族之路上精神性总目标的认识者，也是个体生命的探索者。

在某种意义上说，王晓明的《鲁迅传》并不仅仅是一本传记，更是一部心灵史，一个凡人的心灵史：面对着无法直面的人生，一个"分明就在我们中间，和我们一样在深重的危机中苦苦挣扎"的"人"，"凸显他的精神危机和内心痛苦"。此书淹没了鲁迅的"伟大"而全力剖析了他之所以面对人世如此态度的深层心理动因。因为作者要"写下我所理解的他的一生，也写下我这理解所包含的种种共鸣。或许这样的写作本身，已经不止是指向他人，也同时指向自己？或许我最后写下的，已经不止是对鲁迅和他那个时代的理解，也包含对我自己和这个时代的理解了"③。这正道出了体验认同型传记的真谛，传记作者好像穿上了传主的衣服，与他融为一体，作者体验着传主的思想、感情。④

一个人面对世界近乎面对一面镜子，人生反照出来的往往是他本人的

---

① 孙郁：《20世纪中国最忧患的魂灵》，群言出版社1993年版，第85页。

② 钱理群：《心灵的探寻·引言》，《心灵的探寻》，北京大学出版社1999年版，第15页。

③ 王晓明：《无法直面的人生·原版序》，《无法直面的人生——鲁迅传》，上海文艺出版社1993年版，第3—4页。

④ 赵白生：《传记文学理论》，北京大学出版社2003年版，第130页。

态度，也就是荣格所说的"性格决定命运"。鲁迅的命运也是由他的性格决定的，鲁迅的命运是当时每个知识分子命运的映照。只是由于他所处的民族、文化背景和时代，以及他个人自由意志的超常强大，使其悲剧被极度放大，凸显成一个民族的悲剧，一个伟大的悲剧！

鲁迅最初是一个幸福的孩子，就像"一粒优良的种子，又有一片肥沃的土壤"①，可以在和煦的阳光下顺利地长成一棵参天大树。然而命运之神却并未对鲁迅如此眷顾。少年时家道中落，让他过早地了解了人心的险恶，因而怀疑主义的种子过早地播撒在他的心灵，"我向来是不惮以最坏的恶意，来推测中国人的"②。南京求学使鲁迅接触了新思想，《天演论》可谓给鲁迅打开了一扇通向世界的门，使他开始成为一个理想主义者，"在鲁迅此时的心目中，进化论哪里只是一种学说，它分明是通向新世界的入口，是黑暗中的第一抹阳光，是他对社会和人生的新认识的起点，是他对自己生存价值的新判断的基石"③。然而，之后在日本的一系列挫折，遵从母命结婚，回国后的种种不容易，在北京抄碑帖的清苦日子，使理想终于破灭。这种破灭，是绝望。绝望，对每一个人来说都是痛苦的，但对鲁迅来说，这只是一个开始。

绝望并不是人生的尽头，它所指向的是生存的大痛苦大悲哀——虚无。但是鲁迅有很深刻的儒教背景，所以当命运向他揭示生存的奥秘时，他本能地拒绝着，不愿意取消生存的意义。于是他提出了两个概念"中间物"和"大时代"。"一切事物，在转变中，是总有多少中间物的。动植之间，无脊椎和脊椎动物之间，都有中间物；或者简直可以说，在进化的链子上，一切都是中间物。"④ 而"大时代"是光明和黑暗决斗的时代。鲁迅自己生命的意义就是作为"中间物"，成为"大时代"的牺牲。这实际上是不再追问生命的终极意义，也实际上是默认了虚无。

王晓明笔下的鲁迅是一个痛苦的、绝望的、有着强烈的虚无感的鲁迅，一个"大时代"的"中间物"，一个有着与你我相同性情的"孤独者"形象。以往的鲁迅传记大多先树立鲁迅伟大的人格，以此为基石，

① 王晓明：《无法直面的人生——鲁迅传》，上海文艺出版社1993年版，第8页。

② 鲁迅：《鲁迅全集》，人民文学出版社1981年版，第283页。

③ 王晓明：《无法直面的人生——鲁迅传》，上海文艺出版社1993年版，第24页。

④ 鲁迅：《写在〈坟〉后面》，《鲁迅全集》第1卷，人民文学出版社1981年版，第284页。

再描述在伟大人格的驱使下鲁迅的伟大功绩。在《无法直面的人生》中，王晓明采用了"逆推法"，先描述鲁迅参与的事件，再大胆地推测鲁迅参与事件时的心理动机。例如，文中说到鲁迅在上海时对共产党的同情，对黑暗社会的反抗时，分析鲁迅的深层心理动因是因为在"四·一五"政变中，鲁迅不是"清党"的对象，没有受到国民党的迫害，成了这场事变的"局外人"。到上海以后，为了不失去既年轻又热情的许广平的爱慕，也为了摆脱"局外人"的尴尬，"才那样积极地介入公众生活，却不料一脚踩进了政治斗争的漩涡，身不由己地越卷越深，直至被推上于官方公开对抗的位置"①。文中"我想"、"我认为"、"我相信"等字眼地运用表明了作者在认同鲁迅心理时的强烈自信。这是运用心理分析的方法写鲁迅传记的首次重大突破。

从以上论述可以看出，虽然王晓明对鲁迅崇敬有加，但为了把鲁迅塑造成一个真真正正的"人"，他还对鲁迅进行了一定的解构，消解了鲁迅思想战斗性的崇高的革命目的和意义。其实，自从"鲁迅"诞生之日起，就一直存在着建构和解构两种力量。在新中国成立前这两种力量彼此消长，斗争异常激烈。新中国成立后到80年代中期，解构者因为很难得到话语权，几乎销声匿迹。90年代以后，随着多元文化的发展以及网络这个平民公共话语空间的出现，鲁迅阐释的解构论者日益显现，其言行有时还达到了极端的程度。

葛红兵的《为20世纪中国文学写一份悼词》、王朔的《我看鲁迅》、朱大可的《殖民地鲁迅和仇恨政治学的崛起》、崔卫平的《阁楼上的疯男人》等都将对鲁迅的解构发展到一种癫狂的状态。王朔认为，鲁迅既称不上作家，也称不上思想家，充其量不过是一个愤世嫉俗者。葛红兵批判鲁迅说："一个号称为国民解放而奋斗了一生的人却以他的一生压迫着他的正室妻子朱安，他给朱安带来的痛苦，使他成了一个地地道道的压迫者。"② 朱大可除了与葛红兵一样窥探鲁迅的私人情感空间并对其进行道德评价外，还将道德评判泛化到鲁迅的诸多私人生活空间，如高稿酬、住洋楼、性情多疑又自闭、语言暴力等，直到最后归结为："性情自闭的鲁迅、坐在信念秋千上的鲁迅、于轻信和多疑之间大幅摆动的鲁迅，就此陷

---

① 王晓明：《无法直面的人生——鲁迅传》，上海文艺出版社1993年版，第167页。

② 葛红兵：《为20世纪中国文学写一份悼词》，《芙蓉》1996年第6期。

入了上海的圈套。他亲手为自己套上了殖民地的话语绞索。这绞索缓钝地勒杀着江南文学奇才，把他扭曲成一个唐吉诃德式的话语刀客，独自开辟着'仇恨政治学'的险恶道路。"① 在这样的结论里，中国现代知识分子的精神之父被解构为殖民地语境下"仇恨政治学"的创始人。崔卫平则将鲁迅称为意欲反抗黑暗，反被黑暗吞噬，最终沦为"阁楼上的疯男人"。

解构论者所选取的阐释视角的确让鲁迅形象呈现出了前所未有的特点，但解构论者所求助的如果不是传记性事实，而是妄加猜测或道听途说之言，那就很难动摇以往已经确立的鲁迅形象。同理，如果解构论者所选取的有关鲁迅的"事实"失真的话，那么他不仅不能阐释鲁迅本体的意义，而且也势必违背严肃的解构者的本意。因此，解构论者的过激言词受到正统的鲁迅研究者的批评也就不足为怪了。

综上所述可以看出，王晓明的《无法直面的人生——鲁迅传》表明了鲁迅建构不但已经从以前的集体性阐释模式中分化出来，而且个性化鲁迅形象的阐释更加注重对鲁迅内心的开掘。个性化鲁迅形象的建构有着共同的特点：它们都不约而同地从不同的切入点让个体鲁迅至少分化为两个矛盾的自我，然后，任两个矛盾的自我一直交战，不分胜负。有的还着意夸大鲁迅的阴暗面，以建筑与众不同的鲁迅形象。这都表明知识分子已经开始反思和寻找在集体性阐释中缺失的鲁迅的个体生命。总而言之，个性阐释者对鲁迅的黑暗心理、虚无思想以及仇恨、偏狭等个性的描述丰富了一个作为立体的、真正的"人"的鲁迅形象。

三 多元的归一与归一的多元

当新千年的钟声敲响的时候，跨世纪的转折陡然增加了人们的使命感。人们自觉地以更加开放的视野、更加博大的胸怀感知着 21 世纪的一切。在文化领域，全球化影响下的自由主义思潮在 90 年代蔓延了更长的时间甚至跨越了 21 世纪。全球化对文化的影响显现出多元化的倾向。文化的全球化是经济全球化背景下对文化发展影响的结果。我们理当清楚，只有确立了真正全球化的宏阔视野和思维方式才能毫不畏惧地抵御滚滚而来的全球化浪潮。然而，一个民族的文化依然要靠其独特性支撑，以在全球化背景下占有自己的一席之地。

---

① 朱大可：《殖民地鲁迅和仇恨政治学的崛起》，参见"网易"网站，2000 年 11 月 28 日。

鲁迅作为 20 世纪中国最伟大的思想家、文学家，已经成为中华民族的精神支柱。延续了将近一个世纪的鲁迅研究，在进入新的纪元以后，依然是中国文坛上最为生动和亮丽的一道风景线。每一个关注鲁迅、热爱鲁迅的人都依然热情地建构着自己心目中的鲁迅形象。这些形象或许千差万别，但归根结底都指向鲁迅。反之亦然，虽然我们的民族只有一个鲁迅，但因阐释者的不同阐释就有了无数被衍说与再造的可能。

21 世纪以来，围绕鲁迅展开的各种研究在众声喧哗之后尘埃落定，转入一个整合、深化的阶段，又不断地向外开拓，呈现出一种开放式的发展模式。一批富有时代意义的鲁迅传记呈现在我们的面前，它们是陈越的《鲁迅传论》（海南出版社 2000 年版），周海婴的《鲁迅与我七十年》（海南出版公司 2001 年版），林贤治的《鲁迅的最后十年》（东方出版中心 2006 年版），项义华的《人之子——鲁迅传》（浙江人民出版社 2004 年版），林辰的《鲁迅传》（福建人民出版社 2004 年版）。

在 21 世纪，人们还需要再一次地言说起鲁迅的话题。今天，人们已经身处 21 世纪，已经可以自称为 21 世纪人，却分明意识到这种言说的必要。尽管今天这个时代的社会心理和文化语境与鲁迅当年所处的时代相比都发生了根本性的变化，但鲁迅的精神并没有过时。检讨一下当前的文学，就感到文学有了太多的不能承受之"轻"，那种浅吟低唱，孤芳自赏，躲避崇高，媚俗平庸，绝不是人们所期待的新世纪的文学。因此，人们仍然需要鲁迅，需要鲁迅的精神去灌注文学的分量。今天，人们虽然早已摧毁了生存困顿的铁屋子，可是，当极度膨胀的物欲向我们笼罩过来时，许多人又被困在一个精神局促的铁屋子里，他们尽可以眼观五色之绚丽，耳听八方之天籁，而他们的内心世界却变得越来越空虚，以至于漆黑一团。这绝不是我们所期待的 21 世纪的人性。因此，人们仍然需要鲁迅。

21 世纪伊始，第一部问世的鲁迅传是陈越的《鲁迅传论》。此书以"传论"命名意在区别此前的"评传"，也表达了新世纪来临，传记作家想在鲁迅阐释上有所突破的愿望。《鲁迅传论》避开单纯为鲁迅立传的模式，尽力发挥作者在理论思辨上的优势，以传为骨架，以论为血肉建构全书，从而找到了一条以论为主而又能把握鲁迅整体形象的新路子。可以说，"传"只是作为线索、背景而存在的，"论"才是作者的写作重点，全书以"作为思想家的鲁迅"为中心命题。此书与其说是以"传"见长，毋宁说是以"论"取胜，这无形之中加深了对更为内在的鲁迅本体的理解与把握，同时也体现了对以往鲁迅传记写作的拓展和深化。在越文化大背景下考察鲁迅是《鲁迅传论》的又一特色。作者与传主共同分享了江浙地域文化的熏陶，相同的文化背景使作者与传主之间少了隔膜，多了心灵相通，使作者对传主的理解更为深刻。作者认为越文化悠久厚重的优秀传统，是鲁迅得以生根、发芽、成长的土壤，鲁迅后天的健壮成长是基于获得了绍兴区域文化的先天"基因"，当属深刻之论，体现了作者独特的学术眼光。

对于每一个阅读鲁迅的著作人来说，在他们心目中都构建着一个个活脱脱的"鲁迅形象"。然而，每个"鲁迅形象"都不可能是纯客观的、全面的。鲁迅之子周海婴的《鲁迅与我七十年》从母亲及父辈好友对作者讲述的父亲的经历中撷取了一些鲜为人知的秘事，如书中揭示了鲁迅死因中的浓浓谜团；挑开了兄弟反目的隐秘面纱；披露了许广平对鲁迅的真挚爱恋与无私付出；坦叙了鲁迅逝后一家人的不平岁月……最重要的是刻画了鲁迅作为一位慈爱的、普通的父亲形象。此书从一个特殊的视角看鲁迅，提供了大量鲜为人知又极其重要的史料，不少地方显示了作者敢说真话的勇气。如对创造社、四条汉子等问题的看法，对于一些大家非常关注却难以知道真相的"家事"都有所披露。例如，关于鲁迅如何在八道湾涉及羽太信子的绯闻，造成与周作人一家反目的事件等。该书随附的180幅图片皆是由鲁迅家属历年珍藏，大部分首次公开（包括鲁迅的一些手迹），它们对认识和研究鲁迅无疑具有重大史料价值。从文学色彩或学理范畴来看，《鲁迅与我七十年》也许并非佳作。由于作者与传主的特殊关系，难免在评价一些人物和事件时有失公允。但也正是由于这种特殊的关系，这部传记在平实的叙述中提供了许多对鲁迅研究有价值的材料，可谓瑕瑜互见。

项义华的《人之子——鲁迅传》抓住鲁迅作为一个普通人，甚至是有些精神障碍的老人这一体征来选材。刻画了一个在那个政治风云变幻无常的年代中，身处时代的激流中艰难跋涉的孤独者。鲁迅的一生就是一场突围的战争，面对自己的、家庭的以及社会的突围征程。自由知识分子在完全纳入国家体制之后，其话语权难免受到一定的限制，《人之子》对于鲁迅最后十年的有意回避，恰恰表现了一个体制内知识分子在有意识地避免与意识形态的冲突。这使可以凸显鲁迅性格复杂性的重要时期隐而不现，导致鲁迅性格的完整性减色不少。

　　正是因为采用了"人之子"的视角来观照鲁迅，鲁迅头上神性的光环消失了，原先被光环遮蔽的人物本身的个性明晰地凸显出来。作者对那些曾经与传主发生过千丝万缕的联系的人，尤其是鲁迅的论敌，本着"不厚诬前人"的原则进行了全新审视，让事实说话，在客观上归还历史的本来面目。例如，在分析鲁迅与"革命志士"的隔膜时，作者以鲁迅日记、鲁迅好友范爱农的直言劝告等为论据，一针见血地指出鲁迅与人交往时态度显得过于严肃，甚至有些僵硬，反而给人一种不近人情、让人难以接近的印象，也因为当时的革命志士大多是不拘小节的豪放之徒，以鲁迅的谨慎、多虑的个性而言，纵或结识，也走不到一条道上。这种结论推翻了以往描述的鲁迅与革命者亲密无间的蜜月关系，大大地跳出了读者的期待视野。

　　与项义华对鲁迅生活的最后十年隐而不谈恰恰相反，林贤治在继《人间鲁迅》之后，以《鲁迅的最后十年》为题，聚焦于鲁迅生命的"最后十年"，再次深入鲁迅的内心，力图在文学以外描摹鲁迅的形象，展现作为思想家的鲁迅的真实一面。作品一方面勾勒了鲁迅生命中最后十年在上海从事的具有重大社会思想价值的工作，另一方面照印了鲁迅思想的"当下性"现实价值。

　　2004 年出版的林辰的《鲁迅传》是一部极其有分量的鲁迅传记。林辰身为鲁迅研究专家，曾出版过《鲁迅事迹考》，因而他的《鲁迅传》是建立在严格的史实基础上的。孙玉石评价道："他的这部未完成的《鲁迅传》，考稽史实确凿，搜集资料翔实，多叙述而少议论，重理解而轻发挥，在简约拙朴的文字中，传达平实精到的思想，可以说是一部具有很强的科学性与很高的学术性的鲁迅传记"，"描绘了一个真实而可以亲近可以理解的鲁迅"。① 此传共 8 章，整个传记从鲁迅的童年开始写起，一直到鲁迅离开广州赴上海止。遗憾的是原稿阙失了"五四"时期鲁迅在北京的生活和学术活动部分，以及更重要的鲁迅 1927—1936 年在上海的生活和创作部分，使鲁迅在上海的一段重要生活在这本传记中没有得到体现。但众多鲁迅研究专家仍然给予这本传记很高的评价。据帮助整理林辰遗稿的鲁研专家王世家介绍，林辰在世时，曾经有朋友希望他能把《鲁迅传》出版，但是他坚决不同意，他认为自己的这本书已经过时了，现在有很多

---

① 孙玉石：《一部"颇尽了相当的心力"的鲁迅传记》，《鲁迅研究月刊》2004 年第 3 期。

写得比此书好的传记，而且也比它完整，没有出版的必要。这本书就这样尘封了60多年，直到林辰先生逝世，才在王世家的热心协助下，由福建人民出版社出版，使读者有缘拜读这一佳作。

21世纪的鲁迅传重申了鲁迅的启蒙思想，鲁迅的"立人"理想，鲁迅清醒的批判现实主义的精神使他成为中国人灵魂最尖锐、深刻的解剖者，民族精神最精警深邃的反省者。终其一生，他都在批判与战斗中度过。而作为他毕生战斗的力量源泉，则是对创建新社会、新文化、新的国民性的向往；则是对创建一个彻底摆脱奴性，具有原属于人的独立精神和自由精神的社会的向往。鲁迅更是中国新文学的开拓者，对中国社会了解最为透彻的思想者，鲁迅更为深刻和突出的贡献，也许还是他直面现实，充满勇气的揭露、批判和斗争。毕其一生，鲁迅都在不断地对专制社会以及附庸其上的文化礼教的黑暗，对一切假、恶、丑的社会现象进行着毫不妥协的批判。同时，鲁迅内心的孤独感、虚无感及其阴暗面也得到了深度的开掘。21世纪的阐释者延此余绪，关注鲁迅本体的方方面面。

恰如21世纪伊始，山东教育出版社出版的一部大部头的学术著作《多维视野中的鲁迅》问世，昭告了多元文化氛围中鲁迅研究的开拓。此书从"鲁迅文学创作的主题学阐释""传记学方法的鲁迅解读""美术视野中的鲁迅艺术趣味""鲁迅主编书刊的编辑学阐释""文体史中的鲁迅评估""文学批评史中的鲁迅评估""翻译史中的鲁迅评估""汉语史中的鲁迅评估""学术史中的鲁迅评估"等二十多个纬度对鲁迅进行了阐释。一个无限接近本真鲁迅的，真实的、睿智的、复杂的、深刻的鲁迅形象在多维的阐释中日见丰满。从以上的论题可以看出，一个多元的、立体的鲁迅形象在21世纪日渐自由的文化语境下越来越清晰。

新世纪的鲁迅传将鲁迅作为一个鲜活的生命个体，一个普普通通的"人"来塑造，有着你我同样的喜怒哀乐、爱恨情仇。曾经希望自己"速朽"的鲁迅，在时光渐渐远去之后，仍然活在我们中间。21世纪已经开启，鲁迅依然是我们精神文化生活中的"热点"，恰如"说不尽的莎士比亚"一样，鲁迅也是"说不尽的"。鲁迅，已经超越了自身，成为一个更广阔的阅读空间，让我们从中领悟更广泛的精神内容。从猛醒到战斗，从批判到建设，鲁迅在中国精神文化史上刻下了永久的痕迹。郁达夫早在1936年鲁迅刚刚去世时就已经断言：鲁迅虽死，精神当与中华民族永存。他的思想，是中华民族不可或缺的思想之源；他的精神，融入我们民族的血脉化为永远的民族魂……

从以上的阐述可以看出，从"文化大革命"以后，特别是 80 年代中期以来，阐释者对于鲁迅形象的诸种阐释都隐含着一个共同的目标："回到鲁迅那里去"，也即是多元阐释的归一性。这是毫无疑问的，即使解构论者的阐释也大多出于这一初衷。然而，在阐释者所建构的诸种不同的鲁迅形象与鲁迅的原生态形象之间，没有一个可以确切衡量的量化标准。除了鲁迅文本，我们不能够凭借任何阐释理论来确定鲁迅形象的原始性，也就是说，当阐释者将阐释对象共同指向鲁迅时，同样存在归一的多元性。伽达默尔曾说："真正的历史对象根本就不是一个对象，而是自己和他者的统一体，一种包含着历史的现实性和理解的现实性的关系。一种适合于主体事件的诠释学应该在理解本身中显示其现实性和历史效果……理解在其本质上是一种效果历史事件。"① 然而，鲁迅文本也是一个被不断阐释、再阐释的对象，因此，原生态的鲁迅形象必须通过被建构的鲁迅形象而不断地被接近与还原。正是从这个意义上说，不同阶段、不同侧面的鲁迅形象建构之间并没有是非分明的边界。一切创新性的建构与彻底性的解构都是以其所要超越、所要否定的以往或同期被建构的鲁迅形象为参照对象的。被建构与解构的鲁迅形象很快又成为自身或他人超越与否定的对象。鲁迅形象的建构永远处于阐释学不断循环的开放性系统之中。那种试图建构一个唯一的、不可超越与改变的鲁迅形象的企图，无异于痴人说梦。

当然，这样强调鲁迅形象的建构的历史连续性与多样性，容易被理解为一种相对主义的观点。但是，由于不同历史时期、不同文化语境中的阐释者对于鲁迅形象的建构与原生态的鲁迅形象的距离并不相等。阐释者所选取的阐释视角、所处的阐释语境、意识形态的制约性以及阐释者与阐释对象的相切合程度，都影响甚至决定了他们所建构的鲁迅形象与原生态的鲁迅形象的差距。从这个意义上说，鲁迅形象的建构的确存在突破性的建构。即使如此，任何阐释者也只是在通向鲁迅世界的无数条道路上开启了其中的一条，而当阐释者做出这样的选择时，其他的道路自然而然地有了被遮蔽的可能。

纵观鲁迅形象建构绵延半个多世纪的历史，可以看出在鲁迅研究领域中已经形成了一个意识形态、鲁迅阐释理论与鲁迅形象三者相互推动、相

① ［德］伽达默尔：《伽达默尔集》，严平编选，邓安庆等译，上海远东出版社 2003 年版。

互制约的局面。从三者相互推动的关系来看：意识形态影响甚至决定了阐释者的阐释理论，而阐释理论产生并引导鲁迅形象的建构，而后者又反过来参与、推动国家主流意识形态的发展。国家意识形态是权力的象征；阐释理论是知识的象征；鲁迅形象是真理话语的象征（形象本身就是话语的构成物，鲁迅形象在这个意义上象征了中国现代知识分子所追求的真理话语）。而意识形态有时穿越阐释理论的知识系统，规定着鲁迅形象的真理话语。它们相互不可分离，也不能在没有任何一方的情况下运转、应用、生产。如果没有意识形态的权力支配，从意识形态出发，并通过意识形态运行，阐释者的理论就失去了权力的庇护，也就失去了权力对于鲁迅形象阐释的热情和功能。

探究鲁迅形象建构的演变过程，是一个庞大而复杂的命题。从鲁迅的传记出发，勾勒出阐释之维上鲁迅形象变化的整个历史过程，以此作进一步的分析，寻找鲁迅形象演变的内在依据，以及这些内在依据的变化。在考察中，除了关注不同时期的阐释者如何在国家体制内依据不同的阐释原则建构鲁迅形象外，还同时梳理并分析阐释者的精神变化历程。恰如姚斯所说："文学作品并不是对于每一个时代的每一个观察者都以同一种面貌出现的自在的客体，并不是一座自言自语的宣告其超时代性价值的纪念碑，而是像一部乐谱，时刻等待着在阅读活动中产生的、不断变化的反响。只有阅读活动才能将作品从死的语言材料中拯救出来并赋予它现实的生命。"①

纵观自 20 世纪起的鲁迅形象建构，可以看出它经历了一个由"个人—集体—个人"阐释的演变过程，即是由 1932 第一部鲁迅传——增田涉的《鲁迅传》诞生至"文化大革命"前期的个体化鲁迅形象的塑造，到"文化大革命"时期石一歌《鲁迅传》的集体化阐释，再到"文化大革命"后的个性化鲁迅形象的建构。每个人都根据自己的阅读经验，力图还原一个"真实"的鲁迅（包括鲁迅形象的解构论者）。然而"处于不同时代的读者由于各自历史背景和文化背景的差异，必然对同一作家，同一作品有不同的理解、解释和评价，这方面的差异有时甚至很大"②。

回望半个多世纪的鲁迅传记写作可以看出，在个体化鲁迅形象的塑造

---

① 姚斯：《作为文学科学挑战的文学史》，载［德］瓦尔宁编《接受美学》，慕尼黑，威廉·芬克出版社 1975 年版，第 129 页。

② 张汝伦：《意义的探究——当代西方释义学》，辽宁人民出版社 1986 年版，第 303 页。

阶段，“启蒙者”鲁迅的形象得以确立，并深入人心；在一元文化的集体化阐释中，“革命家”的鲁迅被夸大到极端的程度；“文化大革命”后到世纪末，“启蒙者”的鲁迅形象重新成为阐释者的重心。

鲁迅形象随着社会制度和文化政策的变化而变化，但研究这一演变的意义并非单纯至此。作为中国知识分子的代表，如何塑造鲁迅形象体现出中国知识分子对于自身在国家意识形态中的定位与构想。考察鲁迅形象的演变也就是考察中国知识分子地位的变化状况，这一演变过程几乎可以勾勒出近百年来中国知识分子的风云变幻史。鲁迅形象的演变既体现了外来的西方思潮的影响，也体现了鲁迅自身的丰富性和复杂性，更体现了中国知识分子自身的精神需求。隐含在鲁迅形象演变背后的，是中国知识分子不同的文化观念和精神选择。因此，不同时期鲁迅形象的建构，与中国知识分子在其所处的不同历史时期的文化环境中的精神构成有直接关系。一方面，被建构的鲁迅形象参与了当时中国知识分子的精神构成；另一方面，知识分子如何反观自身，也便如何建构他们心中的鲁迅形象。

同样，鲁迅形象的变化并不是一种单纯的文化观念的取舍，而是有着深层的社会历史原因的，通过洞察丝丝缕缕的鲁迅形象的变化，并且将这种变化尽可能清晰地投影于社会政治、历史演变之屏，必将开拓出一片鲁迅研究的新天地。鲁迅是个永久的话题，他将被不断地言说下去，而每一种言说、每一次言说，都不仅仅是对鲁迅的言说，而且涉及社会生活和文化生活的方方面面。通过“鲁迅形象的演变”的研究不仅可以对如何更加深刻地阐释鲁迅意义重大，而且可以从一个侧面考量一个世纪以来中国文化思潮的深刻变化，并为将来的文化建构提供知识支持。

萧红曾经说：鲁迅有无数个。是的，这是由鲁迅本体的丰富性决定的。既然在通往鲁迅世界的道路上，阐释者们选择了一条无限接近鲁迅又永远无法到达的道路，那么阐释活动就永远不会结束，作为阐释文本形式之一的鲁迅传记也就有其继续产生的必要。当然，给鲁迅作传难，给鲁迅作一本好传更难。难就难在传主本身的丰富、博大、深刻、复杂和难以把握，也难在这些年来鲁迅研究的深透和研究成果的厚重，更难在对鲁迅的一些认识和评价目前还存在分歧和异议……但可喜的是，鲁迅的阐释者并不在困难面前却步，而是从坚实的史实出发，不断地阐释着“我之鲁迅”。唯其如此，一个无限接近本真鲁迅的，真实的、睿智的、复杂的、深刻的鲁迅形象才能在不断地阐释中越来越明晰。我们期望新的鲁迅传记能够突破以往以政治社会学批评为主的模式，杂糅以新的批评方法，将鲁迅的本体世界和文本世界有机地结合起来，对鲁迅作全新的审视。

附：20 世纪末鲁迅传记写作综述

在 21 世纪的发端，回眸 20 世纪中国现代作家研究，无论从哪个角度看，鲁迅研究不仅是中国现代作家研究里的头号重镇，而且已经成为世界文学格局中的重要文学现象。

鲁迅作为现代中国最丰富最复杂的灵魂，不仅以他风格独特的作品滋养了后代的作家，而且他历经坎坷的一生也给了后人以资评说的丰富源泉。到目前为止，关于鲁迅的传记已达三十多部，在中国现代作家中，可谓无人与之匹敌。本章将对自 20 世纪 80 年代中期以来出现的鲁迅传记作一个细致的爬梳，以期对以后的鲁迅研究或鲁迅传记写作有所裨益。

1986 年，林贤治的鲁迅传《人间鲁迅》问世，恰似一道分水岭。此前的鲁迅传记大多采用"仰视角"的写法，把鲁迅作为一个异于常人的"伟人"来描写，而《人间鲁迅》标志着此后的鲁迅传记作者对鲁迅"神化"的反思。《人间鲁迅》昭示了这一时期传记作者写作视角的下移，这是一种由崇敬型认同向体验型认同的转变。①

林贤治的《人间鲁迅》在初版时共分三卷，由花城出版社出版。第一卷《探索者》，1986 年 9 月发行；第二卷《爱与复仇》，1990 年 1 月发行；第三卷《横站的战士》，1990 年 5 月发行。这部历时五年才全部出齐的鲁迅传记，衔接了 20 世纪 80 年代启蒙主义的精神，把鲁迅定位于"人间"的"精神界战士"形象。它力图在人间各种错综复杂的关系中，凸显"人间鲁迅"的独立精神品格。《人间鲁迅》的写作意图很明确，就是要把鲁迅从"天上"拉回到"人间"，还原鲁迅"人之子"的形象。这是否意味着要描写鲁迅在世俗人间的琐屑生活？不是的。虽然作者也描写了鲁迅作为"人之子"在创作、社交、婚姻、爱情、友谊等不同层面的人间感受，但"人之子"在人间却屡遭放逐，被迫成为"横站的士兵"。

---

① 赵白生在他的《传记文学理论》中将传记分为：纪念性传记、认同性传记和排异性传记，在认同性传记中又可分为移情型、崇敬型和体验型认同。"'隔而不隔'，体验也。这是因为体验型认同隐含着一种交流的相互性、合作的平等感。"参见赵白生《传记文学理论》，北京大学出版社 2003 年版，第 130 页。

"命运注定了这个珍惜生命的人要以加倍的速度损耗生命。没有谁命令他这样做，全凭内心的指示。""内心"，就是"人之子"的生存空间；守护"内心"，就是"人之子"的生命形式。

林贤治对鲁迅的理解是独特的。与以往的传记作者相比，像林贤治这样先把鲁迅作为一个民族的精神象征，然后再进入他的内心世界进行阐释的作者不多。这绝不是一部单纯为研究而研究的书，而是一部为表达思想、为张扬个性而写的书。他不是将传主视为一个外在客观对象来进行研究，而是与之发生了一种精神对话。林贤治从鲁迅身上发现了独特的东西，认为他是一个有着独特生命体验的人，这种发现为人们重新认识鲁迅提供了新的视角。在第三部，林贤治集中分析了鲁迅对中国知识分子地位、对"革命"和"革命文学"的看法，鲁迅的创作观、改造"国民性"思想、对生存的看法，以及内心难以驱除的"孤独"感，认为鲁迅是"一个最世俗化不讨的人"。林贤治认为在现代中国各种类型的知识分子当中，以鲁迅为最理想。鲁迅是最彻底的反专制反极权的勇敢战士。而"最世俗化"与"最理想"这两种性格又统一于鲁迅自身，体现着鲁迅的深刻性与复杂性。

林贤治对鲁迅十分偏爱，虽然他意欲刻画作为"人之子"的鲁迅，而行文中却难以掩饰对鲁迅的崇拜。鲁迅身上那种对专制和极权的不妥协斗争以及他对黑暗中国的清醒认识，是鲁迅同时代人中所能达到的最高境界，而对鲁迅留下的这笔精神遗产还没有给予足够的重视。作为一部充满生命激情的传记作品，作者有时很难做到客观，尤其是在分析鲁迅与同时代人的许多论战时，不能保持一种超然的态度，而是以鲁迅的是非为是非，不能不说是本书的遗憾之处。

1990 年 9 月由中国青年出版社出版的曾智中的《三人行》① 是以鲁迅与许广平、朱安三人之间的爱情、婚姻关系为支柱写作的一部视角独特的鲁迅传，它描述了鲁迅一生的情感历程。可谓鲁迅传记写作中的一大突破。在以往的鲁迅传记中大都对鲁迅的婚姻生活讳莫如深，因为这对鲁迅本人来说也是一个难以解释的矛盾：鲁迅终生反对封建礼教、反对愚忠愚孝、反对包办婚姻，自己却遵母命娶了毫无感情可言的朱安，后与许广平生活在一起却又未与朱安离婚。虽然许广平聪明地选择了"同居"二字

---

① 曾智中：《三人行》，中国青年出版社 1992 年版，第 310 页。

来描述二人的婚姻生活，竭力避免有人以鲁迅攻击过的"姨太大"之名来攻击鲁迅与自己。但以往的传记要么以此为鲁迅的污点，要么怕写作时难以处理，都对鲁迅的婚姻问题避而不谈。《三人行》的写作足见20世纪90年代以后人们文化观念的新变化，也标志着这一时期鲁迅研究视野的开阔。其最大价值在于，它不仅描述了鲁迅在思想革命、文学创作上的贡献，而且写出了鲁迅作为一个普通人所具有的内心矛盾和感情纠葛。文中鲁迅在"四·一五"反革命政变后在广州所写的"时大夜弥天，壁月澄照婪蚊遥叹，余在广州"作了新的解释，"他曾对一个学生解释过这句话：'那是我有意刺高长虹的！高长虹自称是太阳．说景宋是月亮．而我呢，他却谥之为黑暗，是黑夜。他追求景宋他说太阳在追月亮；但月亮却投入黑夜的怀抱中，所以他在那里诅咒黑夜。'"作者反问："这是否有点不像鲁迅，但正因如此，鲁迅才成其为鲁迅！"这与林志浩在1981年版的《鲁迅传》①中的解释大异其趣："生动地描写他在白云楼生活时的险恶处境，勾画了他对吸血的'婪蚊'极端的轻蔑和鄙视，尤其表现出他那光明磊落、凛冽难犯的崇高的精神境界。"

　　林志浩增订本的《鲁迅传》于1991年7月由北京出版社出版，此书是在1981年版《鲁迅传》的基础上修改而成的，由原来的27章扩展为30章。增订本的《鲁迅传》最明显的特点是修订了1981年版《鲁迅传》浓重的"左"的倾向。作者本人也承认1981年版的《鲁迅传》"明显地留下80年代以前的时代局限"。因此，他不断关注着国内外鲁迅研究在材料的发掘、观念的更新、论点的改正诸方面的新进展新成果，才有了增订本《鲁迅传》的问世。

　　增订本不再把鲁迅视为一个不理人间世事、只知呐喊革命的战士，而是把鲁迅作为一个有血有肉、感情丰富的"人"来塑造。文中增补了鲁迅在婚姻感情方面的困惑、与周作人由"兄弟怡怡"到"兄弟失和"的过程以及鲁迅的朋友之谊、师生之情等方面的材料，使鲁迅作为一个普通人的形象，显得更为真实、丰满。此外，增订本也努力突破前本《鲁迅传》以政治画线或以鲁迅的是非为是非的标准来评价人物的窠臼。尽量站在客观的立场上对以前有争议的人物做出公正的评价。比如对于陈西滢的《闲话》和鲁迅的《并非闲话（二）》的论争，林志浩指出应当"实

---

① 林志治：《鲁迅传》，北京出版社1984年版，第248页。

事求是地分析","陈源为什么对'这样的中国人'吐唾沫呢"?林志浩说陈源并非想借此证明"中国人该打而不作声",而"他认为中国人不该被打,既然已经被打,群众就不该只是空喊,而应该有实际的行动,支持被害人向美国兵进行说理斗争或其他斗争。但群众没有做到这一步,所以引起陈源的不满。'不满'是对的,但破口辱骂未免过火了"。① 这种新的评价有助于还原历史的真相,也有利于读者对鲁迅更全面、深刻的把握。当然,由于长期形成的思维模式和认知逻辑不是短时间内可以彻底改变的,因此,增订本的《鲁迅传》虽可算林志浩的一本新作,但并没有突破他的思维方式形成时的"时代的制约"。所以,增订本的《鲁迅传》未能从根本上摆脱"左"倾思想的影响和形而上学的简单化倾向。

朱文华的《鲁迅、胡适、郭沫若连环比较评传》于 1991 年 10 月由上海文艺出版社出版。全书分为鲁迅—胡适、胡适—郭沫若、郭沫若—鲁迅三卷,通过三人的相互比较,将各人的生平、创作、思想、性格的特点彰显出来,后在余论中,比较三人的不同,着力表现中国知识分子不同的文化选择。该评传的突出特点是体例上的创新,这在鲁迅传记写作史上是绝无仅有的。连环比较体例的选择有益于认识传主之间的共性和差异,作者在横向和纵向的比较和鉴别中把握传主在相同的历时范畴内不同的文化选择和创作实践,在细微的差异中突出各传主的个性。获得了单人评传所达不到的效果。可谓开风气之先,无愧于开创之功。《连环比较评传》将写作重点放在"同中之异"上。比如在讲到鲁迅和胡适对新文化的倡导时,肯定二人在这期间所做的贡献,特别是在新文化运动中共同否定和批判中国传统思想文化的一致性;同时探讨了他们共同投身这一运动之前在思想准备方面的差异。在郭沫若和鲁迅的比较中,则着重分析了两者在小说创作方面的差异。这样的连环比较凸显了三位巨人的共性和个性,而且体现了作者对整个中国现代文化史的全面体悟。

但是,由于作者受阐释语境的限制,还不能以更为开放的眼光对传主做出更为公允的评价。如在分析鲁迅与胡适思想差异的根源时,并未将焦点落在两人所接受的东西方文化的差异而导致的不同选择上,而是以原来的党派团体的画线为标准,对胡适的定位有失偏颇。

唐弢的《鲁迅传》(未完稿)于 1992 年 5 月至 10 月连载于《鲁迅研

---

① 林志浩:《鲁迅传》,北京十月文艺出版社 1991 年版,第 240 页。

究月刊》。是唐弢逝世后，征得其家属同意才与读者见面的。原书拟写40万到50万字，作者生前仅写完了前11章，从鲁迅出生到留日归来，第一章、第二章系定稿，第三章至第十一章系初稿。作者以书话文体与杂文笔法相糅，描绘鲁迅生活的外部环境，如江浙一带的风俗、鲁迅的家世及历史背景等。选取绍兴的人文环境为入口，生动地再现了江浙一带的风俗人情，表现了"绍兴人的智慧、机灵、促狭、滑稽的风格"，为鲁迅的出场作了充分的铺垫，可谓未见其人，先闻其声。特别传神地刻画了鲁迅祖父周介孚为人耿直、恃才傲物的性格，从中可看到鲁迅的影子。在第一章结尾处总结出在这种环境熏陶下形成的鲁迅性格"使他怀疑，使他忧郁，使他孤独，使他有时瞧不起人，使他不断地向自己的心申诉"。写出鲁迅作为一个"人"的性格中的"野性"。又通过当时的杂书、逸事以及与鲁迅有过交往的浙东人秋瑾、徐锡麟等人的性格刻画进一步烘托出鲁迅的个性和气质。

孙郁在《未完成的雕像》①中对这部传记作了极为精粹的评价："这十一章的遗稿，为当代传记文学，提供了一个新的模式。"认为作者"充分注重史实，从史实以及鲁迅作品、日记、书信提供的线索出发，殊多考订之笔"。而且"专于考据，亦精于杂感。在诠释之中，常露出鉴赏家的惬意。清幽舒朗的雅兴，疏简清秀的笔致，构成了唐弢作品极特别的文化品位"。

1992年8月吴俊的《鲁迅评传》由百花洲文艺出版社出版，为《国学大师丛书》之一种。"国学大师"的命题使作者选取鲁迅的学术生涯为线索，以鲁迅校勘《嵇康集》、撰写《中国小说史略》等学术活动为重心，描绘了鲁迅作为一个卓有建树的学者的一生，细述了鲁迅的学术成果和学术思想。第一章"导论"，以"五四"时期中国文化的转型为背景，勾勒出鲁迅作为"中国现代最杰出的一位思想伟人，树立了一种崇高的文化人格形象"。第二章通过鲁迅校勘《嵇康集》，评析了鲁迅对于魏晋文章的深刻感悟，并将鲁迅誉为千百年来嵇康的第一"知己"。文中作者情不自禁地叹道："知嵇康者，非鲁迅莫属；而知鲁迅者，其选谁属？其人安在？"不禁让人回肠荡气！第三章通过鲁迅编撰《中国小说史略》，描述了鲁迅深邃的国学修养。作者由衷地赞道："鲁迅是思想家和社会批

① 孙郁：《未完成的雕像》，《读书》1993年第4期。

评家而又为学者，他的《中国小说史略》才最足以堪当才、学、识三方面部超然出群的一部专史著作。"第四章则指出了"佛学"与"尼采"对鲁迅生命哲学的影响。此书虽未刻画出完全人格意义上的鲁迅，但以鲁迅的学术思想为切入点勾勒鲁迅的一生，亦不失为鲁迅传记写作的一个极妙的选择，烛照出鲁迅立体雕像的一个重要侧面。

上海文艺出版社于 1993 年 12 月出版的王晓明的《无法直面的人生——鲁迅传》，是《世纪回眸（人物系列）》之一。作者用心理分析的方法描述了鲁迅的一生。从某种意义上说，这并不仅仅是一部传记，而是一部心灵史，一个凡人的心灵史：面对无法直面的人生，一个"分明就在我们中间，和我们一样在深重的危机中苦苦挣扎"的"人"。该传记主要凸显鲁迅的"精神危机和内心痛苦"，全力剖析他之所以面对人世如此态度的深层心理动因。因为作者要"写下我所理解的他的一生，也写下我这理解所包含的种种共鸣。或许这样的写作本身，已经不只是指向他人，也同时指向自己？或许我最后写下的，已经不只是对鲁迅和他那个时代的理解，也包含对我自己和这个时代的理解了"。这是一部典型的"体验认同型传记"，传记作者好像穿上了传主的衣服，与他融为一体，作者体验着传主的思想、感情。① 也正因为如此，王晓明笔下的鲁迅是一个痛苦、绝望、有着强烈虚无感的鲁迅，一个"大时代"的"中间物"，一个有着你我相同性情的"孤独者"形象。以往的鲁迅传记大多先树立鲁迅伟大的人格，并以此为基石，描述在伟大人格的驱使下鲁迅的伟大功绩。而在王著中却采用了"逆推法"，即先描述鲁迅参与的事件，再大胆地推测鲁迅参与事件时的心理动机。例如，书中谈到鲁迅在上海时对共产党的同情、对黑暗社会的反抗时，分析鲁迅的深层心理动因是在"四一五"政变中，鲁迅不是"清党"的对象，没有受到国民党的迫害，成了这场事变的"局外人"。到上海以后，为了不失去既年轻又热情的许广平的爱慕，也为了摆脱"局外人"的尴尬，"才那样积极地介入公众生活，却不料一脚踩进了政治斗争的旋涡，身不由己地越卷越深，直至被推上与官方公开对抗的位置"。文中"我想""我认为""我相信"等字眼的运用表明了作者在认同鲁迅心理时的强烈自信。王著运用心理分析方法写作鲁迅传获得了首次重大突破。

---

① 赵白生：《传记文学理论》，北京大学出版社 2003 年版，第 130 页。

虽然王晓明对鲁迅崇敬有加，但为了把鲁迅塑造成一个真真正正的"人"，他还对鲁迅进行了一定的解构。消解了鲁迅思想战斗性的崇高的革命目的和意义。王晓明的《鲁迅传》在诸多的鲁迅传中或许不是最好的，以作者自己的心理去揣测传主的心理动因，难免有失当之处。但这部传记无疑是鲁迅传中最有个性的一本，它鲜明地体现出"我之鲁迅"的特色。

1997年2月，《鲁迅自传》由江苏文艺出版社出版，此书系《名人自传丛书》之一，由吴福辉、钱理群主编，编者是王得后，三人均是著名的鲁迅研究专家。鲁迅一向不愿写自传，更反对别人为他作传，生前只写过两篇千字文，简略地介绍了自己的经历，这部大部头的自传当然不是出自鲁迅之手。此书是由三位鲁研专家从浩如烟海的鲁迅日记、书信以及作品中甄选出来的鲁迅对自己生活的记录。虽然与真正意义上的"自传"相距甚远，但其真实性却远远超出了其他传记。

陈漱渝的《鲁迅》于1997年4月由中国华侨出版社出版，是《名家简传书系》中的一种，是作者在其1983年版鲁迅传《民族魂》的基础上增补、修订而成的。《民族魂》最初是在《中国青年报》上连载的，碍于版面的限制，各章节难以展开。新版《鲁迅》加强了对鲁迅作品的分析，有利于深化对鲁迅的全面了解。此传最为突出的特点在于史实考证的严密、真实。如在第十一章"东有启明西有长庚"中，对鲁迅和周作人兄弟失和的原因作了详细的考证和严密的分析，得出结论：兄弟失和缘于周作人的妻子羽太信子的挑拨，关键是由于经济问题，并进一步通过香港出版的赵聪的《五四文坛点滴》和周作人的书信进行印证，还以郁达夫、许寿裳、俞芳等人的回忆作旁证，使人较为信服。陈著史实缜密，这主要得益于作者长期从事鲁迅史料的考据工作。但鲁迅形象尚不够丰满。

陈平的长篇小说《鲁迅》由江苏文艺出版社于1998年4月出版，分上、下两部，约90万字，是迄今为止篇幅最长的鲁迅传。作者从鲁迅离家到南京求学写起，直至鲁迅逝世，中间以插叙的方式追叙鲁迅童年的经历。此书的长处在于叙述详细，事无巨细，凡是作者掌握的材料，均有记录。并运用了小说创作的一些笔法，如想象、虚构等，使鲁迅的经历尽量丰富起来。然而这样写的缺点也是明显的：行文累赘，人物形象不突出。以小说体裁来写鲁迅传，此书不失为一次大胆的尝试，但不足之处尚待探索。

中国文联出版公司于1999年1月出版的钮岱峰的《鲁迅传》是20世纪出版的最后一部鲁迅传。该著行文从容不迫、舒缓有致，体现了作者所追求的"和谐"和"作传客观化"原则。做到了对鲁迅形象刻画的生动性以及评价鲁迅作品和思想的哲理性，也是一部有特点的鲁迅传记，但平实有余而个性不足。

21世纪伊始，第一部问世的鲁迅传是由海南出版社于2001年1月出版的陈越的《鲁迅传论》。此书以"传论"命名意在区别此前的"评传"，也表达了21世纪来临，传记作家想在鲁迅阐释上有所突破的愿望。《鲁迅传论》避开单纯为鲁迅立传的模式，尽力发挥自己在理论思辨上的优势，以传为骨架，以论为血肉建构全书，从而找到了一条以论为主而又能把握鲁迅整体形象的新路子。可以说，"传"只是作为线索、背景而存在的，"论"才是作者的写作重点。全书以"作为思想家的鲁迅"为中心命题。本书与其说是以"传"见长，毋宁说是以"论"取胜，这无形之中加深了对更为内在的鲁迅本体的理解与把握，同时也体现了对以往鲁迅传记写作的拓展和深化。在越文化大背景下考察鲁迅是《鲁迅传论》的又一特色。作者与传主共同分享了江浙地域文化的熏陶，相同的文化背景使作者与传主之间少了一些隔膜，多了几分心灵相通，使作者对传主的理解更为深刻。作者认为越文化悠久厚重的优秀传统，是鲁迅得以生根、发芽、成长的土壤，鲁迅后天的健壮成长是基于获得了绍兴区域文化的先天"基因"。此当属深刻之论，体现了作者独特的学术眼光。

对于每一个阅读鲁迅的人来说，大概在他们心目中都构建了一个活脱脱的"鲁迅形象"。然而，每一个"鲁迅形象"都不可能是纯客观的、全面的。鲁迅之子周海婴的《鲁迅与我七十年》由南海出版公司于2001年9月出版。从母亲及父辈好友对作者讲述的父亲的经历中撷取了一些鲜为人知的秘事，如书中揭示了鲁迅死因中的浓浓谜团；挑开了兄弟反目的隐秘面纱；披露了许广平对鲁迅的真挚爱恋与无私付出；坦叙了鲁迅逝后一家人的不平岁月……最重要的是刻画了鲁迅作为一位慈爱的、普通的父亲形象。

此书从一个特殊的视角看鲁迅，提供了大量鲜为人知的极其重要的史料，不少地方显示了作者敢说真话的勇气。如对创造社、四条汉子等问题的看法，对于一些大家非常关注却难以知道真相的"家事"都有所披露，如，关于鲁迅如何在八道湾涉及羽太信子的绯闻，造成与周作人一家反目的事件等。该书随附的180幅图片皆是鲁迅家属历年珍藏，大部分首次公开（包括鲁迅的一些手迹），它们对认识和研究鲁迅无疑具有重大史料价值。从文学色彩或学理范畴来看，《鲁迅与我七十年》也许并非佳作。也由于作者与传主的特殊关系，难免在评价一些人物和事件时有失公允。但也正是由于这种特殊的关系，这部传记在平实的叙述中提供了许多对鲁迅研究有价值的材料。可谓瑕瑜互见。

2001年9月由上海鲁迅纪念馆编、缪君奇著的《鲁迅画传》，经上海书店出版，这是为纪念鲁迅诞辰120周年的献礼之作。这部鲁迅传记的问世，可以说非常及时地填补了真正面向平民大众的，既有通俗性与普及性，又有真实性和可读性的鲁迅传记的空白。此书最大的特点是"图文并茂"，以"图"为主，附有鲁迅生平的简略介绍以及有关图片的说明。这里的"图"是鲁迅本人、鲁迅与家人及同时代人的照片，以及活动旧址、手稿、用品等珍贵的历史照片。此书的另一个显著的特色是"普及性"这一思路的定位。这反映了编者普及鲁迅、传播鲁迅的意识。全书采用学术界普遍认同的材料和观点，用客观平实的笔法进行叙述，虽仅有十万字左右的篇幅，却刻画了一个相对完整的鲁迅形象：他的生平、创作与思想的发展轨迹，他的性格与为人，社会活动与朋友交往，乃至他的婚恋、家庭和日常生活……普通读者想知道也理应知晓的诸多方面，均有涉及，而且行文简洁洗练，要言不烦。此书可谓普及鲁迅知识的一个成功的尝试。

项义华的《人之子——鲁迅传》由浙江人民出版社作为《浙江文化名人传记丛书》之一于2003年11月出版。作者抓住鲁迅作为一个普通人，甚至是有些精神障碍的老人这一体征来选材。刻画了一个在那个政治风云变幻无常的年代中，身处时代的激流中艰难跋涉的孤独者形象。鲁迅的一生就是一场不断寻求突围的征程。《人之子》对于鲁迅最后十年的有意回避，使得可以凸显鲁迅性格复杂性的重要时期隐而不现，导致鲁迅性格的完整性缺失，使传记减色不少。正是因为采用了"人之子"的视角来观照鲁迅，鲁迅头上的神性光环消失了，原先被光环遮蔽的人物本身的个性明晰地凸显出来。作者对那些曾经与传主发生过千丝万缕联系的人，尤其是鲁迅的论敌，本着"不厚诬前人"的原则进行了全新审视，让事实说话，力图归还历史的本来面目。例如，在分析鲁迅与"革命志士"

的隔膜时，作者以鲁迅日记、鲁迅好友范爱农的直言劝告等为论据，指出：鲁迅与人交往时"态度显得过于严肃，甚至有些僵硬，反而给人一种不近人情、让人难以接近的印象"，也因为"当时的革命志士大多是不拘小节的豪放之徒，以鲁迅的谨慎、多虑，纵或结识，也走不到一条道上"。这种结论推翻了以往描述的鲁迅与革命者亲密无间的蜜月关系，大大地跳出了读者的期待视野。

与项义华对鲁迅生活的最后十年隐而不谈恰恰相反，林贤治在继《人间鲁迅》之后，以《鲁迅的最后十年》为题又为鲁迅写了一部断代体的传记，于 2003 年 4 月由中国社会科学出版社出版。作者聚焦于鲁迅生命的"最后十年"，再次深入鲁迅的内心，力图在文学以外描摹鲁迅的形象，展现作为思想家的鲁迅的真实一面。作品一方面勾勒了鲁迅生命中最后十年在上海从事的具有重大社会思想价值的工作，同时照印了鲁迅思想的"当下性"价值。

由朱正著文、王得后编图的《鲁迅图传》由广东教育出版社于 2004 年 5 月出版。文字作者朱正说"这是一本大众读物而不是学术著作，字数也只有那么多，不可能作深入的学术探讨"。但事实上，关于鲁迅的生活经历、思想活动和文学成就，以及与此相关的历史背景、社会人物，甚至一些长期备受关注的争议问题在书中都有深入浅出的描绘或论述，一向善于用材料说话的作者还时时在不经意间营造出幽默的效果。如书中第十一节《阿 Q》里，引述 1933 年 2 月 21 日鲁迅与美国朋友斯诺的一次谈话："斯诺问他：'你认为在中国阿 Q 依然跟以前一样多吗？'鲁迅大笑道：'更坏。他们现在管理着国家哩。'"如此这般的情景，一定会让读者忍俊不禁。而为该书编图的王得后，也是资深的鲁迅研究专家，所选图片，重在反映当时的社会文化背景，传达传主的个性。这种高水平的合作，可谓珠联璧合、相得益彰。两位专家联手，意在扩大鲁迅在民间的影响。

2004 年 8 月由福建人民出版社出版的林辰先生的遗作《鲁迅传》是一部极有分量的鲁迅传记。林辰身为鲁迅研究专家，曾出版过《鲁迅事迹考》，因而他的《鲁迅传》是建立在严格的史实基础上的。孙玉石评价道："他的这部未完成的《鲁迅传》，考稽史实确凿，搜集资料翔实，多叙述而少议论，重理解而轻发挥，在简约拙朴的文字中，传达平实精到的思想，可以说是一部具有很强的科学性与很高的学术性的鲁迅传记"，

"描绘了一个真实而可以亲近可以理解的鲁迅"。①《鲁迅传》共八章,整个传记从鲁迅的童年开始写起,一直到鲁迅离开广州赴上海止。遗憾的是原稿缺失了"五四"时期鲁迅在北京的生活和学术活动部分,以及更重要的鲁迅1927年至1936年在上海的生活和创作部分,使鲁迅在上海的一段重要生活在这本传记中没有得到体现。但众多鲁迅研究专家仍然给予这本传记很高的评价。据帮助整理林辰遗稿的鲁研专家王世家介绍,林辰在世时,曾经有朋友希望他能把《鲁迅传》出版,但是他坚决不同意,他说:"我的这本书已经过时了,现在有很多写得比我好的传记,而且也比我的完整,出它干什么!"这本书就这样尘封了六十多年,直到林辰先生逝世,才在王世家的热心协助下,由福建人民出版社出版,使读者有缘拜读这一佳作。

林贤治的《鲁迅画传——反抗者及其影子》于2004年10月由团结出版社出版。这部《鲁迅画传》全书分为十章,约十万字,附有大量的有关鲁迅的图片,图文并茂。此书延续了作者在写作《人间鲁迅》和《鲁迅的最后十年》时的思路,将写作重心放在鲁迅在上海时期的生活上,在某种意义上可以说《鲁迅画传》是《人间鲁迅》的压缩本和普及本。林贤治在《鲁迅画传》中"勾勒虽然简单,但仍然重在先生晚年,写了他与邹韬奋、茅盾等人的矛盾,周扬是鲁迅一生最后也是最大的对立面"。这本《鲁迅画传》与大部头的鲁迅传记相比,可能不够厚重,但是,它为普通人提供了一条接近鲁迅的途径。

给鲁迅作传难,给鲁迅作一本好传更难。难就难在传主本身的丰富、博大、深刻、复杂和难以把握,也难在这些年来鲁迅研究的深透和研究成果的厚重,更难在对鲁迅的一些认识和评价,目前还存在分歧和异议……但可喜的是,鲁迅的阐释者并不在困难面前却步,而是从史实出发,不断地阐释着"我之鲁迅"。唯其如此,一个无限接近本真鲁迅的、真实的、睿智的、复杂的、深刻的鲁迅形象才能越来越清晰地展现在世人面前。

---

① 孙玉石:《一部"颇尽了相当的心力"的鲁迅传记》,《鲁迅研究月刊》2004年第3期。

第四章

鲁迅在 2016：形象·话题·研究

从整体上看，2016 年围绕鲁迅的各种活动是热闹的，现实的改革在继续前行，但如何对其进行描述则是困难的，阎连科曾说过："我们出现无数问题，但不得不承认所有的人都充满朝气，所有人的脚步都在推动这个社会向前走，绝不会是欧洲的暮气。我们的社会忙乱、没有秩序，但每个人好像都是一伸手就能抓到理想的感觉，但理想是什么，能不能抓到，不知道。"① 现实的后现代主义与魔幻色彩，远比文学作品精彩。对于"物"的渴望与高扬，使其登上时代的舞台并成为"主旋律"。变动、机会似乎是时代的主题，但同时"固化"则是不可忽视的隐性趋势。如果真的变了，为什么鲁迅以及那代人的作品至今读来依然让人有痛快酣畅、先得我心之感？如果没变，又该如何激活鲁迅的思想资源，化为不断自新的依凭？

现代转型社会所带来的种种获益和问题，使个体成为其承受者和接纳者，关于鲁迅的种种言说和纪念活动，便是在这一背景下展开的。"当广告上鼓吹华语将成为世界第一大网络语言时，我们唯独失去了精神，当比特漫天飞舞时，网络精神却是一个缺省值，我们只能用一个标签来代替，于是又请出了鲁老爷子。"② 张福贵也强调："在当前社会，从国与国之间的利益分歧，到不同人之间关于问题的不同看法，人们的思想处于一个较为分化的状态。在这样一个被撕裂的社会背景下，弘扬鲁迅的战斗精神和批判精神十分必要。"③ 1936 年，鲁迅离世，其身后的历史进程不断徘徊于明朗与晦暗之间，历史和现实的诸多问题，总能让人想起这位老先生。

---

① 阎连科：《这个社会有一种不可思议的朝气》，《新京报》2013 年 10 月 16 日。

② 肖锋：《今天我们想骂的，鲁迅都已经骂过了》，http://cul.sohu.com/20161020/n470748157.shtml。

③ 张福贵：《纪念鲁迅逝世八十周年暨"鲁迅和他身后的中国"学术研讨会举行》，公众号"鲁迅文化基金会"，2016 年 10 月 14 日。

2016 年，鲁迅已然离开我们 80 年了，当我们在翻阅关于他的种种描述、种种评说时，我们是否敢说一句：我们真的已经读懂了他？

第一节　鲁迅形象

丰富性、复杂性，是人们在谈及鲁迅时会常常用到的词语。"在历史人物描述方面，恐怕没有谁像鲁迅那样给人如此复杂的感觉。"① 在诸多面向之中，孙郁特别强调"草根语境中的鲁迅"。李林荣认为人们在谈论他的某一面向时，会遮蔽他的其他面向。张福贵还提出"大鲁迅"和"小鲁迅"的概念，前者指《大鲁迅全集》等作品透露出的"鲁迅之大"，20 世纪 80 年代至今，人们所塑造的是后者。"小鲁迅"着眼于对一些琐事细节的考证和探究，"最终可能带来一种结果，至少在学术价值、学理方面，那就是，让鲁迅失去历史批评的真实性，同时又失去现实批判的合理性和合法性"②。

纵向地看，历史上不同阶段强调鲁迅的不同方面、特征。因此，鲁迅形象的演变也是与对他的阐释分不开的。汪卫东指出：20 世纪中国的鲁迅阐释经历了三个阶段："一是革命意识形态的鲁迅阐释，二是人文意识形态的鲁迅阐释，三是大众通俗文化意识形态的鲁迅阐释。"③ 姬学友则将其划分为世俗化评说、去政治化评说、再世俗化评说三个阶段。④ 罗东将"文化大革命"结束后鲁迅形象的演变细分为："走下神坛"（1976—1985）、"重返文坛"（1986—1995）、"回到人间"（1996—2005）、"个性化和世俗化"（2006—2015）。⑤

在这种种解读之中，不乏正解，也难免有误解。张梦阳指出对鲁迅有三种认知误区：一是把鲁迅尊为十全十美、不容置疑的偶像的"神化"；

---

① 孙郁语，转引自孔雪《黑夜未尽，战士不朽》，《新京报》2016 年 10 月 29 日。

② 宁肯等：《鲁迅作为一个小说家，有自卑感？》，http：//cul. qq. com/a/20161020/017252. htm。

③ 汪卫东：《二十世纪中国鲁迅阐释范式的转换》，《吉林师范大学学报》（人文社会科学版）2016 年第 1 期。

④ 杨姿：《"鲁迅研究的回顾、反思与展望"学术研讨会暨中国鲁迅研究会 2016 年理事会会议综述》，《鲁迅研究月刊》2016 年第 12 期。

⑤ 罗东：《四十年间，我们是如何"变着法"看鲁迅的？》，《新京报》2016 年 10 月 29 日。

二是否定鲁迅一切的"鬼化";三是把鲁迅等同于一般人的"俗化"。①
20世纪90年代后,鲁迅被不断世俗化解读,其身上被冠以的各种高大名
号被摘除,但同时又走向了另一个极端。"鲁迅'人'的身份又被拆解为
'恶人'和'庸人'两种取向。"② 周令飞也指出:"鲁迅在国人心目中的
形象,却渐渐走向了两个极端:一方面'鲁迅'变成了一个高高在上的
学术符号,令普通人望而生畏;另一方面,它又变成了一些人戏谑的话
题,被不断地拿来质疑、恶搞,甚至被年轻人视为老掉牙。"③

　　世俗化解读过程中,难免有低俗成分,比如将他称为"民国微博界
最伟大的段子手、平面设计界的乔布斯、心灵鸡汤界的小龙女,被捧杀的
国民公知。"④ 再如《没想到,你竟是这样的鲁迅!》⑤ 将鲁迅概括为:视
觉艺术天才、花样文艺潮男、撩妹高手、赚钱养家小能手。有的作者则受
到时代风潮或某一理论的影响,把鲁迅理解成一个有心机、自利的人,如
刘仲敬发表于《中国企业家》的《文化企业家鲁迅》⑥ 一文从"经济人"
假设理论出发,认为鲁迅是一个精明、善于算计的人,就不免有恶意揣测
的成分了。

　　横向地看,不同群体对他有不同的理解,孙郁所著《鲁迅遗风录》
详细描述了胡风、萧红等不同人对鲁迅带有私人性的解读和记忆。他指
出:"现在关于鲁迅的解释各式各样,我说是一个被分解的鲁迅。每个时
期或者不同知识群落、不同知识结构的人对鲁迅的打量是不一样的。"⑦
"被分解的鲁迅"很好地概括了鲁迅形象在当下所处的"歧路亡羊"之

---

① 高欣然、李永杰:《鲁迅的方向仍是中华民族新文化的方向》,《中国社会科学报》2016
年2月2日。

② 杨姿:《接近鲁迅的巴比伦塔——新时期以来鲁迅研究争论的反思》,《中南大学学报》
(社会科学版) 2016年第4期。

③ 周令飞:《广东举办纪念鲁迅诞辰135周年学术研讨会》,公众号"鲁迅文化基金会",
2016年10月25日。

④ 乌潘潘:《鲁迅是大文豪吗,我咋觉得他更像段子手呢?》,公众号"微在",2016年12
月8日。

⑤ 书单君:《没想到,你竟是这样的鲁迅!》,公众号"十点读书",2016年9月24日。

⑥ 刘仲敬:《文化企业家鲁迅》,http://www.iceo.com.cn/com2013/2016/0309/300987.
shtml?_t=t。

⑦ 孙郁、李静:《历史不给鲁迅"走对"的机会》,公众号"东方历史评论",2016年10
月20日。

情形。

整体而言，除了传统的"三大家"，鲁迅的其他面向也逐渐被人们所认知、接受。比如，有论者认为："中国有七个鲁迅：迷惘的青年，激愤的斗士，孤傲的文人，冷酷的批评家，幽默的旁观者，改造汉语的翻译匠，自我流放的精神导师。"① 郑家建《论鲁迅的六种形象：一次演讲》将其分为：文学世界中的鲁迅、艺术世界中的鲁迅、被丢失的鲁迅形象、翻译世界中的鲁迅形象、古典世界中的鲁迅形象、被误读的鲁迅形象。②

一　文学家

文学家是鲁迅的第一身份，这也是研究者谈论最多的话题。王彬彬认为，目前对作为文学家的鲁迅仍然认识不充分，"他的作品里巨大的文学性，他用现代汉语进行文学表达的能力，没有得到很好的认识。比如他的语言艺术，用现代汉语进行文学表达的才华，实在是无与伦比的"③。对于鲁迅作品的性质和地位，高远东给予很高的定位："鲁迅的文学代表了和欧洲文学既有联系又不相同的一种现代性，我把它叫做第三世界的现代性，一种独立的、怀疑的、反抗的、自主而非屈从的现代性。既深刻表现追求自由和解放的民族生活，又独创新的现代文学形式。"④ 当代作家对这一话题也有很多论述，毕飞宇指出：鲁迅是"一个很早熟的作家"，也是"一个大器晚成的小说家"。"一部中国的现代文学史，其实是由两个部分组成的，一个部分是鲁迅，一个部分是鲁迅之外的作家。"⑤ 莫言认为："我们的很多作品延续了鲁迅所要讨论和表现的重要问题，我们是他的直系传人。"他的伟大在于："鲁迅经常自我拷问，即便写一件小事，也得进行严酷的自我拷问。鲁迅拷问起来可是近乎疯癫甚至不要命的。"⑥

（一）作品特色

研究者从多重视角出发，探究鲁迅文学作品的特色，不断产生新的见

---

① 张畅：《鲁迅是一面镜子，照出这时代的无知与傲慢》，《新京报》2016 年 10 月 29 日。

② 郑家建：《论鲁迅的六种形象：一次演讲》，《东南学术》2016 年第 2 期。

③ 邵岭：《作为一个文学家的鲁迅，其价值尚未被充分认识》，《文汇报》2016 年 6 月 21 日。

④ 高远东：《误读与还原：鲁迅做的事》，http：//history. sohu. com/20161013/n470140898. shtml。

⑤ 毕飞宇：《你能否看懂鲁迅骨子里的冷》，http：//cul. qq. com/a/20160101/024572. htm。

⑥ 莫言：《要像鲁迅一样自我拷问》，《北京青年报》2017 年 1 月 15 日。

解和观点，丰富人们对这一问题的认识。

关于其作品的思想内容。张梦阳说："鲁迅及其作品具有一种'精神诗性'，往往充满了希望与绝望的悖论。"① 郜元宝则认为："鲁迅文学的本质决定了它迟早要与政党相遇，这是不可避免的。"这也说明他的文章"不是中国社会可有可无的超然物外的文化点缀，而是和历史进程息息相关以至于水乳交融地扭结在一起"，"它的巨大的历史感和丰富复杂的历史内容，和它的'技巧的上达'，是一个问题的两面"。②

关于其作品的语言。孙郁有过很多精到的论述，他认为："鲁迅最伟大的地方，是延伸了汉语书写的魅力，在一个动乱的时代，使古老的汉语有了更多的弹性和张力。倘若我们浏览古代文献，会发现他融会了诸多前人的智慧，司马迁的悲凉，杜甫的沉郁，苏轼的飘逸，曹雪芹的悲怆，时常折射在不同的文本里，又能从尼采学说、马克思主义美学中采撷精要，形成幽默、含蓄、峻急沉郁的风格。小说语言与杂文表述各得其所，诗歌意象和散文韵致互有千秋。""他在白话文的节奏里，延续了笔记小品的妙处，词章暗含古风，在飘逸的法度里流出精美的韵致。越到晚年，文字越发老辣，六朝的悠远和唐人的开阔，明人的洒脱和清人的严谨，催促出诸多美文。"可以说，"从《坟》《华盖集》到《且介亭杂文》，是白话文里的古文，古文里的白话"③。郜元宝认为"真正读懂之后会发现它又有高度的口语化"，所以"不要忘记鲁迅的文章也很流畅"。④

关于其作品中的描写。郜元宝强调鲁迅在作品中并非要刻意渲染暴力，"不是为了展览暴力，欣赏暴力，炫耀敢于和善于描写暴力的才干，而是要写出暴力情境中人的精神状态"。鲁迅采用的描写方法是"在宜于直剖明示的杂文中就直剖明示，在宜于含蓄暗示的小说和散文诗中就用含蓄暗示的方法从容写出"。他采取的是"'将自己也烧在里面'而绝不'隔岸观火'的介入态度"，其目的是"激活国人'知道死尸的沉重'的

---

① 张杰：《让鲁迅的精神遗产在当代社会"活"起来》，《中国社会科学报》2016 年 11 月 9 日。

② 李念：《郜元宝：上海十年，造就了晚年鲁迅的辉煌》，公众号"鲁迅文化基金会"，2016 年 9 月 23 日。

③ 孙郁：《鲁迅：照亮民族遗产的思想者》（2016 鲁迅文化论坛主题讲演），公众号"鲁迅文化基金会"，2016 年 9 月 25 日。

④ 转引自何晶《今天，如何理解鲁迅的"诚与爱"》，《文学报》2016 年 4 月 28 日。

心，并照出'别有不觉得死尸的沉重的人们'的嘴脸"[①]。

关于其作品的文体。孙郁从文章学角度立论，认为鲁迅对文体有着自觉意识，"鲁迅的文章其实如韩愈一样各体皆备，讲求章法"[②]。宁肯则认为他的文体有互相融合的特点，"鲁迅作为一个作家，他某种意义上混淆了作家的概念，怎么讲呢？比如鲁迅首先是小说立家，但他的杂文，好像混淆了他的小说，使鲁迅的面目从写作的角度变得不是很清楚"。[③]

（二）阅读感受

很多研究者和作家谈起自己阅读鲁迅时的印象与感受。孙郁说："我是在'文革'期间读鲁迅的小说，当时不太能看得懂，但一下子就忘不了，他的人物形象和环境氛围给人留下特别深的印象，有一种黑色的感觉，但里面还有一股热流。换言之，他写得很黑暗，很惨烈，但含有人性的光芒，这是最初的感觉，而内容当时就不太懂。"[④] 陈丹燕也有类似阅读体验："其实我从小看鲁迅的文章，我挺烦鲁迅，鲁迅一天到晚吵架，这么刻薄，有距离感。后来看了《尤利西斯》，我开始理解鲁迅。"[⑤]

余华说："鲁迅是我的朋友。我在书里写过，我小学、中学不喜欢读鲁迅，等我读上鲁迅的时候，已经 35、36 岁左右了。那时候《许三观卖血记》都已经出版了。后来才发现，还有那么一个朋友在远处等着我，所以他不是我的老师，是我的朋友。"[⑥] 每次阅读，都能带来不同感受，"我读鲁迅，第一阶段的关键词是文辞，第二阶段的关键词是政治，第三阶段的关键词则是生命。与此同时，第一阶段的心态是崇拜，第二阶段的心态是批判，第三阶段的心态则是体悟"[⑦]。

（三）与外国文学家比较

鲁迅与外国文学家的比较，也是长久不衰的话题，而拿来作比较的对象也是众多的，既有与他有直接关联的，也有在思想内容上表现出相似性

---

① 郜元宝：《鲁迅怎样描写暴力》，《文汇报》2016 年 9 月 19 日。

② 孙郁等：《他以智性和诗意对抗这个世界》，《新京报》2016 年 10 月 29 日。

③ 宁肯等：《鲁迅作为一个小说家，有自卑感？》，http：//cul. qq. com/a/20161020/017252. htm。

④ 魏沛娜：《鲁迅遗风已成民族基因》，《深圳商报》2016 年 12 月 4 日。

⑤ 戴从容：《乔伊斯像鲁迅，对自己的民族都有哀切》，http：//book. sohu. com/20161227/n477049035. shtml。

⑥ 余华：《川端康成是我的老师，鲁迅是我的朋友》，http：//culture. ifeng. com/a/20160402/48314699_ 0. shtml？ tp＝1480608000000。

⑦ 羽戈：《我们为什么还要读鲁迅？》，《中国经营报》2016 年 10 月 10 日。

的。与苏俄作家的比较，是其中的一个重点。王锡荣认为："在中国，鲁迅就是以他的作品引导着中国国民精神的前途，而在俄罗斯，托尔斯泰就是引导俄罗斯民族精神前途的灯火。"该文还介绍了鲁迅对托尔斯泰的接受、宣传。① 卓光平从"心灵遇合""精神相联""思想共通"三个方面，比较了他们二人的思想，并介绍了托尔斯泰在中国的传播。② 孙郁详细比较了鲁迅与高尔基，认为二者之同在于："鲁迅在上个世纪三十年代的精神状态与高尔基在 1905 年前后的精神状态很像。""他们都是那个社会的叛徒，乃直面现实的革新派。……在某一时段里，都具有不合时宜的尴尬，即精神资源里存在着流行思想无法接受的部分。这构成了存在的复杂性。"二人的差异主要体现在与政党文化的关系上：一个是"道义上的亲近"，一个是"组织上的亲近"。③

　　鲁迅与卡夫卡的相似性，也早已为研究者所注意到。"我一直把鲁迅和卡夫卡相比较。比如对父亲的态度，时间都很接近。但他们的区别在于，卡夫卡是生前寂寞身后热闹，而鲁迅是自始至终都很寂寞。卡夫卡是奥匈帝国的后代，鲁迅是大清帝国的后代，这是非常有趣的一件事。"④还有一种观点认为："乔伊斯有点像鲁迅，就是对自己的民族都有哀切。"⑤

二　思想家

　　"鲁迅是精神界的一个战士，又是一个思想家，一个带有智性和诗人意味的有趣的思想者。"⑥ 很好地概括了作为思想家的鲁迅所具有的丰富性。当然，每个时代看重其思想中的不同侧面，对其思想的认识也不断深化。

（一）思想的性质

　　钱理群明确提出：应该"把'鲁学'看作是'人学'，即中国人的改

---

①　王锡荣：《托尔斯泰、鲁迅与中俄文化交流》，《文汇报》2016 年 6 月 4 日。

②　卓光平：《中俄文化交流中的鲁迅与托尔斯泰》，《中国社会科学报》2016 年 4 月 25 日。

③　孙郁：《鲁迅与高尔基，在扭曲的时空里》，http://cul.qq.com/a/20161017/017451.htm。

④　钱理群：《鲁迅的当代意义》，http://www.aisixiang.com/data/90155.html。

⑤　戴从容：《乔伊斯像鲁迅，对自己的民族都有哀切》，http://book.sohu.com/20161227/n477049035.shtml。

⑥　孙郁语，见魏沛娜《鲁迅遗风已成民族基因》，《深圳商报》2016 年 12 月 4 日。

造之学，是'社会学'，即中国社会的改造之学。"鲁迅思想体现在"对
人的灵魂开掘之深"、"对中国社会问题开掘之深"①。陈思和则从常态与
先锋的视角出发，将其视为"先锋文化"的代表。②

　　研究者普遍将鲁迅思想的核心归纳为战斗精神。孙郁明确指出：是他
的"战士精神，即以反抗、争斗之姿处理生活中的焦虑"③。陈思和则将
其概括为"始终抗拒主流的战斗精神"④。刘运峰也有类似观点："鲁迅留
给我们最宝贵的财富就是他的人本主义精神和始终如一的战斗精神。"⑤
张全之则认为："直面现实人生的写作，清除文坛垃圾和深刻的自我反
省，是鲁迅精神的三个重要面向，构成了鲁迅精神传统的核心价值。"⑥

　　关于鲁迅思想的方法，李泽厚提出了颇有启发意义的新见解："鲁迅
的启蒙是诉诸人的情感方面，是情感的力量"，他的作品虽然包含思想，
"但所以强烈影响人们感染人们还是其中的情感力量，而不是他的说理"。
鲁迅进行思想启蒙的独特性，可以概括为"提倡启蒙、超越启蒙"⑦。

　　（二）思想的价值

　　孙郁说："鲁迅思想作为一种遗产，其丰富性是其他文学家和思想家
所没有的。"⑧ 这可以视为研究者的基本共识。张福贵也强调："鲁迅的思
想启蒙，我觉得是非常有价值的，它补上了我们 20 世纪中国社会在进程
中可能薄弱的那一环。"⑨

　　高远东着眼于大的地理范围来评说鲁迅的思想："近现代东亚地区思

　　① 钱理群：《鲁迅的当代意义与超越性价值——在"30 后"与"70 后"鲁迅研究者对话
会上的讲话》，《济南大学学报》（社科版）2016 年第 3 期。

　　② 陈思和：《"五四"前夕思鲁迅：全球化时代如何造就伟大的个体》，《探索与争鸣》
2016 年第 6 期。

　　③ 孙郁：《鲁迅对庄子的另类叙述》，《文艺研究》2016 年第 3 期。

　　④ 王鸿等：《今天我们纪念鲁迅，究竟应该纪念什么?》，http：//www.thepaper.cn/news-
Detail_ forward_ 1452525。

　　⑤ 高欣然、李永杰：《鲁迅的方向仍是中华民族新文化的方向》，《中国社会科学报》2016
年 2 月 2 日。

　　⑥ 张全之：《鲁迅精神的当代意义》，《文艺报》2016 年 9 月 23 日。

　　⑦ 李泽厚、刘再复：《彷徨无地后又站立于大地——鲁迅为什么无与伦比》，《粤海风》
2016 年第 5 期。

　　⑧ 魏沛娜：《鲁迅遗风已成民族基因》，《深圳商报》2016 年 12 月 4 日。

　　⑨ 宁肯等：《鲁迅作为一个小说家，有自卑感?》，http：//view. inews. qq. com/a/CUL2016
102001725205。

想意识的最大公约数当非鲁迅莫属，而能够超越国家政体、社会结构、文化背景的主导意识就是鲁迅的'相互主体性'意识。"①

　　鲁迅思想的深厚、博大，使其可以转化为后来者进行表达和思考的资源。"我常常从鲁迅那里寻找资源，因为第一他是原创性的，第二是源泉性的。我经常讲，鲁迅相当于英国的莎士比亚、俄国的托尔斯泰、印度的泰戈尔。""鲁迅的重要性是什么？是另一种可能性。如果没有鲁迅，中国文化未免太单调了。"②

　　（三）思想的缺憾

　　鲁迅后期思想所表现出的倾向性，是研究者主要聚焦的重点。有论者认为：鲁迅的思考偏重于"民族"，"对'国家''资本'思索就显得不够深透"，因此，"他对现代中国的看法在极具穿透力的同时又有其盲点"。③孙郁有相似的看法："鲁迅有一种乌托邦的梦想，所以当时他不太顾及这个结果是什么样，他主要解决自己的问题。"④止庵认为鲁迅在晚年并未坚持"任个人而排众数"，"鲁迅晚年并不曾完全丧失自我，但某些时候，他的确因此而无意或有意地放弃了独立思考的立场，对斯大林治下的苏联的看法即为一例"。⑤

　　因此，对鲁迅思想的评价应秉持客观的态度、辩证认识，不能简单地以其是非为是非。钱理群对此有很好的总结："'五四'和鲁迅不能理想化。鲁迅还有很多问题留下没有解决的，由我们来解决。任何伟人，都不是历史的终结者。他给我们的，使我们能够在他的基础上继续往下想，继续往下写，而不止于他们。"⑥

　　（四）与他人比较

　　鲁迅与胡适在一些问题上的看法相似，但所采取的态度明显有差异，这也使比较二人之异同成为90年代之后的一个热点话题，至今仍见仁见

　　①　王鸿等：《今天我们纪念鲁迅，究竟应该纪念什么？》，http：//www. thepaper. cn/news-Detail_ forward_ 1452525。

　　②　钱理群：《鲁迅的当代意义》，http：//www. aisixiang. com/data/90155. html。

　　③　张克：《2049：寻找鲁迅研究的迁流》，《名作欣赏》2016年第34期。

　　④　孙郁、李静：《历史不给鲁迅"走对"的机会》，公众号"东方历史评论"，2016年10月20日。

　　⑤　李静：《误读与还原：鲁迅做的事》，http：//history. sohu. com/20161013/n470140898. shtml。

　　⑥　宋宇：《"我给他的回报，是丰富的痛苦"》，http：//www. infzm. com/content/120923。

智、聚讼不已。有论者对二者的思想进行了详细的分析，指出：在对待自由的态度上，"他们都是追求自由的人，鲁迅更多是反抗那些压制自由的事物，胡适则是追求实现那种可以扩大自由的内容。可以说鲁迅的追求更能推动社会的自由"。在坚持自我方面，"在现实中鲁迅相对胡适而言是更加忠实于自我的，鲁迅在超越自身的时候是忠实自己，忠实于精神的"。

因此就二人所处的社会语境而言，鲁迅式的批判性立场"更有意义，也更难"，胡适式的平和立场"有时不过是容忍，乃至是懦弱、伪善"。但这两者在当下都是缺失的。①

三　学者

董炳月强调应重视鲁迅的学者身份："鲁迅是个伟大的学者。甚或可以说，'三家'是以'学者'身份为基础的。没有相当的知识储备，当'三家'很难。'学者'应当是鲁迅的常态。"但目前其学术成就尚未得到充分的研究，比如对《鲁迅全集》的注释，"存在着不少该注未注的地方，也就是失注的地方"②。这一现象，以及《鲁迅全集》注释中存在的不准确、错误现象，都说明这项研究工作对研究者的专业知识水平要求很高，因而具有较高的难度。

比如姚小鸥《人民文学出版社 2006 年版鲁迅〈故事新编〉的注释问题》一文，将注释存在的问题分为三类：引用文献时出现的错误，解释古代器物、古代制度或古地名时出现的错误或不当，有关称谓的问题。作者在文尾试图探析这一问题产生的根源，"现代文学史的开创者如任访秋、王瑶等人，都是古代文学出身，具有深湛的传统学术修养。近数十年来，学者往往只在某一学科单兵突进。就现代文学研究而言，其研究对象，即现代文学作家及其作品却具有深厚的古代文化背景，致使研究目标与研究者的学术能力形成巨大的反差"③。这就说明了对鲁迅的学术思想和成就进行研究、评价，仍有待于研究者自身学养的提升。

一项调查表明："最受关注的鲁迅著作是《中国小说史略》，超过了

①　曾子炳：《鲁迅与胡适的无间道》，公众号"天涯"，2016 年 9 月 26 日。

②　孙郁等：《鲁迅思想的巨大魅力在于其强大的现实性》，《文艺报》2016 年 10 月 19 日。

③　姚小鸥：《人民文学出版社 2006 年版鲁迅〈故事新编〉的注释问题》，《文艺研究》2016 年第 4 期。

'常胜将军'《呐喊》和《彷徨》的关注度总和。"① 而他的小说史研究，也是研究者关注较多的领域。孙郁认为：鲁迅的学术研究与一般学者的不同之处，在于他的视野和参考资源不仅局限于学术内部。"鲁迅写《中国小说史略》时，他还在翻译小说、写小说、整理古小说，他在四个维度里面进行《中国小说史略》的写作。"他的小说史研究也得益于作家思维，"他用的是刘勰《文心雕龙》那样一种感性的直观、诗话哲学的方法来描述他对文本的感受。他是用自己的心灵与这些作家的文本交流"②。

此外，他原本计划写一部《中国字体变迁史》，并做了大量的准备工作。孙郁指出："他的学术眼光是很高的。"③

四　翻译家

随着鲁迅译作的不断出版，其作为翻译家的面向越来越受到重视。鲁迅翻译作品数量大、质量高，孙郁认为鲁迅首先是个翻译家，其次是作家。目前出现了一些研究成果（如顾钧等），但仍有待进一步深入。

鲁迅翻译的初衷，首先是改变传统语言。孙郁说：他通过翻译来不断寻找新的资源，使用的翻译语言是为了改变汉语的表达习惯，"他翻译语言所达到的深度，他对于汉语的贡献是巨大的"④。他采取"硬译"的方法，除了这一考虑，更有输入外来文化的立意。李林荣指出："他的硬译就是要刻意保留外国文化、思想和文学的连毛带肉、全须全尾、原汁原味的东西。"对鲁迅而言，"译"是手段，"介"是目的，"他是要把外来文化和思想的火种真正引入到中国的文化场的内部，在这个意义上，硬译就成为唯一成立的方法论和目的论意义上的手段和策略"⑤。至于鲁迅心目中的读者，孙海英《鲁迅为谁翻译?》认为："鲁迅翻译的预想读者包括三类人，一类是先觉者、精神界战士，一类是尚未觉悟的民众，还有一类是天真未凿的儿童。"他对冯玉文《鲁迅翻译思想研究》（中国社会科学

---

① 李婷：《今天，关注鲁迅的人群以青年为主》，《文汇报》2016 年 10 月 19 日。
② 孙郁：《孙郁回答关于鲁迅的八大疑问》，http：//www.sohu.com/a/118530745_ 488440。
③ 魏沛娜：《鲁迅遗风已成民族基因》，《深圳商报》2016 年 12 月 4 日。
④ 沙子龙：《鲁迅逝世 80 周年：第一步还是要争取言论自由》，公众号"鲁迅文化基金会"，2016 年 10 月 19 日。
⑤ 宁肯等：《鲁迅作为一个小说家，有自卑感?》，http：//cul.qq.com/a/20161020/017252.htm。

出版社 2015 年版）的学术价值有很高评价。①

鲁迅的翻译与创作之间的关系，也是研究者不断探寻的一个问题。鲁迅所译作品中的一些观点、思想被他吸收，如厨川白村的"社会批评"与"文明批评"的理念，这样的例子可以举出很多。因此，"只有和鲁迅译介的那些域外的文学和理论文字接触，我们才能明白他写作的一种底色，对他的知识结构与思想来源也可以领略一二"②。

五　设计家、收藏家

鲁迅的艺术面向在 2016 年被大力彰显，除了报纸等传统媒体外，微信公众号等新媒体也推出了相当数量的文章。如《鲁迅的绘画、书法、收藏，你都见过吗?》（微信公众号"壹号收藏"）、《没想到，你竟是这样的鲁迅!》（微信公众号"十点读书"）、《没开玩笑，鲁迅也是一位优秀设计师》（微信公众号"烩设计"），这些文章大多图文并茂，语言生动幽默，这对于突破以往单一、呆板的鲁迅形象，无疑是有着积极的作用的。《鲁迅竟还收藏了这么多精美的浮世绘》题记中即说道："其实也不必以严肃和深思面对先生。"③

"鲁迅对现代美术有很深刻的理想……鲁迅身上有很深的艺术家的气质。"④ 高远东也认为：鲁迅还拥有丰富的艺术审美属性，因此，互联网文化语境下，无论是对鲁迅思想资源的再开发，还是不同艺术样式的创作创新，依然可以做出前卫多元的探索。⑤ 该如何定位鲁迅在艺术上的成就? 刘思源认为他是"高水平的美术收藏家、活动家、鉴赏家、出版家"⑥。

（一）　美术思想

吴为山认为："鲁迅的美术思想，不仅在文字中，也在他的绘画、书

---

① 孙海英：《鲁迅为谁翻译?》，《中华读书报》2016 年 8 月 10 日。

② 陈阿娇：《教科书把有趣的鲁迅弄丢了?》，http://cul.qq.com/a/20161018/002830.htm。

③ 董炳月等：《鲁迅竟还收藏了这么多精美的浮世绘》，《新京报·书评周刊》2016 年 11 月 2 日。

④ 钱理群：《鲁迅的当代意义》，http://www.aisixiang.com/data/90155.html。

⑤ 许旸：《我们应该去对话更鲜活的鲁迅：纪念鲁迅诞辰 135 周年暨逝世 80 周年高峰论坛在沪举行》，《文汇报》2016 年 4 月 5 日。

⑥ 默识：《刘思源谈鲁迅：得其一点　沾溉无穷》，《中国美术报》2016 年 4 月 11 日。

法与设计中。他以生动而深刻、感性而有内涵的视觉创造，以文字的透彻和锐利，阐释美、表现美。”“在他的精神世界，美基于远古神话，基于秦砖汉瓦，基于甲骨魏碑，形成神出古异、意象融融的美学特征。”①

纵观鲁迅的艺术生涯，黄乔生认为教育部时期是他“美术意识形成的最关键时期”，校刊古书、收集古代碑帖等工作都对此有不小的影响。②董炳月认为“鲁迅的美术活动一直与‘美术日本’关系密切”，它成为“鲁迅认识欧洲版画的视角”，再如“美术”概念的使用。③

（二）美术设计家

鲁迅的设计灵感有一些是来自他的收藏。吴为山说：“我们看他收藏的瓦当以后，就可以明显地感觉到鲁迅在校徽的设计中吸收了很多元素。”④鲁迅曾参与设计北大校徽、中华民国国徽等重要活动，还为很多书籍的封面做过装帧设计，这都表现出他具有很高的艺术水平，《没想到，你竟是这样的鲁迅！》称他为“视觉艺术天才”。⑤王鲁湘认为：“他还是一个非常摩登的现代设计家。你可以看得出他的美术修养，上可溯到汉魏以前，当下则是对最时尚的德国表现主义有了开放的理解，他能够把中国传统最古老的东西和国际上最时尚、最摩登、最现代的东西融合，通过一个封面设计，鲜明的表达出来。”⑥

《作为一个搞艺术的鲁迅欧巴，你一定没有见过！》⑦一文对鲁迅的艺术设计做了非常详尽的介绍，并辅以点评。文章分为“简约不简单的平面设计”“中国书籍装帧第一人”“绘画领域的鉴赏家”“鼎鼎有名的书法家”“收藏界狂人”几个部分。民国时期的作家普遍重视书籍的封面设计，那时的设计在形式上与书本内容相呼应。深受鲁迅欣赏的陶元庆、钱

---

① 吴为山：《鲁迅与美术——由“中国美术馆纪念鲁迅逝世 80 周年美术展”说起》，《中国艺术报》2016 年 10 月 31 日。

② 黄乔生：《鲁迅与二十世纪中国美术》，《人民政协报》2016 年 9 月 12 日。

③ 董炳月：《浮世绘之于鲁迅》，《北京晨报》2016 年 10 月 22 日。

④ 畅月：《你一直“误会”了鲁迅……》，http://phtv.ifeng.com/a/20160523/41612116_0.shtml。

⑤ 书单君：《没想到，你竟是这样的鲁迅！》，公众号“十点读书”，2016 年 9 月 25 日。

⑥ 畅月：《你一直“误会”了鲁迅……》，http://phtv.ifeng.com/a/20160523/41612116_0.shtml。

⑦ 艺宙叁分地：《作为一个搞艺术的鲁迅欧巴，你一定没有见过！》，公众号“鉴赏宝”，2016 年 9 月 25 日。

君匋等人所设计的封面，意境幽远，蕴含丰富，都令人回味无穷。鲁迅亲自操刀的大量设计作品，也堪称经典。作者说："在没有电脑软件辅助设计的当时，先生纯靠手绘，把各种字体玩出了花样，令人叫绝。"他设计的 60 多个书籍封面既"典雅蕴藉"，又"极有时代感"。有的是运用了"留白"，只有书名、作者名。比如《呐喊》的封面中"暗红的底色如同腐血，包围着一个扁方的黑色块"，使人联想起铁屋子。三个"口""非常突出，仿佛在齐声呐喊"。总之，他"对笔划做简单的移位"，"把汉字的象形功能转化成具有强烈视觉冲击的设计元素"。"鲁迅先生对书里的版式排列也颇有心得，尤其推崇中国绘画对于留白与空间的处理方式。"

这些设计在当下依然有意义和价值吗？有文章认为："在今天看来，依然可以使人感到他们所发散出来的激情和感染力，也依然会使人体会到心灵的震撼和冲击。"[①]

（三）收藏家

鲁迅收藏有汉画像、碑帖、绘画等丰富多样的艺术作品，从中我们可以看出他深厚、超前的艺术审美感受能力，同时也与其创作有内在的关系。目前不断有与鲁迅收藏相关的书籍出版，且呈现出递增趋势，如《藏家鲁迅》、《鲁迅藏拓本全集》（西泠印社）、《鲁迅藏外国版画全集》（湖南美术出版社）、《鲁迅编印美术书刊辑存十三种》（中央编译出版社），还有孙郁的《鲁迅藏画录》等解读赏析类书籍，可谓成果丰硕。

在鲁迅的收藏类别当中，浮世绘藏品成为一个备受关注的热点。张明杰在《鲁迅藏浮世绘鉴赏》一文中指出：鲁迅收藏的部分浮世绘书籍作品极为罕见，因而非常珍贵。[②] 董炳月指出：鲁迅大量搜集浮世绘的时期，正是他大量搜集版画、提倡版画运动期间。由此可见，"鲁迅是将浮世绘作为其版画运动的一种资源"。但浮世绘和版画在内容、创作方式、色彩运用和美学面貌等方面相去甚远。鲁迅说"中国还没有欣赏浮世绘的人"，也是因为当时的社会现实"离浮世绘中宁静和审美的日常相去甚远"。[③]

鲁迅年轻时喜欢葛饰北斋所表现的"风景与市井生活"，后来他又喜

---

① 畅月：《你一直"误会"了鲁迅……》，http://phtv.ifeng.com/a/20160523/41612116_0.shtml。

② 张明杰：《鲁迅藏浮世绘鉴赏》，《文汇报》2016 年 11 月 21 日。

③ 董炳月：《浮世绘之于鲁迅》，《北京晨报》2016 年 10 月 22 日。

欢歌川广重，因为他的风景画多表现"旅（旅途、旅人、旅舍）"和月亮。比较二人的作品，"能够看到'旅''月'主题（蕴涵）的惊人一致"。此外，喜多川歌麿主要画女子，东洲斋写乐主要画演员，后者"表现人物特征的方法"和鲁迅的文学主张"有一致处"。由此可见，鲁迅对浮世绘的收藏显示出"文艺观、审美观的复杂性"，"鲁迅的审美观虽然具有丰富的社会属性，但他也并不否定纯粹的艺术价值和审美价值"①。

此外，还有黄乔生《鲁迅"沉入古代"的"暗功夫"——谈鲁迅收藏的古砖及砖文拓本》②、张娟《只研朱墨作春山——鲁迅的美术收藏与他对中国美术的影响》③、韩帮文《鲁迅原来如此喜爱连环画》④ 等文也对鲁迅的收藏进行了介绍。

（四）美术运动倡导者

鲁迅在20世纪30年代大力搜集版画，他一方面搜集传统的木刻，另一方面大量从外国版画中吸取精神资源，珂勒惠支"在愤怒和仇恨中，渗透着慈悲和爱"是与晚年鲁迅心境相似的，因而能打动他。⑤ 熊秉明说：珂勒惠支和麦绥莱勒"都以强烈的黑白对比的版画来表现人生的悲惨和战斗，含有浓厚的社会主义思想。后者在手法上深受立体派和表现派的影响：粗犷、炽热、简净、痛快。这也是鲁迅在创作上所追求的。他的小说决非平实的写实主义"⑥。

鲁迅还发起并推动了中国现代版画运动，他对于新版画艺术的追求，可以概括为："其一，创作的，即原创性。""其二，反映现实生活。""其三，'力之美'的美学风格。"⑦ 他的艺术理念和主张，对抗战时期艺术风格的形成有很大的影响，"抗战版画表现民族精神，不是一味的金刚怒

---

① 金久超：《鲁迅：我的东西将来传给谁好——藏书藏品成鲁研新热点》，《文汇报》2016年11月21日。

② 黄乔生：《鲁迅"沉入古代"的"暗功夫"——谈鲁迅收藏的古砖及砖文拓本》，《光明日报》2016年4月12日。

③ 张娟：《只研朱墨作春山——鲁迅的美术收藏与他对中国美术的影响》，《中国文物报》2016年4月5日。

④ 韩帮文：《鲁迅原来如此喜爱连环画》，《美术报》2016年8月6日。

⑤ 黄乔生：《鲁迅、珂勒惠支与抗战版画》，《文汇报》2016年5月27日。

⑥ 吴为山：《鲁迅与美术——由"中国美术馆纪念鲁迅逝世80周年美术展"说起》，《中国艺术报》2016年10月31日。

⑦ 董炳月：《浮世绘之于鲁迅》，《北京晨报》2016年10月22日。

目、苦大仇深、血腥复仇。中华民族精神是博大深厚的，表现在艺术上，并不单一、偏执。在这方面，鲁迅的文艺理念仍然起到启发和指导作用"①。介子平《鲁迅与版画》② 也对鲁迅和版画运动的关系作了简略的介绍。

（五）书法家

鲁迅生前除手稿外，还有题赠诗词作品，留存下来很多墨迹。对其艺术价值，前人早有评述。郭沫若在《〈鲁迅诗稿〉序》评价他的风格为："熔冶篆隶于一炉，听任心腕之交应，朴质而不拘挛，洒脱而有法度。"周作人、川岛等人对鲁迅的书法成就也多有赞赏。近年来，这一问题逐渐成为一个热点，姬学友、肖振鸣等对这一问题多有论述。李世琦《朴质不拘挛　洒脱有法度——谈谈鲁迅的书法》指出鲁迅书法风格几经变化，"早年受祖父、父亲影响，书学欧阳询"，因为这是当时取得科名的一个必备条件。后来抄碑帖时，则使用"工整的欧体与颜体融合的楷书"，"表现出明显的融合碑帖、以帖为主的风格"。我们从他的文稿墨迹，"可以明显感觉到右军气韵、风致"。他的署名"鲁迅"二字"也可以看出欧楷与右军行书的融合"③。

肖振鸣认为："鲁迅不仅可以独树一帜地立于中国书法名家之林，而且鲁迅的书法称之为'民国第一行书'也不为过。"郑欣森说："鲁迅书法内蕴丰厚，发之于外，即便随意为之，也自成一格，自足珍贵。"④《鲁迅的绘画、书法、收藏，你都见过吗？》评论道："他不仅画得一手好画，书法也古雅厚重，文人气十足。更让人惊讶的是，其对于中国艺术所做出的不可磨灭的贡献。"⑤

但对于鲁迅的书法家身份，孙玉石持不同观点，他在 2007 年"鲁迅与书法"学术研讨会上认为："从学术的标准来讲，还不能说鲁迅就是一

---

① 黄乔生：《鲁迅：为社会而艺术》，《中国美术报》2016 年 4 月 11 日。

② 介子平：《鲁迅与版画》，《美术报》2016 年 12 月 10 日。

③ 李世琦：《朴质不拘挛　洒脱有法度——谈谈鲁迅的书法》，《光明日报》2016 年 1 月 26 日。

④ 陈征：《争议：鲁迅算不算书法家》，http://art.people.com.cn/n/2013/1118/c206244-23574119.html。

⑤ 白文采：《鲁迅的绘画、书法、收藏，你都见过吗？》，公众号"壹号收藏"，2016 年 4 月 1 日。

位书法家，但鲁迅的书法可能比有些书法家的作品的传世生命力还要长久。"①

六　批评者

这一面向的接受和理解，可以分为两个群体，一是研究者，二是青年人，二者各有其侧重点。

（一）研究者眼中

鲁迅从厨川白村那里借来了"社会批评"和"文明批评"的概念，并认为这是文学所应承担的责任，他的写作也是在践行这一观念。钱理群认为胡适和鲁迅是两种典范，鲁迅"不直接参与实际政治运动，但在思想、文化领域方面做批判知识分子，面向公众和知识界发言发表独立性的、批判性的言论"②。孙郁认为：鲁迅选择这一姿态介入现实话题，是源于他的现实观感。③ 林贤治也强调现实因素，"在一个专制的、腐败的、普遍顺从的奴隶（鲁迅常常自称'奴隶'）国度里，唯有不屈的反抗精神，才构成解放的要素"④。

高远东认为目前尚未对其批评的意义形成正确的认知："作为一个现代的批判者，鲁迅的批判是在对人、对社会、对文明的意义上展开的，涉及对现代人、对现代社会、对现代文明的病理诊断，涉及对现代世界的一切明暗的关切。他是以批判的方式深入中国现代性建构的'个人主义之至雄桀者'！"⑤ 李静也强调："鲁迅对国人奴性入木三分的追剿，对言论自由、生存权利和民主政治毫不妥协的伸张，以及由此而来的人格魅力和道德美感，仍是我们不竭的精神源泉。"⑥

（二）青年人眼中

令笔者略感惊讶的是，青年人更偏爱鲁迅的这一面向，他的一些话语

---

① 陈征：《争议：鲁迅算不算书法家》，http：//art. people. com. cn/n/2013/1118/c206244-23574119. html。

② 钱理群等：《对话钱理群 沧桑岁月中难立的脊梁（2）》，《新京报》2016 年 9 月 24 日。

③ 孙郁等：《鲁迅是被读者捧起来的》，http：//culture. china. com/reading/literature/11170682/20161108/30032252. html。

④ 张畅：《鲁迅是一面镜子，照出这时代的无知与傲慢》，《新京报》2016 年 10 月 29 日。

⑤ 李静：《误读与还原：鲁迅做的事》，http：//history. sohu. com/20161013/n470140898. shtml。

⑥ 张畅：《鲁迅是一面镜子，照出这时代的无知与傲慢》，《新京报》2016 年 10 月 29 日。

通过网络传播而被广泛接受。有人说："上中学，课本里有几篇节选自鲁迅的文章，反复读过也得不到对现实批判的意思，这段打开收藏的鲁迅全集，字字句句都是现实主义，里面的一些文意可以便知一二了。"① 这种观点有一定的代表性。下面列举网上出现的代表性文章。

1. 信笔绘流年《那些年，我们读不懂鲁迅，而今看，字字珠玑》②

上学时，我们读不懂鲁迅。那时候只觉得其文章晦涩难懂，又要背诵。去年无意中再次读到鲁迅的《故乡》，那其中的心酸无奈让我泪流满面。鲁迅先生之言，今天看来也是字字珠玑、言之凿凿，我们真的不应该错过。

从来如此，便对么？

——鲁迅《狂人日记》

贪安稳就没有自由，要自由就要历些危险。只有这两条路。

——鲁迅《随感录》

勇者愤怒，抽刃向更强者；怯者愤怒，却抽刃向更弱者。

——鲁迅《杂感》

中国人的性情，是总喜欢调和折中的，譬如你说，这屋子太暗，须在这里开一个窗，大家一定不允许的。但如果你主张拆掉屋顶，他们就来调和，愿意开窗了。

——鲁迅《无声的中国》

对"教育当局"谈教育的根本误点是将这四个字的力点看错了。以为他要来办"教育"，其实不然，大抵是来做"当局"的。

——鲁迅《而已集》

面具戴太久，就会长到脸上，再想揭下来，除非伤筋动骨扒皮。

——鲁迅《鲁迅日记》

惟沉默是最高的轻蔑。

——鲁迅

当我沉默的时候，我觉得很充实，当我开口说话，就感到了空虚。

---

① 新浪微博@昂望木星，2016 年 12 月 18 日，18：49。

② 信笔绘流年：《那些年，我们读不懂鲁迅，而今看，字字珠玑》，http：//weibo. com/ttar-ticle/p/show？id=2309614055960275573915。

——鲁迅《野草》

希望本是无所谓有，无所谓无的。这正如地上的路；其实地上本没有路，走的人多了，也便成了路。

——鲁迅《故乡》

哈儿狗往往比它的主人更严厉。

——鲁迅

无情未必真豪杰，怜子如何不丈夫。

——鲁迅《答客诮》

寄意寒星荃不察，我以我血荐轩辕。

——鲁迅《自题小像》

2.《鲁迅妙语 30 则，仿佛他还活在当前》[①]

鲁迅，中国现代伟大的文学家和新文学运动的奠基人，他的杂文嬉笑怒骂皆成文章，具有强烈的现实批判性，给我们留下了诸多的名言妙语。

01. 中国人的性情是总喜欢调和折中的，譬如你说，这屋子太暗，须在这里开一个窗，大家一定不允许的。但如果你主张拆掉屋顶他们就来调和，愿意开窗了。

——《无声的中国》一九二七年

02. 即使艰难，也还要做；愈艰难，就愈要做。改革，是向来没有一帆风顺的，冷笑家的赞成，是在见了成功之后。

——《中国语文的新生》一九三四年

03. 我总觉得洋鬼子比中国人文明，货只管排，而那品性却很有可学的地方，这种敢于指摘自己国度的错误的，中国人就很少。

——《两地书之廿九》一九二五年

04. 中国的孩子，只要生，不管他好不好，只要多，不管他才不才，生他们的人，不负教他的责任。虽然"人口众多"这一句话，很可以闭了眼睛自负，然而这许多人口，便只在尘土中辗转，小的时

[①] 思维风暴：《鲁迅妙语 30 则，仿佛他还活在当前》，公众号"siweifb"，2016 年 4 月 29 日（本处只节选了若干则。——作者注）。

候，不把他当人，大了以后也做不了人。

——《随感录廿五》一九一八年

05. 不满是向上的车轮，能够载着不自满的人类，向人道前进。多有不自满的人的种族，永远前进，永远有希望。多有只知责人不知反省的人的种族，祸哉祸哉！

——《不满》一九一九年

06. 在要求天才的产生之前，应该先要求可以使天才生长的民众。譬如想有乔木，想看好花，一定要有好土；没有土，便没有花木了；所以土实在较花木还重要。

——《未有天才之前》一九二六年

07. 中国各处是壁，然而无形，像"鬼打墙"一般，使你随时能"碰"，能打这墙的，能碰而不感到痛苦的，是胜利者。

——《碰壁之后》一九二五年

08. 专制者反面就是奴才，有权时无所不为，失势时即奴性十足。

——《谚语》一九三三年

09. 许多历史的教训，都是用极大的牺牲换来的。譬如吃东西吧，某种是毒物不能吃，我们好像全惯了，很平常了。不过，还一定是以前有多少人吃死了，才知的。所以我想，第一次吃螃蟹的人是很可佩服的，不是勇士谁敢去吃它呢？螃蟹有人吃，蜘蛛一定也有人吃过，不过不好吃，所以后人不吃了，像这种人我们当极端感谢的。

——《今天的两种感想》一九三二年

10. 曾经阔气的要复古，正在阔气的要保持现状，未曾阔气的要革新，大抵如此，大抵！

——《小杂感》

11. 文人作文，农人掘锄，本是平平常常的，若照相之际，文人偏要装做粗人，玩什么"荷锄带笠图"；农夫则在柳下捧一本书，装作"深柳读书图"之类，就要令人肉麻。

——《自题小像》

12. 其实地上本没有路，走的人多了，也便成了路。

——《故乡》

13. 敌人是不足惧的，最可怕的是自己营垒里的蛀虫，许多事情都败在他们手里。

14. 时间就是性命。无端的空耗别人的时间，其实是无异于谋财害命。

15. 激烈得快的，也平和得快，甚至于也颓废得快。

16. 真的勇士敢于直面惨淡的人生，敢于正视淋漓的鲜血。

17. 人生最痛苦的是梦醒了，无路可以走。

18. 时间就像海绵里的水，只要愿挤，总还是有的。

19. 悲剧将人生的有价值的东西毁灭给人看，喜剧将那无价值的撕破给人看。

20. 哪里有天才，我是把别人喝咖啡的工夫都用在了工作上了。

21. 什么是路？就是从没路的地方践踏出来的，从只有荆棘的地方开辟出来的。

22. 死者倘不埋在活人心中，那就真的死掉了。

23. 与名流者谈，对于他之所讲，当装作偶有不懂之处。太不懂被看轻，太懂了被厌恶。偶有不懂之处，彼此最为合宜。

24. 明言着轻蔑什么人，并不是十足的轻蔑。惟沉默是最高的轻蔑。最高的轻蔑是无言，而且连眼珠也不转过去。

25. 只要从来如此，便是宝贝。即使无名肿毒，倘若生在中国人身上，也便红肿之处，艳若桃花；溃烂之时，美如乳酪，妙不可言。

——《随感录三十九》一九一九年

《以前看不懂鲁迅，现在看了想哭》列出鲁迅的话共18条，并将作者所认同的鲁迅的话，用红色标出，因篇幅太长，此处不再引。此外，春米六《鲁迅离开80年，笔下原型现身说法》一文，用戏谑、黑色幽默的笔法，写出众生的麻木、冷漠，作品开头写道："我的名字叫麻小木，别名叫不仁，虽然今年只有9岁，可却是人如其名，麻木的功夫，就是祥林嫂再世，也未必是我的对手。""至于大人们那一付无表情的麻木状态，应该和100多年前没太大区别，现在别说一个鲁迅，就是再来一百万个也是派不上用场了。何况现在也没有人愿意做鲁迅了，很多鲁迅的文章也从课本中下架了。现在写手们更愿意制作'鸡汤'，把国人喝的五迷三道找不着北，所以我现在是麻遍天下都不怕了。"作者还批评了家长们的教育理念，"他们记挂着的是自己遗憾，只想把当年自己没有实现的愿望，由我拿出洪荒之力去完成。他们顾及着的是自己颜面"①。

七　励志者

张梦阳说："鲁迅是近现代中国文化界最典型的励志者。"② 有一项关于"什么年龄段用户更关注鲁迅"的调查表明："24 岁至 30 岁的年轻人占比最高，达到 44.95%。"③ 在很多青年人眼里，鲁迅更多地被解读为一个励志者的形象。他们在接受过中小学语文教育后，对鲁迅有一定的了解（当然，这种了解可能也是误解），但又对其思想家等形象普遍采取主动疏离的态度。后来随着微博、微信等新媒体上大量转发的"段子体"鲁迅"语录"，他们又从中发掘出积极奋发向上、珍惜时间等思想资源。从大的时代语境来看，这种带有明显"以我观物"色彩的解读，是与对鲁迅世俗化解读这一大背景分不开的，但也有助于鲁迅思想的传播和接受。

上述调查还列出了鲁迅最受关注的话："哪里有天才，我是把别人喝咖啡的工夫都用在工作上了。""友谊是两颗心真诚相待，而不是一颗心对另一颗心的敲打。""青年应当天真烂漫。""现在的青年最要紧的是'行'，不是'言'。""走上人生的旅途吧。前途很远，也很暗。然而不要怕，不怕的人面前才有路……"④

此处再举一文，《惟沉默，是最高的轻蔑，鲁迅先生九句人生箴言》⑤

1. 谦以待人，虚以接物。

2. 走上人生的路途吧。前途很远，也很暗。然而不要怕，不怕的人面前才有路。

3. 伟大的心胸，应该表现出这样的气概——用笑脸来迎接悲惨

---

① 春米六：《鲁迅离开 80 年，笔下原型现身说法》，http://www.toutiao.com/i6368960510330667521/。

② 张梦阳：《"我在鲁迅海边捡了些贝壳"》，公众号"鲁迅文化基金会"，2016 年 7 月 14 日。

③ 李婷：《今天，关注鲁迅的人群以青年为主》，《文汇报》2016 年 10 月 19 日。

④ 同上。

⑤ 学以解忧：《惟沉默，是最高的轻蔑，鲁迅先生九句人生箴言》，http://weibo.com/ttarticle/p/show? id=2309614057432262366885。

的厄运，用百倍的勇气来应付一切的不幸。

4. 时间，每天得到的都是二十四小时，可是一天的时间给勤勉的人带来智慧和力量，给懒散的人只留下一片悔恨。

5. 惟沉默是最高的轻蔑——最高的轻蔑是无言，而且连眼珠也不转过去。

6. 事实是毫无情面的东西，它能够将空言打得粉碎。

7. 做一件事，无论大小，倘无恒心，是很不好的。

8. 必须敢于正视，这才可望敢想、敢说、敢做、敢当。

9. "急不择言"的病源，并不在没有想的工夫上，而在有工夫的时候没有想。

上述所引，大多并非鲁迅最经典的话语，就其语言风格而言，篇幅短小、语言凝练、大多是观点清晰的判断句式，并不深奥，因而容易为年轻人所接受。就思想内容来看，也多传达了正面积极的信息。但反过来，这也说明当下的"浅阅读"现象很普遍，鲁迅思想的精华，只能靠深度阅读来获得。

第二节　鲁迅话题

鲁迅总能成为关注的焦点和话题，从这个意义上讲，鲁迅倒真的未曾离我们远去。对鲁迅的认识或许各人有各人的见解，但通过这些话题的讨论，还原真实的鲁迅、促进对鲁迅的深入理解，是更为重要的。

一　鲁迅是否爱国

"鲁迅是否爱国"的讨论并不始自今日，却逐渐演化为网络上热议的话题，对其质疑之声甚嚣尘上。一时之间，鲁迅不仅被批评不爱国，更有甚者说他不抗日、有亲日行为等。有一种逻辑认为"鲁迅之所以能够这样'有钱'，是因为他是'汉奸'，不然何以住在租界里，还有那么多日本友人，受到日本人的保护呢?"[①] 批评者大多没有认真梳理鲁迅的言论、

---

① 参见杨姿《接近鲁迅的巴比伦塔——新时期以来鲁迅研究争论的反思》，《中南大学学报》（社会科学版）2016 年第 4 期。

思想，仅凭借他的日记、文章便做出简单的判断，有悖于"知人论世"的评判准则。实际上，鲁迅对日本侵略行为、对日本在思想文化领域的膨胀和扩张，是深怀警惕之心的。他曾对日本来访者说：只有将来中日实力相当，才能谈平等的国家间关系，"中国没有军备，没有力量的均衡就没有真的亲善"。黄乔生《鲁迅看待中日关系：没有力量的均衡就没有真的亲善》一文对此有详细的论述。① 鲁迅还在文章中多次批评、谴责日本的侵略行为。

鲁迅的爱国之心可以从很多事情中得到印证。如日本的野口米次郎问他："中国的政客和军阀总不能使中国太平，而英国替印度管理军事政治倒还太平，中国不是也可以请日本来帮忙管理军事政治吗？"鲁迅的回答是："这是个感情问题吧！同是把财产弄光，与其让强盗抢走，还是不如让败家子败光。同是让人杀，还是让自己人杀，不要让外国人来砍头！"野口在日本发表的访谈，有意歪曲鲁迅的原意，鲁迅便在国内发表文章予以澄清。

之所以会出现这种对"常识性问题"的质疑、否定，源于思维方式的转移。现代作家大都保持了开放的文化态度，与国外作家有很多交流、来往，因而他们不是在一个封闭的世界里思考问题，其视野大都开阔、宏大，这也与当时流行的"世界主义"思潮有很大关系。所以，鲁迅与日本人的交往，应放在这一背景之下来评价。而当下则更执着于对民族国家观念的高扬，同时又以简单化的二元思维方式去反观鲁迅，自然会得出荒谬的结论。对此，孙郁指出："我们现在想象国家和民族问题常常用民族主义视角，我们没有世界主义，很少像鲁迅一样讲'他人的自我'。"他在《鲁迅知识结构新解》中又对这个问题进行了详细的论述、辩证，认为后来者在回看历史时，"不能被一些表象、用我们现在的逻辑简单地去推测前人"②。龚刚《"贼于众"者的汉奸之谧——驳鲁迅媚日说》也对这一观点进行了反驳。

与这一问题关系密切的话题是鲁迅与民族主义思潮，赵京华《破解狭隘的民族主义壁障——作为精神资源的鲁迅后期国际主义》对此进行

① 黄乔生：《鲁迅看待中日关系：没有力量的均衡就没有真的亲善》，http://history.rmlt. com.cn/2016/0927/440968.shtml。

② 孙郁等：《鲁迅是被读者捧起来的》，http://sc.people.com.cn/n2/2016/1107/c345528-29265687.html。

了详细的分析。① 张福贵《鲁迅思想的民族主义迷雾》指出："鲁迅对于民族主义的批判不是政治性的，而是思想性的。他深挖民族主义的文化之根，把批判民族主义与倡导个性主义的思想联系起来，服从于'改造国民性'的立人之说。"② 林贤治《鲁迅与爱国》更进一步深入分析鲁迅的国家观念，"以个人立国的观念，一开始就使他站到了现存国家秩序的对立面"③。但立论稍显偏颇，带有"六经注我"的色彩。

总之，这一问题体现出论者没有设身处地考察鲁迅所处的时代氛围，仅从一些表面现象出发，凭借某种狭隘观念，得出错误的结论。其背后所反映出的思维方式，是值得反思和警醒的，叶祝弟认为："时下受制于一种狭隘的民族主义思潮和文化保守主义的力量。我们在处理中国与世界文明的关系时，重温鲁迅的拿来主义以及'世界人'理念，对于建构真正的中华文化主体性具有特别重要的现实意义。"④

二　中学课本中的鲁迅

笔者在讲授《大学语文》课程中，面对以工科学生为主的授课对象，以图片展示、视频播放的方式来讲解鲁迅，图片部分通过对比画像中鲁迅的"横眉冷对"形象和真实照片中的形象，引导学生意识到之前中所见鲁迅形象的片面，随后播放了纪录片《先生鲁迅》第二、三集的部分，学生普遍表示出很高的兴致。笔者随后布置以"我眼中的鲁迅"为题的写作，发现学生大多喜爱鲁迅笔下的少年生活，对其认知也多集中于爱国与文化批判立场这两点。除个别学生因喜爱而深入阅读鲁迅之外，大多数人对他的印象来自中小学语文课。

的确，很多人对鲁迅的刻板印象几乎都与中学语文课有关，《为了忘却的记念》《中国人失掉自信力了吗?》《论雷峰塔的倒掉》以及《药》《阿Q正传》等作品传递给人们的鲁迅形象是"愤怒、深沉的"，"像是每天都在忧国忧民、唉声叹气，其面目片面化、扁平化"。在这种传授过

---

　　① 赵京华:《破解狭隘的民族主义壁障——作为精神资源的鲁迅后期国际主义》,《探索与争鸣》2016 年第 7 期。

　　② 张福贵:《鲁迅思想的民族主义迷雾》,《探索与争鸣》2016 年第 7 期。

　　③ 林贤治:《鲁迅与爱国》,《华夏时报》2016 年 10 月 10 日。

　　④ 王鸿等:《今天我们纪念鲁迅，究竟应该纪念什么?》, http://www.thepaper.cn/newsDetail_ forward_ 1452525。

程中，"鲁迅的'教科书形象'刻板而机械，本来有趣的鲁迅形象，却被弄丢了"①。中学课本中的鲁迅，与真实的鲁迅有一定距离，甚或背反，这一事实逐渐为大家所接受。但原因何在，该如何讲解鲁迅，仍没有定论。

笛安以一个过来人的身份描述了自己对鲁迅的接受过程：上学时感觉鲁迅"是巨人，是灯塔，是民族精神的象征，是革命先驱……"，"那时候，看到他的名字，心情有点类似于——技术烂的司机看到前面不远处有辆超载的大货车，并且大货车还在打转向灯——你只想躲着走"。但私下里认真阅读他的作品，又有着不一样的阅读体验，"十九岁之前，我读完了几乎所有他的小说，我总在想，为什么他总能写出那种特别丢脸，特别狼狈，又特别凄凉的疼痛呢？"作者由此形成了自己对鲁迅的理解，"我总觉得，他的内心深处始终住着一个热情天真，伤痕累累的倒霉鬼。那是一个与他实际人生中的境遇相去甚远的形象"。作者也因此对老师所讲的鲁迅产生怀疑，"怎么会有这样的战士，如此热衷于描写彻底的失败呢？丢盔弃甲，眼睁睁看着城头变幻大王旗，他还不允许自己的人物来个悲壮的了断"。②

的确，中学语文要讲好鲁迅很难，有内部原因，也有外部原因。首先是课文的选择。鲁迅的作品很多，挑选哪些作为课文，是应该慎重考虑的。课本中所选的文章"被学习最多的却是鲁迅思想和学术遗产中体量最小的部分，以《朝花夕拾》、《呐喊》里的文字为最，甚至颇具思想性的《故事新编》都较少涉及③。王彬彬说："要选那些文学性特别好的，比较温暖浅显，简短凝练的。"④ 也有论者认为："对劳苦者的爱，对弱小者的同情"的作品选得不够，⑤ 羽戈认为，他的文章不是以逻辑见长，有的文中使用的批评手段"违逆了说理的法则"，应该删除，比如《论"费

---

① 陈阿娇：《教科书把有趣的鲁迅弄了？》，http：//cul.qq.com/a/20161018/002830.htm。

② 笛安：《鲁迅的内心住着一个天真的倒霉鬼》，http：//cul.qq.com/a/20161019/016914.htm？t=1476949478734。

③ 陈阿娇：《教科书把有趣的鲁迅弄了？》，http：//cul.qq.com/a/20161018/002830.htm。

④ 邵岭：《作为一个文学家的鲁迅，其价值尚未被充分认识》，《文汇报》2016 年 6 月 21 日。

⑤ 谭桂林：《我们这个时代怎样讲读鲁迅》，《新华日报》2015 年 12 月 18 日。

厄泼赖"应该缓行》。①

与此相关的，是怎样阅读鲁迅，这里面有个次序问题。黄乔生觉得应该讨论出一个阅读鲁迅的机制。"十一二岁之前的孩子读鲁迅，不一定能够接受或产生亲切感。其实鲁迅和周作人一样，都是个幽默和有趣味的人，但如果在课本中安排不当，就会产生如今有些孩子'怕鲁迅'、'讨厌周树人'等心理，而无法体味到，其实鲁迅本质上是一个慈悲的长者。"②

其次是老师的讲解与引导。鲁迅的作品的确不好懂，但对于中小学生来讲有很大的阅读价值，"他的文字给我们呈现出的画面永远难忘，你会觉得他会诱发我们去想象和创造一个另外的世界，让我们去超越认知的阈限"。但如果"梳理他的知识结构，你会发现不能用我们现在常人的逻辑来理解他的文本"。所以在教学中很难处理。③

曾有人开玩笑道：中学老师分析鲁迅说的"晚安！"——"晚安中'晚'字点明了时间，令人联想到天色已黑，象征着当时社会的黑暗。而在这黑暗的天空下人们却感到'安'，侧面反映了人民的麻木，而句末的感叹号体现了鲁迅对人民麻木的'哀其不幸怒其不争'。"虽是调侃，但并非过度夸张。羽戈对比了对《孔乙己》的不同讲解，民国时王伯祥编《开明国文读本教学参考书》写道："这样一个平常的堕落的酒徒，给作者这么一描写，遂使人深深觉得我国社会的冷酷和长衫帮的日即没落。"今天的教学大纲则是："讲授这一课，目的在使学生认识封建文化毒害知识分子的罪恶，加深学生对封建制度的憎恨。"④ 有论者总结道："目前中学里对这些课文的讲解其实更加关注的是另外的一些意义，作者对劳苦者与弱小者的这种情感态度在作品的讲解中不是被轻描淡写地带过，就是被别的主题的过度诠释所遮蔽。"⑤

有论者更进而探析其背后所反映出的理念，李怡指出："我们长期以来还是在一种非常简单的二元对立中打量和评价鲁迅，一说鲁迅和白话文

---

① 张畅：《鲁迅是一面镜子，照出这时代的无知与傲慢》，《新京报》2016 年 10 月 29 日。

② 黄乔生：《用实物遗产为鲁迅存证》，《新京报》2016 年 4 月 16 日。

③ 孙郁等：《鲁迅是被读者捧起来的》，http://sc.people.com.cn/n2/2016/1107/c345528-29265687.html。

④ 张畅：《鲁迅是一面镜子，照出这时代的无知与傲慢》，《新京报》2016 年 10 月 29 日。

⑤ 谭桂林：《我们这个时代怎样讲读鲁迅》，《新华日报》2015 年 12 月 18 日。

的关系，很容易引他对白话文赞扬和肯定的话，把他塑造成一个先锋角色……这肯定是鲁迅的大方向的追求，但也会严重忽略鲁迅实际状况的复杂性。"① 孙郁也认为："一是选进课本的鲁迅文章不好读；二是老师把鲁迅讲成一个高大全的人物，大家不理解。鲁迅自己的思维方法跟流行的东西是相反的。但我们的教育，用的是一种确切性的方法，把鲁迅不确切的东西当成确切的东西来讲，学生会接受不了。"②

也有论者由此对"鲁迅作品难懂""鲁迅作品不适合中学生读"等观点进行了批评，贾振勇说："在众说纷纭中需要我们警惕的是'反智主义'论调的长驱直入。简单概括说，就是鲁迅的作品太艰涩难懂了，不易于中小学生理解与学习；而且鲁迅很多篇目动辄'横眉冷对'，不利于培养小国民们宽容、和谐的健康心理。"③ 曹文轩认为，"过多的浅阅读"使中小学生不容易理解鲁迅的作品，应该"检讨小孩子的阅读生态出现了什么问题"，而不是将矛头指向鲁迅作品。④

该如何讲解鲁迅？孙郁认为，鲁迅的文章始终有强烈的现实关怀，学生不好理解他的现实指向性，"但是要告诉他们有这样的一种方法，有这样一种诗、一种文存在，那么慢慢他就会懂了"⑤。在阅读鲁迅时，需要"保持平常人的心态，平视鲁迅，而不是仰视，与他平等对话，尤其在思想与精神上双向交流，就可以慢慢地体味到他的著作是一心一意写给人民大众看的，而且字字句句都发自内心世界，是真情真性的自然流露。只要不是肆意扭曲，或过于穿凿附会，他从血管里流出来的血总是极为清醇而浓郁的。"⑥

---

① 王鸿等：《今天我们纪念鲁迅，究竟应该纪念什么？》，http://www.thepaper.cn/newsDetail_forward_1452525。

② 孙郁：《鲁迅成了全民公敌》，公众号"南方人物周刊"，2016 年 1 月 3 日。

③ 黄体军：《如果鲁迅远离，"问题"在我们自身》，《齐鲁晚报》2016 年 7 月 17 日。

④ 参见张杰《曹文轩驳"小孩看不懂鲁迅"：恐怕是浅阅读过多》，《华西都市报》2016 年 7 月 25 日。

⑤ 孙郁等：《鲁迅是被读者捧起来的》，http://sc.people.com.cn/n2/2016/1107/c345528-29265687.html。

⑥ 徐敏：《那些年，我们读过的鲁迅》，http://news.163.com/16/1025/14/C47R9LEJ00014Q4P.html。

三　鲁迅与中西文化

孙郁指出："鲁迅其实是一个新文化的建设者。这是建立在对传统的扬弃和域外文明有选择的摄取的基础上的。"① 鲁迅对中西文化的择取、批评，对其思想的形成，有着极为重要的意义。

（一）　鲁迅与传统文化

鲁迅与传统文化关系复杂，不容易说清。他在激烈批评传统伦理观念时，又喜爱搜集、阅读古代典籍。正如张克所言："越想凸显鲁迅的现代，就越会看到他身上深重的古意；而相反，刻意去张扬他的古风遗韵，又不得不肃然于他对传统的激烈抗拒和挣扎。"② 当下，随着研究者对鲁迅认识的深入，鲁迅与传统也成为一个绕不开的话题。

张钊贻认为：鲁迅采用"激烈反传统"的态度和立场，其实"有策略的考虑（针对中国人的妥协习惯，要开窗须说成拆屋顶）；有时势的考虑（先救国才谈得上保传统，而救国先得学西方）"。鲁迅批评的其实是"给扭曲糟蹋过"的"伪传统"，"鲁迅其实对文化传统有不少正面论述……鲁迅从古人品德中剔除糟粕，吸收精华，为我们'拿来'了'不失血脉'的'诚'即'认真'"③。对于孔子、儒家，鲁迅也有很多论述。孙郁指出：鲁迅肯定孔子，反对"后世对孔子思想的随便阐释和功利主义的利用"。④"鲁迅对孔子本人并不完全排斥，认为孔子'知其不可为而为之'的精神就很佩服。对那些真诚的儒家之徒，鲁迅其实也有些好感……对他们的社会责任感，对他们'择善固执，疾恶如仇'的态度，无疑是欣赏的。他们的'方巾气'、'道学气'也是鲁迅从当时的革命者身上看到的'认真'精神。"⑤

鲁迅其实做过很多整理传统文化的工作，比如辑校古书、抄写碑帖

①　李静：《误读与还原：鲁迅做的事》，http://history.sohu.com/20161013/n470140898.shtml。

②　张克：《2049：寻找鲁迅研究的迁流》，《名作欣赏》2016年第34期。

③　张钊贻：《"未完成"的鲁迅与当代世界》（2016鲁迅文化论坛主题讲演），公众号"鲁迅文化基金会"，2016年9月25日。

④　魏沛娜：《鲁迅遗风已成民族基因》，《深圳商报》2016年12月4日。

⑤　张钊贻：《"未完成"的鲁迅与当代世界》（2016鲁迅文化论坛主题讲演），公众号"鲁迅文化基金会"，2016年9月25日。

等。孙郁指出："鲁迅对中国传统文化有相当的继承，他的词当中使用文言白话相间的表达格式，还有他的韵律表达都是中国传统的一些东西。他翻译尼采用的是庄子和列子的语言，他觉得用别的语言对应不了尼采的思想。他在介绍域外文学的时候，同时也激活了对母语的认识。鲁迅表面上反传统，实际上他真正继承了中国传统的好东西。"①

李泽厚对此有更为深入的阐释，他认为鲁迅身上体现了中国文化的主体精神，"这种精神就是求生存、求温饱、求发展，也就是'天行健''天地之大德曰生''生生之谓易'的总精神"。所以，鲁迅"看似激进反传统，却抓住了中国文化的根本"。同时，鲁迅"关怀人世，重视生活，面对底层，灵肉不彻底分离，这仍然是儒家传统"。所以可以说，"'五四'那些急进反传统的人恰恰是深受儒学和传统影响的人，他们才是传统的真正继承者"②。

鲁迅这种对传统的既有批判又有传承的态度，在当下仍有重要的启示意义。孙郁说："鲁迅背后有巨大的文化传统，但是他将此转化成了一种现代人的精神。……我觉得这种古为今用的精神对我们的启示是很大的。"③

（二）鲁迅与外来文化

鲁迅吸收外来文化，是抱着"别立新宗"的宗旨的，体现出他所说的拿来主义。他所择取的外来文化涉及诸多方面，孙郁说："他觉得传统汉语是有问题的，故他把尼采思想，把马克思主义的美学元素，包括托尔斯泰、陀思妥耶夫斯基的思想遗产都拿来为己所用，形成自己独特的审美风格。"④ 而这些思想资源也成为他思考现实问题的依托，有的甚至内化为他的思想、审美。"他的思想受尼采、克尔凯郭尔，果戈理、契诃夫、高尔基等很多人的影响，因而有奇特的能量，超越一般的感知逻辑。"⑤

① 沙子龙：《鲁迅逝世 80 周年：第一步还是要争取言论自由》，公众号"鲁迅文化基金会"，2016 年 10 月 19 日。

② 李泽厚、刘再复：《彷徨无地后又站立于大地——鲁迅为什么无与伦比》，《粤海风》2016 年第 5 期。

③ 孙郁等：《鲁迅思想的巨大魅力在于其强大的现实性》，《文艺报》2016 年 10 月 19 日。

④ 魏沛娜：《鲁迅遗风已成民族基因》，《深圳商报》2016 年 12 月 4 日。

⑤ 孙郁等：《他以智性和诗意对抗这个世界》，《新京报》2016 年 10 月 29 日。

具体到尼采,寇志明认为:"我觉得鲁迅的影响力比尼采大,尼采还没有对社会反省到这个地步,而鲁迅是帮中国人做好人,改善社会。鲁迅年轻的时候可能欣赏尼采的某一面,但不是全面肯定。"[1]

四　鲁迅与当下

鲁迅希望自己速朽,希望自己所揭示的黑暗面与自己偕亡,然而事实并非如此,"恰是这个用文稿包油条的人,他的面目和精神被后人不断地阐释、分解。他成了研究中国文化思想史绕不去的门槛,任何一个触及中国社会母体的作家不得不回望的身影"[2]。孙郁感慨道:"现在我们纪念鲁迅逝世八十周年,越发感到先生不是远离我们的存在,而是一道与我们息息相关的风景。"[3] 一篇题为《不谈鲁迅,不行》的文章开头写道:"不仅因为鲁迅逝世80周年,还因为有更多的未知,我们终究需要从阅读和反思中,触摸更深邃的丰满,不谈鲁迅,不行。"[4]

有论者指出,"当下的社会、思想和精神情境与鲁迅的时代相近,即我们尚未走出鲁迅时代",可以说"'鲁迅情境'正在延续"。因此应该沿着"人文鲁迅",才能找到当下价值,"方能找到并确立作为精神原点的鲁迅,这种原点既是鲁迅的,也是我们民族的,与每个国人的心灵息息相关"[5]。

(一) 鲁迅与当下社会

孙郁认为,鲁迅的文本始终关注着现实人生,而不是逃避或寻求安逸。这种直面人生的方法,是有其现实意义的。[6] 钱理群认为:"鲁迅对于现代中国是一种当下的存在,是'现在正在进行时'的存在。……在当下的中国,鲁迅是一个很好的批判性资源。"[7] 鲁迅"心事浩茫连广宇"

---

[1]　沈杰群:《寇志明:一个西方学者追鲁迅的50年路途》,《中国青年报》2016年11月20日。

[2]　孔雪:《黑夜未尽,战士不朽》,《新京报》2016年10月29日。

[3]　魏沛娜:《鲁迅遗风已成民族基因》,《深圳商报》2016年12月4日。

[4]　孙雯:《不谈鲁迅,不行》,《钱江晚报》2016年10月16日。

[5]　李伯勇:《何谓"真实的鲁迅"——从吴中杰〈回归真实的鲁迅〉所想到的》,《文学报》2016年11月10日。

[6]　孙郁等:《鲁迅是被读者捧起来的》,http://sc.people.com.cn/n2/2016/1107/c345528-29265687.html。

[7]　钱理群:《鲁迅的当代意义》,http://www.aisixiang.com/data/90155.html。

的情怀，在孙郁看来也是很有启示意义的，"鲁迅和民众、和我们古老的文明、和我们的底层人民是连接在一起的。你想想他能写祥林嫂、写阿Q、写孔乙己这种人。像我这样现在在大学当老师，是很少去关注工人、农民的，而鲁迅想到的是'他人的自我'。这种情怀，是不得了的，高低一下就看出来了"①。

具体到每个个体，鲁迅的启示意义在于："人格的独立性，人要成为自己，不要成为别人。成为一个丰富有趣有智慧的自己，不要成为无趣没有智慧很荒唐的自己。"②"像他一样真诚的生活，忘我的做事，认真的做人。怀念鲁迅，就是要脚踏大地，延续以民为本，以爱为根的精神。"③

（二）鲁迅与当下文化

张梦阳认为，鲁迅对过度重视物质文明所带来的"质化"倾向很警惕，这在今天依然有现实意义。④ 他在《反抗"质化"倾向的"精神界之战士"——鲁迅价值重估》一文又明确指出："鲁迅是反抗席卷世界的'质化'倾向的一面旗帜。"⑤

在面对现实发言时，当下的社会批评和鲁迅仍有不小的差距，孙郁指出："我们当下很多人没有触碰最敏感的东西，而触碰的人没有鲁迅这样的知识背景，出现了很多鸡汤或者很戾气的时评。"⑥ 黄乔生也有同感："有的作家写文章抨击社会、说狠话，说是学习鲁迅的犀利，可鲁迅不仅是'愤青'，他是带着对人世的悲悯和热爱写的。学鲁迅不能只看

---

① 孙郁等：《鲁迅是被读者捧起来的》，http：//sc. people. com. cn/n2/2016/1107/c345528-29265687. html。

② 沙子龙：《鲁迅逝世 80 周年：第一步还是要争取言论自由》，公众号"鲁迅文化基金会"，2016 年 10 月 19 日。

③ 孙郁：《鲁迅：照亮民族遗产的思想者》（2016 鲁迅文化论坛主题讲演），公众号"鲁迅文化基金会"，2016 年 9 月 25 日。

④ 张杰：《让鲁迅的精神遗产在当代社会"活"起来》，《中国社会科学报》2016 年 11 月 9 日。

⑤ 张梦阳：《反抗"质化"倾向的"精神界之战士"——鲁迅价值重估》，《文艺报》2016 年 9 月 23 日。

⑥ 正和岛：《除了鸡汤或戾气时评，谁还能触碰社会最敏感的部分》，http：//it. sohu. com/20161019/n470708941. shtml。

皮毛。"①

（三）鲁迅与当代文学

"把鲁迅的文学成就结合到当代文学中去，才能看出他作为一个作家的伟大性。"②鲁迅与当代作家的关系，也是一个热门话题。程光炜指出：作家张承志、贾平凹、余华等人都曾专门谈及鲁迅对他们的启发。"张承志认为《野草》写尽了苍凉心境，很血性，激烈中又有忧郁和执倔。"孙郁认为，贾平凹《古炉》中的村庄与《阿Q正传》中的未庄，在笔法及审美上都有一定传承。"不少中国作家的宿命在于，一旦深入社会的母题，鲁迅的影子便时隐时现。但余华、贾平凹等当代作家不再满足于鲁迅的肃杀，却多了哀凉后的禅意。这种拓展具有活力，更是继承中可贵的创新。"陈思和指出：余华作品中"寓言式的噩梦书写，对底层群体温情又怪诞的刻画，都非常接近鲁迅"。③

自刘慈欣《三体》、郝景芳《北京折叠》出现后，科幻文学逐渐受到重视，如王德威在北大的演讲即以"乌托邦、恶托邦、异托邦——从鲁迅到刘慈欣"为题。有论者指出："由医学转向文学时鲁迅最先秉持的武器就是科幻文学。""一方面，鲁迅在新文化运动以前确实做了足够多的关于科幻推进的活动；另一方面，鲁迅作为中国主流文学巨匠，他从事的科幻活动恰好给了科幻群体一个切入主流的极佳角度。"当下科幻作家和鲁迅相同之处在于他们都是"时代的'破壁者'。"④

五 鲁迅的性格

"颓废苦闷，而又刚毅决绝；阴郁狐疑，而又温情慈悲"⑤，寥寥数语，概括出鲁迅的复杂性格。关于他的性格，生前身后都有众多评说，当下的研究者大多注意到鲁迅丰富、复杂的个性，对其认识也不断推向深入。

---

① 黄乔生：《鲁迅不仅是"愤青"》，《郑州日报》2016年6月20日。
② 孙郁等：《鲁迅思想的巨大魅力在于其强大的现实性》，《文艺报》2016年10月19日。
③ 许旸：《我们应该去对话更鲜活的鲁迅》，《文汇报》2016年4月5日。
④ 肖汉：《鲁迅"铁屋"意象与当代科幻精神》，《文学报》2016年7月14日。
⑤ 朱学东：《还我一个有缺点但更真实可爱的鲁迅》，http://cul.qq.com/a/20161019/023316.htm。

（一）"人间至爱者"

有论者认为：可以用红色与黑色形容鲁迅的本色，"红"象征鲁迅的创作激情，"黑"象征"鲁迅冷峻的性格、坚毅的精神、复仇的意志"[①]。的确，鲁迅有着强烈的爱憎，并且从不掩饰自己的好恶。在爱和憎之间，爱是其底色、根本。借用钱理群的"人间至爱者"来概括，并不算夸大。关于这一点，有很多人论及，并做了很好的阐发。李静说："他一直就是一个人道主义者，是一个要捧住别人眼泪的人。"[②] 还有论者说："他心里有着比普通人多太多的热情。"[③] 孙郁认为鲁迅身上体现出爱与牺牲的精神，这是其伟大的根源："鲁迅说：'无尽的远方和无穷的人们和我都有关'，只有释迦牟尼、基督这样的人才会有这样的情怀。"[④] 李静也注意到鲁迅身上这种复杂的情感："感激，是鲁迅的一种沉重的情感。"这使他的情感付出近乎"一种形而上的'还债'""一种自我克制与献出"。[⑤]

同时，不可回避的是，鲁迅在文章中多次表达了憎恶感。李静说："他的性格里有绍兴人的那种刚烈，其实就是记仇……他复仇的情结也是他恶的美学的重要源泉。"[⑥]憎恨与复仇情绪，在鲁迅的作品中多处可见，这源于他的现实体验。因此，要理解鲁迅的作品，必须辩证地看待这两种情感的表达。郜元宝认为鲁迅思想的核心是"诚"和"爱"，爱首先体现在家国情怀，所以要正确理解他作品中骂和爱的关系。[⑦] 孙郁也强调："鲁迅文章表面很黑暗、尖刻、无情，但以变形的方式表达了爱。"[⑧] 黄乔生说："鲁迅不仅是'愤青'，他是带着对人世的悲悯和热

---

① 陈漱渝：《鲁迅是谁？该如何为他立传？》，《中国艺术报》2016 年 5 月 23 日。

② 孙郁、李静：《历史不给鲁迅"走对"的机会》，公众号"东方历史评论"，2016 年 10 月 20 日。

③ 笛安：《鲁迅的内心住着一个天真的倒霉鬼》，http：//cul.qq.com/a/20161019/016914.htm？t=1476949478734。

④ 孙郁、李静：《历史不给鲁迅"走对"的机会》，公众号"东方历史评论"，2016 年 10 月 20 日。

⑤ 张畅：《鲁迅是一面镜子，照出这时代的无知与傲慢》，《新京报》2016 年 10 月 29 日。

⑥ 孙郁、李静：《历史不给鲁迅"走对"的机会》，公众号"东方历史评论"，2016 年 10 月 20 日。

⑦ 何晶：《今天，如何理解鲁迅的"诚与爱"》，《文学报》2016 年 4 月 28 日。

⑧ 孙郁等：《他以智性和诗意对抗这个世界》，《新京报》2016 年 10 月 29 日。

爱写的。"①

（二）赤子之心

东黎《鲁迅的"逗"》强调生活中的鲁迅"是那么的可爱，那么的逗，那么的富有生活情趣"，文章列举了一些事例来说明鲁迅在生活中的真实一面，结尾总结道："鲁迅固然有他忧虑、愤怒的一面，也有温情、活泼、淘气、逗人的另一面。"② 在周令飞看来，"鲁迅是一个喜欢开玩笑、有些调皮甚至有点'任性'的人。""真实的鲁迅经常会讲笑话，他也并不像你们想象的那么不苟言笑。……是一个有着浪漫情怀的可爱的邻家长者。"③

李静说："他是个赤子，是个没有把自己包裹起来的一个小孩子。"孙郁也持相同观点："鲁迅确实是个儿童，有一次朋友去鲁迅家给他买了一些杨桃，他俩就站在街面上拿着杨桃吃。……鲁迅是很好玩的一个人。"④ 有论者认为鲁迅"始终有一个更为内在和隐蔽的原点在支撑，这是他骨子里不变的本色——天真"⑤。

（三）性格短板

不可否认，每个人的性格自有其优缺点，鲁迅自不例外。孙郁认为他对周围环境有时过于敏感，警惕、多疑和接受错误的信息，也使他误伤朋友。⑥ 李泽厚说：鲁迅的一些偏见和情绪性表达，"作为文学家，可以理解，但作为思想家，就不那么好理解。他对中医的偏见，对梅兰芳的偏见，对许多人许多事的偏见，我们只能视为文学家的偏激情感"⑦。

六　鲁迅的哲学

有论者认为：现代知识分子如胡适等人，"或者代表生命的宽度，或

---

① 黄乔生：《鲁迅不仅是"愤青"》，《郑州日报》2016 年 6 月 20 日。

② 东黎：《鲁迅的"逗"》，http://news.163.com/16/1213/11/C85NHDO300014SEH.html。

③ 周令飞：《还原一个更真实亲切的鲁迅》，《中国档案报》2016 年 10 月 17 日。

④ 孙郁、李静：《历史不给鲁迅"走对"的机会》，公众号"东方历史评论"，2016 年 10 月 20 日。

⑤ 贾振勇：《鲁迅的学者本色与文学价值》，《中国社会科学报》2016 年 3 月 28 日。

⑥ 沙子龙：《鲁迅逝世 80 周年：第一步还是要争取言论自由》，公众号"鲁迅文化基金会"，2016 年 10 月 19 日。

⑦ 李泽厚、刘再复：《彷徨无地后又站立于大地——鲁迅为什么无与伦比》，《粤海风》2016 年第 5 期。

者代表生命的高度"，"唯有鲁迅，代表了生命的深度"。"鲁迅内心的幽暗和仇恨，无疑与深渊更为匹配。当他化作一道黑色的深渊，横在我们面前，对他的探测，关乎我们生命的深度与存在的勇气。"① 鲁迅的哲学虽然已是老话题，但由于鲁迅对现代性的独特态度及其生命哲学的丰富内涵，仍吸引言说者不断介入这一话题的讨论。

孙郁认为传统文人在面对痛苦和绝望时，大多走向庄子式的逃避之路，这也形成了一个传统。鲁迅则是反抗，因此他的作品"一方面有绝望，另一方面又包含一种勇气"②。孙郁强调："鲁迅在试图选择什么的时候，他警惕自己成为选择对象的奴隶，他通过反抗，让自己超越有限。""鲁迅认为生命是有限的，但是在有限的生命里，通过和有限性的存在的博弈，使自己有可能在思想上抵达无限。"③ 关于鲁迅走向反抗之路的方式，王人博指出：鲁迅先从现实中"抽离"，然后再以对峙、对决的方式"重入"现实中，"鲁迅的重入是为了与自己对决。他这个带着一切旧痕的人最终成了两个自我之间的战斗"。这是他的独特之处，所以别人无法模仿他。④

李泽厚强调："鲁迅始终是怀疑派，包括对人生意义的怀疑。"鲁迅的心路历程和近代的章太炎等人的一样，也经历了"从俗到真，从真返俗"的过程，他的伟大即在于"由孤独的个体又积极回到争斗的人间"。中国知识分子有现实关怀，这使他们跟西方的个人主义不同，这也是鲁迅所说的人道主义和个人主义相冲突的根源所在。"彻悟了又回到人间，彷徨之后不是躲在院墙内谈龙说虎，饮茶避世，这才真伟大。看破了还积极地生活着，没有矫情，不哀叹，参加左翼，培育青年，不妥协地战斗到最后一息，这才是鲁迅。"⑤

张洁宇《"活"与"行"——鲁迅生命观与文学观的互动》通过分

---

① 羽戈：《我们为什么还要读鲁迅?》，《中国经营报》2016 年 10 月 10 日。

② 沙子龙：《鲁迅逝世 80 周年：第一步还是要争取言论自由》，公众号"鲁迅文化基金会"，2016 年 10 月 19 日。

③ 孙郁等：《鲁迅是被读者捧起来的》，http://sc.people.com.cn/n2/2016/1107/c345528-29265687.html。

④ 张畅：《鲁迅是一面镜子，照出这时代的无知与傲慢》，《新京报》2016 年 10 月 29 日。

⑤ 李泽厚、刘再复：《彷徨无地后又站立于大地——鲁迅为什么无与伦比》，《粤海风》2016 年第 5 期。

析鲁迅开出的青年必读书目，指出："'活'与'行'的问题是鲁迅生命观与文学观最重要的两个支点，它们共同支起了鲁迅'为人生'的文学理想。"《过客》体现了"我只得走"的过客哲学，《死火》则是"我不如烧完"的死火哲学。①

七　鲁迅传播

传播鲁迅的方式在当下越来越趋向于多样化，比如关于他的书籍、文艺活动等越来越多，但在传播方式上仍有很大的开拓空间。

（一）文艺演出

在 2016 年，鲁迅及其作品被搬上舞台，以话剧、歌舞剧等形式呈现出来，在情节安排和艺术手法上都表现出较高的水平。兹列举如下。

1. 1 月 8 日，浙江省金永玲歌剧院"大型原创歌剧《祝福》暨纪念鲁迅先生诞辰 135 周年逝世 80 周年汇报演出"在浙江理工大学大剧院演出。

2. 李静话剧《大先生》于 3 月 31 日作为第二届国话邀请展特邀剧目在国家话剧院上演。该话剧可以说是本年的重头戏，剧本曾获得 2014 年"老舍文学奖"，故事情节是从弥留之际的鲁迅与自己的影子作别开始写起，然后生前的亲人好友悉数登场，和他展开对话。剧中用了很多象征手法，比如用椅子象征权力。李静描述了自己理解的鲁迅的三重面向："一个是我们比较理解的那个充满了仁爱之心的那个人；另一个其实是有一点尼采味道的一个人，看起来有一些峻急冷酷的超人自我；还有一个就是被异化和塑造的那个人物。"② 她回忆创作过程"是鲁迅与我相互附体的过程，他的火与冰、爱与恨、自由与自囚、幽默与严冷、信仰与怀疑，时时携雷霆之力，撞击我，撕裂我，引领我，迷醉我"③。

该剧演出之后，获得了广泛关注，但对其评价褒贬不一，一些鲁迅研究者持肯定、赞扬的态度，高远东说："《大先生》剧本的意义超过了演出，剧本中真正体现了鲁迅的矛盾与挣扎。李静笔下的鲁迅，不仅是一个

---

① 张洁宇：《"活"与"行"——鲁迅生命观与文学观的互动》，《中国现代文学研究丛刊》2016 年第 9 期。

② 孙郁、李静：《历史不给鲁迅"走对"的机会》，公众号"东方历史评论"，2016 年 10 月 20 日。

③ 柴春霞：《〈大先生〉有血有肉"话"鲁迅》，《北京晨报》2016 年 3 月 15 日。

文学家的鲁迅，也主要是一个思想者的鲁迅，一个革命者的鲁迅，他跟中国的历史，当下的现实有很深刻的连接。"① 钱理群称之为"一部思想者的剧作"，认为作者在后半部分中通过道具、剧情的设计，表现了鲁迅"对'黄金世界到来以后'的思考与隐忧"，可以说是"抓住了鲁迅思想的核心来面对中国当代问题的核心"②。孙郁认为："作品的闪光点是对鲁迅晚年思想的把握，有一种复杂性的隐喻，看到了鲁迅与时代的隔膜与对立，其孤独与慈悲之情历历在目。"③ 寇志明也表示："话剧的表达方式很现代化，很先锋，所有演员都坐在一排椅子上，每个人依次站起来说话，你要自己去猜说话的人是谁，究竟是鲁迅、许广平还是冯雪峰？观众必须要用自己的头脑看戏。"④

但对该剧也不乏批评意见，王锡荣指出其缺憾在于："第一，该剧完全是借鲁迅的名义浇自己的块垒。""第二，……该剧甚至还让鲁迅向周作人道歉。""第三，情节设计上、基本技术方面也存在一些低级错误。"⑤ 张大禄指出："其刻意、用力过猛的痕迹，某种程度上将鲁迅扁平化了。"创作中"研究"性成分太多，"文学"性太少，剧作者对鲁迅的理解和阐释"还停留在建国后的'巨匠'研究家的阐释范围"，因而缺乏时代感。⑥

3. 5 月 13 日，由鲁迅文化发展基金会等共同主办、上海外国语大学文学研究院等承办的"鲁迅作品多语种外译朗诵会"在上外虹口校区举行。很多外国师生参与，朗诵作品有《一件小事》《辛亥残秋偶作》《无题》等。⑦

① 刘春勇：《作为方法的鲁迅及学院派研究的未来——鲁迅研究青年论坛会议综述》，《济南大学学报》（社会科学版）2016 年第 3 期。

② 钱理群：《鲁迅的当代意义与超越性价值——在"30 后"与"70 后"鲁迅研究者对话会上的讲话》，《济南大学学报》（社会科学版）2016 年第 3 期。

③ 王润：《关于"大先生"的十个秘密》，公众号"鲁迅文化基金会"，2016 年 3 月 31 日。

④ 沈杰群：《寇志明：一个西方学者追鲁迅的 50 年路途》，《中国青年报》2016 年 11 月 20 日。

⑤ 朱自奋：《谈鲁迅，不要"看到一点就写"》，《文汇报》2016 年 5 月 2 日。

⑥ 张大禄：《陈旧的痛苦与无效的形式——从〈大先生〉谈戏剧中的鲁迅形象问题》，《文学报》2016 年 4 月 21 日。

⑦ 鲁迅文化基金会：《鲁迅作品多语种朗诵会：品一道声音佳肴，赴一场文学盛宴》，公众号"鲁迅文化基金会"，2016 年 5 月 19 日。

4. 日本仙台演出团的话剧《远火——鲁迅在仙台》于9月18日、19日在北京西城区文化中心演出，该剧为日语表演，附有中文字幕，时长约2小时。"通过演绎仙台时期的鲁迅在和藤野先生相处的过程中'确实存在的事情'和当时仙台地区'或许存在的事情'，勾勒出'仙台时期的鲁迅'以及'鲁迅时代的仙台'。以仙台市民和日本东北大学的鲁迅研究为基础，融合日本东北大学'鲁迅研究课题组'研究成果的基础之上进行舞台创作，并且超越了一些研究上的屏障。"①

5. 12月23日，大型原创情景剧《鲁迅在上海》（俞志清撰稿、顾邦俊任导演）在虹口工人文体活动中心举行首场演出。该剧"真实地还原了鲁迅在上海、在虹口生活期间参与的重大历史事件。作品采用了现实主义的手法，展现了华洋杂居的上海滩，鲁迅和共产党人水乳交融的战斗友情以及与进步文学青年之间相濡以沫的情谊"②。

6. 12月23日，现代舞剧《野草》在青岛大剧院上演。该剧由"死火""影的告别""极地之舞"三部作品构成。"《野草》的舞蹈动作超越了古典芭蕾的传统语言，吸收了当代多样艺术的营养。舞剧中使用了较多暗暖、暗黄、暖白的色调来呈现，同时也强调对比。"③王媛媛认为："鲁迅的作品比较抽象，运用了大量的隐喻，非常适合用舞蹈的语汇来表现，能让观众在剧场能真正地沉静下来，去思考生存、社会、人性这样的话题。"④

（二）博物馆展览

黄乔生认为："博物馆要以学术立馆为宗旨，把研究成果运用到社会教育活动中，使鲁迅文化遗产贴近读者和观众。博物馆连接大师与普通观众，是弘扬鲁迅精神的不可或缺的平台。""鲁迅的遗产，旧居、藏品，这些鲁迅研究和传播中极为重要的物证，'硬硬的还在'。"⑤他在《北京

---

① 鲁迅新文化馆：《日本话剧〈远火——鲁迅在仙台〉将在中日两国再次上演》，公众号"鲁迅新文化馆"，2016年9月13日。

② 耿小彦：《大型原创情景剧〈鲁迅在上海〉首演》，http://sh.sina.com.cn/zw/h/2016-12-26/detailz-ifxyxusa5441418.shtml。

③ 李佳宁：《改编自鲁迅散文　青岛大剧院即将上演舞剧〈野草〉》，http://qingdao.dzwww.com/xinwen/qingdaonews/201612/t20161212_15266036.htm。

④ 鲁迅文化基金会：《王媛媛的沉默与充实》，公众号"鲁迅文化基金会"，2016年5月5日。

⑤ 黄乔生：《"硬硬的还在"——博物馆纪念馆在鲁迅文化遗产传播中的作用》（2016鲁迅文化论坛主题讲演），公众号"鲁迅文化基金会"，2016年9月25日。

鲁迅博物馆的学术道路》一文中介绍了该馆所做的相关研究、普及教育等工作。[①] 黄乔生还指出，"下一步，我们需要多讲讲鲁迅先生的丰富性，他其实是一个有趣的人，是一个既懂古典文化，又竭尽全力吸取优秀西方文化的人，是一个有着开放的胸襟，善于学习的人"[②]。

附录：2016 年鲁迅展览目录

1. 国内展览

（1）鲁迅生平事迹类

①4 月 8 日，"鲁迅与《新青年》"展览在北京新文化运动纪念馆开展。展览包括《新青年》作者的代表作，还有程十发、彦涵、赵延年等名家创作的鲁迅笔下经典形象艺术作品。

②5 月 18 日，由北京鲁迅博物馆（北京新文化运动纪念馆）等主办的"鲁迅的读书生活图片展"在渡江胜利纪念馆展出。

③9 月 23 日—10 月 30 日，"鲁迅与仙台"纪念展在清华大学图书馆举行。展览分四个部分：在仙台的留学生活，医学笔记与藤野先生，"幻灯事件"与弃医从文，鲁迅在仙台的史迹和鲁迅手稿。

（2）鲁迅收藏类

①3 月 8 日—5 月 22 日，由中国美术馆、北京鲁迅博物馆主办的"只研朱墨作春山——纪念鲁迅逝世 80 周年美术展"在中国美术馆开展。"共展出文物和美术作品 224 件，其中中国美术馆藏品 133 件，北京鲁迅博物馆藏品 91 件。"展览共三个篇章："在挣扎中觉醒"展现鲁迅美术思想的形成源头，"榛莽中的新芽"展现"鲁迅的书籍装帧设计和其倡导的新兴木刻运动成就"，"希望的茂林嘉卉"展示鲁迅对现代美术运动的影响。

②4 月 8 日，由北京鲁迅博物馆（北京新文化运动纪念馆）等主办的《鲁迅的艺术收藏展》在福建民俗博物馆开幕。分为"鲁迅少年时期收藏的美术作品与书籍""鲁迅收藏的金石拓片与中国传统美术书籍""鲁迅收藏的外国版画与外国美术书籍""鲁迅收藏的新兴木刻运动作家作品"四部分，展出鲁迅收藏的美术作品等 49 件。

---

①　黄乔生：《北京鲁迅博物馆的学术道路》，《中国文物报》2016 年 10 月 11 日。

②　黄乔生：《纪念鲁迅逝世 80 周年 鲁迅博物馆副馆长：展现"活生生的鲁迅"》，公众号"鲁迅文化基金会"，2016 年 10 月 19 日。

③7月29日，"引玉——鲁迅藏外国版画选粹"在武汉美术馆开展，展品为鲁迅收藏的80余件版画，包括珂勒惠支等人的作品。

④10月25日，由北京鲁迅博物馆与大连现代博物馆共同举办的"朝花夕拾——鲁迅的美术世界"展在大连现代博物馆开幕。"翰墨丹青"部分通过展示鲁迅的早期阅读物，体现鲁迅的美术思想的形成和来源；"艺苑朝花"展示鲁迅对木刻运动所做的贡献；"书装零墨"展示鲁迅的设计作品等。

（3）鲁迅物品、影像类

①9月9日，由鲁迅文化基金会、南京书画院（金陵美术馆）联合主办"鲁迅的身影——原版照片珍藏版首展"在金陵美术馆开幕。该展览包括127张照片，可谓最全面的鲁迅生平照片展。周令飞说："我们期望通过这次展览，筑出一条时光的隧道，带领着大家触摸鲁迅生活的方方面面，感知他的喜怒哀乐，他的坚守与伟大。""告诉大众一个热爱收藏的鲁迅、一个懂得生活的鲁迅，告诉大众鲁迅也是食人间烟火的，也是凡人。"[①]

②9月19日，"含英咀华——北京鲁迅博物馆馆藏文物精品展"在北京鲁迅博物馆开幕。展览既展示了鲁迅的作品，也有同时代人的作品。

（4）鲁迅著作类

①9月25日，《籍海探珍——鲁迅著作初版本巡礼》在绍兴鲁迅纪念馆展出，分全集、著作、译作和辑录古籍四部分。全集部分有：1938年复社纪念本乙种初版（20卷本）、1941年《鲁迅三十年集》（30本）等。

②12月24日下午，"从鲁迅到臧克家系列纪念活动"启动仪式在中国现代文学馆举行。展品中包括鲁迅的作品展览。

（5）鲁迅艺术形象类

葛涛认为几代木刻家的作品中，"鲁迅面部表情大致分为愤怒、冷峻的表情与亲切、微笑的表情两大类"[②]。在2016年，也可以看到以鲁迅为创作对象的艺术展览。

①3月8日—5月22日，由中国美术馆、北京鲁迅博物馆主办的"只

---

① 周令飞：《还原最有人情味的鲁迅》，公众号"鲁迅文化基金会"，2016年9月11日。

② 葛涛：《高山仰止　景行行止——版画中的鲁迅形象与鲁迅精神》，《人民日报》2016年11月6日。

研朱墨作春山——纪念鲁迅逝世80周年美术展"在中国美术馆开展。展出有吴冠中《野草》（油画）、赵延年《狂人日记》（木刻）、汤小铭《永不休战》（1972年，油画）、张松鹤雕塑《鲁迅头像》（1972年，雕塑）、韩国臻《惊雷·鲁迅先生小像》（1997年，中国画）、陈逸飞、靳尚谊等人鲁迅题材作品。

②"心中的旗帜——李继渊'鲁迅系列'中国画专题展"于7月20日—8月8日在绍兴鲁迅纪念馆展出。画家说自己的创作初衷是"借鉴象征主义和西方达达主义的拼贴技法，将中国人物画传统和西方绘画糅合起来，试图以系列的形式，反映鲁迅的精神脉络和辉煌业绩"①。

（6）其他类

7月15日，由孙中山大元帅府纪念馆、上海鲁迅纪念馆主办的《鲁迅精神与廉洁文化》展览于孙中山大元帅府纪念馆举行。

2. 国外展览

①6月25日，"诗的力量——鲁迅、裴多菲文学生涯展"在裴多菲文学博物馆开幕。展览分为三个部分：裴多菲生平和文学，鲁迅：精神界之战士，自由与爱情：裴多菲在中国。

②8月10日，由鲁迅文化基金会等主办的"鲁迅是谁——中国文化巨匠鲁迅生平展"在莫斯科中国文化中心开幕。

（三）文化、娱乐创意产品

1. "方正鲁迅体"

2016年9月23日，在全国政协礼堂隆重召开的"2016鲁迅文化论坛"上，北京北大方正电子有限公司与鲁迅文化基金会共同发布了"方正鲁迅体"。该字体是由鲁迅文化基金会于2015年委托北大方正电子有限公司开展的。"方正鲁迅体"字库包含了9434个汉字、常用字符，其中四分之一是选自鲁迅手稿，"其他则由设计师根据统一风格，用已有字部件设计，或者直接创制而成"。用户可以通过网站购买授权。②

2. 文创产品

以鲁迅博物馆为例，目前有笔记本、日历、书法和印章书签、明信

---

① 鲁迅文化基金会：《"心中的旗帜——李继渊'鲁迅系列'中国画专题展"》，公众号"鲁迅文化基金会"，2016年7月27日。

② 冯婧：《"方正鲁迅体"面世与鲁迅"见字如面"》，公众号"鲁迅文化基金会"，2016年9月24日。

片、邮票册、笔筒等。杨晔城提出了关于开发鲁迅文化类文创产品的建议：满足公众需求、开发有故事的产品、植入"文化+"的新理念、创新市场营销策略、加强知识产权的保护和运用。①

3. 网络游戏

苹果 Appstore 上线了一款名为《鲁迅群侠传》的手游，"在游戏中，玩家将率领闰土、孔乙己、祥林嫂等众多鲁迅小说人物一起过关斩将，挑战强大邪恶的僵尸军团。为了保卫鲁镇，离乡多年的阿 Q、闰土不再沉默，他们纷纷拿起刀箭，还招呼上赵太爷、藤野先生等乡贤一齐出马，誓要与那群可恶的僵尸决一死战"。很多网友对其内容提出质疑，开发主创回应说："鲁迅都被请出教科书了。把他放进游戏里，更易让年轻人接受，属于传播鲁迅文化。"② 但该游戏"一经面世就受到激烈批评，现已下线"。"如果按侠客的套路来重塑这些人物，就构成了与鲁迅原著完全相反的观感。这样的游戏产品实际上是对鲁迅作品的颠覆，是对鲁迅的不尊重。"③

（四）创意体验活动

5 月 2 日，上海市长宁区图书馆发起"你好，白象先生"城市阅读微旅行活动，主办方推荐了 11 个与鲁迅的日常生活有关的地方。约有 120 市民分成 12 个小队，从上海鲁迅纪念馆出发，以"微旅行"的方式重访鲁迅在上海的足迹。发起方的初衷是"希望通过实地探访的形式，让人们发现一个更为立体的鲁迅"④。

综上可见，当下传播鲁迅的手段和方式越来越多，但不可避免地存在一些问题，"百度指数关于鲁迅最高的是围绕'鲁迅简介、故事或作品理解'的提问，大多是为了应对考试、作文或初级创作；微博上出现了眼花缭乱的鲁迅励志故事或名言"⑤。

---

① 杨晔城：《鲁迅文化类文创产品价值论》，《鲁迅研究月刊》2016 年第 3 期。

② 曲楠：《弃医从武〈鲁迅群侠传〉打僵尸手游》，http：//game. zol. com. cn/608/6085593. html. 另，可参看《阿 Q 闰土打僵尸 国内爆奇葩手游〈鲁迅群侠传〉》，http：//tech. ifeng. com/a/20161013/44468327_ 0. shtml。

③ 周俊生：《不能拿鲁迅当商业噱头》，《光明日报》2017 年 1 月 5 日。

④ 李婷：《走近一个有温度的鲁迅》，http：//www. sh. chinanews. com/whty/2016-05-03/4148. shtml。

⑤ 罗东：《四十年间，我们是如何"变着法"看鲁迅的?》，《新京报》2016 年 10 月 29 日。

王锡荣指出：有些人强调鲁迅"好玩"，但"鲁迅的实际生活一点也不'好玩'……让鲁迅只剩下了'好玩'，这样的理解消解了鲁迅的深刻性"①。孙郁多次强调："我们现在正在用鲁迅最厌恶的方式，来演绎鲁迅，描述鲁迅。我觉得，是我们的表达有问题的，鲁迅当年要颠覆的就是我们在大学里讲述的这种话语。鲁迅在 100 年前就要颠覆这个东西，可是没颠覆得了，现在越来越厉害。"②

应该如何更新传播方式，传递正确的鲁迅形象？周令飞在"2016 鲁迅文化论坛"作了《鲁迅思想的传播》的主题阐释，认为应该有效利用新媒体技术，"将那些理性与思考的种子，广泛散播到人民大众之中"③。

第三节 鲁迅研究

关于鲁迅研究在当下的热度，高远东说："就北京大学的情况来看，10 年以来，鲁迅研究始终是一个非常热门的做学位论文的选题，几乎每年都会有学生将鲁迅研究作为选题。就全国的情况来看，在整个 70 后一代的学者，还有更年轻的 80 后一代学者中，鲁迅研究是非常重要的科研内容，一直都有很多关注鲁迅思想和文学意义的人，鲁迅研究是近现代文学研究里面非常热门的领域之一。"④ 这是令人感到鼓舞和振奋的现象，但在已有丰厚积淀的鲁迅研究领域取得新突破，是非常不易的。贾振勇认为研究鲁迅面临着三个层面的困境："研究缺乏温度和生命力"，"知识谱系、价值秩序和意义系统存在很大的问题"，"很难真正回到原点、回到历史"。⑤ 不同时代的鲁迅研究各有其特点，也形成了各自的成绩与不足。2016 年的鲁迅研究涌现出不少新成果，但更值得关注的是研究者群体对目前研究困境的自觉反思，并积极寻求出路，这或许孕育着鲁迅研究未来

---

① 朱自奋：《谈鲁迅，不要"看到一点就写"》，《文汇报》2016 年 5 月 2 日。

② 孙郁、李静：《历史不给鲁迅"走对"的机会》，公众号"东方历史评论"，2016 年 10 月 20 日。

③ 鲁迅文化基金会：《"新媒体：思想传播新途径"》，公众号"鲁迅文化基金会"，2016 年 12 月 4 日。

④ 张娇娇：《年轻人真的不研究鲁迅了吗?》，http://news.163.com/16/0927/01/C1UBH1MD00014AED.html。

⑤ 刘春勇：《作为方法的鲁迅及学院派研究的未来——鲁迅研究青年论坛会议综述》，《济南大学学报》（社会科学版）2016 年第 3 期。

的新方向。

一　研究史回顾

张福贵《鲁迅研究的三种范式与当下的价值选择》提出的三种范式为：以史料挖掘为主的历史性研究、以知识阐释和审美评价为主的学问化研究、以追求思想的当下意义与价值为主的当代性研究。他认为："与1980 年代鲁迅研究的回归和深化相比，21 世纪鲁迅研究处于一种重复性和悖论式的状态。思想阐释和艺术评价的重复性一直是鲁迅研究中的最大困局。"① 如果不恰当地套用古人的概念，则上述三种范式可比拟为"考据""辞章""义理"。在这三者之中，"考据"呈上升趋势，"义理"则日渐衰微，难以有大的突破。但是，正如有论者所指出的："综观鲁迅研究的历史，其中最迷人的风景其实不是研究者与作为研究对象的鲁迅之间的关系，而是研究者与其所处的时代、社会、现实之间的关系。换言之，问题的关键不在于研究者得出了怎样的鲁迅像，而在于研究者怎样得出了鲁迅像。""这些研究大多是借鲁迅回到了他们想去的地方。"② 以往鲁迅研究所取得的突破和成就，与对其思想的阐发是密不可分的。

有很多研究者谈起自己的研究缘起，也涉及对 20 世纪八九十年代鲁迅研究的反顾，这对当下的鲁迅研究极具借鉴意义。钱理群说："鲁迅是我的精神指导，20 世纪 80 年代的背景是所有人都在摆脱当时集体主义、政治主义对人的束缚，更要强调个人的创造。那是一个开放的时代。鲁迅是有各个层面的，有世界层面、民族国家层面、社会层面，我现在要讲的是个人和世界的鲁迅，而要忽略的是社会层面和民族国家层面的鲁迅。""我对自己有一个反省，我们太强调个人发展，社会性被忽略了。特别是社会出现两极分化之后——顺便说下，鲁迅对我自身最大的影响是自我反省。"

虽然正如钱理群所言，新时期后涌现出的研究者们在"知识结构上跟鲁迅有巨大的差距"③，因而在一些问题上认识不免有偏差，但总体而言，王富仁、王得后、钱理群、孙郁等人的鲁迅研究是"有我之境"，因为他们在研究时并不排斥个人体验，而是主动将其转化为问题意识。正如

① 张福贵：《鲁迅研究的三种范式与当下的价值选择》，《中国社会科学》2013 年第 11 期。

② 张勇：《浅谈鲁迅研究的未来》，《名作欣赏》2016 年第 34 期。

③ 钱理群：《鲁迅的当代意义》，http：//www.aisixiang.com/data/90155.html。

孙郁所说："'文革'的记忆太深刻了，你不是人，你非人。为什么？就是追问这个。可能这是我研究鲁迅的一个很重要的原因。鲁迅怎么来对抗这种主奴关系，对抗专制和压迫？我们这个时代很多人的研究都不是纯粹精神的静观，而是和自己的经验有关系。"① "我们这代人经历了'文革'后，对社会和自身都有困惑。鲁迅是解决内心的矛盾和痛苦的一种参照。"② 正是这种"将自己燃烧在里面"的研究进路，使得其研究著述至今读来，仍可以感受到那个时代的氛围，也能带来新的思想火花。

同时，那时的研究者大都从情感上和思想上对鲁迅有很深的认同，所以他们的研究大多以鲁迅为依凭和镜鉴，有的甚至以之为"评判标准"。在他们的研究中，鲁迅不仅是研究对象，更是思想资源。对鲁迅思想的深度开掘，自有其积极意义，而且也取得了很多成绩，这首先体现在新概念的提出上，比如"立人""反抗绝望"等。但同时也出现了一种将鲁迅视为"取之不尽，用之不竭"甚至"包治百病"的思想资源的倾向，逐渐形成潘世圣所批评的"有一部分研究，似乎有意识或无意识地执着于一种封闭自足的思维结构里"③。因此，鲁迅研究界的一些观点并未被其他研究领域所接受，比如近代思想史研究界反复申说严复的"三民说"、梁启超的"新民说"，却很少会提到被视为鲁迅重要思想的"立人"观念，其原因是值得思考的。

二　研究现状

（一）整体概观

整体而言，鲁迅研究呈现出郜元宝所说的"碎片化"现象，而且"碎片化、多样化的研究这个趋势是不可遏制的，这是我们今天学术体制容许的"。孙郁说："我觉得鲁迅研究的可能性是很多的，其实这些年已经出现了这样的倾向，但是盲点和新的路径还有很多。"④ 与20世纪90年代相比，"这些年鲁迅研究是有收获的，面已经打开了，各个领域都有成果。但像上世纪90年代那样有大气象的学者不是特别多。我们现在就

①　孙郁：《鲁迅成了全民公敌》，公众号"南方人物周刊"，2016年1月3日。
②　孙郁等：《他以智性和诗意对抗这个世界》，《新京报》2016年10月29日。
③　潘世圣：《关于鲁迅的早期论文及改造国民性思想》，《鲁迅研究月刊》2002年第9期。
④　孙郁等：《鲁迅思想的巨大魅力在于其强大的现实性》，《文艺报》2016年10月19日。

是缺少像日本丸山升、木山英雄这样更有高远眼光的学者。"① 的确，鲁迅研究牵扯对近现代历史、对传统的理解，很多研究者缺乏必要的知识背景，这使他们对一些大问题的思考显得力不从心，未能贡献出一些有影响力的思想，也未凝结成一些有原创性的概念、观念。

高远东所说的"求学""求真"，② 分别对应当下鲁迅研究的两种路径：一种重思想阐发，另一种重史实考证。而在这两者之中，后者呈不断上升的趋势，有的从社会科学视角来研究鲁迅，生命体验的代入感较弱，有的研究成果其结论只是提供了一个客观知识，没有形成有时代感的问题意识。研究者对此多有警醒，"批判性的丧失、当代性的失落和想象力的衰退，近乎琐碎的资料梳理、细节考证，成为学院鲁迅研究的立身之本"。这导致了"鲁迅研究的去历史化、去问题化、去现实性，甚至造成一种反鲁迅、去鲁迅化的犬儒倾向"③。王彬彬也有类似观点："文学研究不仅仅是发现新史料问题，更重要的是研究主体跟研究对象的碰撞，在这样一种碰撞中产生出新理解。这里面，对研究主体要求很高，有没有资格能力与鲁迅产生碰撞，这很重要。"④

这种"证而不疏"发展到极端，便是纯粹的知识生产，失去了鲁迅研究本应有的活力和当下性。孙郁指出："这些年来，鲁迅研究回到了个体化的状态。摆脱了外在干扰是好事，但学者的研究不跟当代社会发生关系也是一个悲哀的事。"⑤ 邱焕星从大的学术发展趋势来探讨这一问题，"最近 20 年的现代文学研究日渐缺乏活力，开始退出中国思想界的前沿位置，逐渐知识化、经院化和古典化，其思想性、政治性和实践性的一面被遮蔽，既背离了它的启蒙传统，也背离了它的左翼传统，用鲁迅的话就是'埋在南窗下死读书'、'与世界隔绝了'。"⑥

当下活跃于鲁迅研究界的"70 后"一代的成绩与不足，也渐渐成为

① 魏沛娜：《鲁迅遗风已成民族基因》，《深圳商报》2016 年 12 月 4 日。

② 张娇娇：《年轻人真的不研究鲁迅了吗?》，http://news.163.com/16/0927/01/C1UBH1MD00014AED.html。

③ 韩琳、韩琛：《拟想 2049：鲁迅研究虚实谈》，《名作欣赏》2016 年第 34 期。

④ 邵岭：《作为一个文学家的鲁迅，其价值尚未被充分认识》，《文汇报》2016 年 6 月 21 日。

⑤ 孔雪：《黑夜未尽，战士不朽》，《新京报》2016 年 10 月 29 日。

⑥ 邱焕星：《鲁迅研究——走出"八十年代"》，《文艺报》2017 年 3 月 20 日。

热议的话题。赵京华认为："70后""80后"研究者"在当下中国如何在鲁迅那里吸取问题意识和思想资源，这种问题意识似乎薄弱了一些"。崔云伟指出，"70后"与"30后"学人相比，其短板在于：第一，对社会现实的关注度上不够。第二，普遍不够重视马克思主义的文艺理论。第三，普遍不够重视完整的体系和宏大的主题。第四，在国学修养上一直没有大的补足和进步。第五，基本史料的掌握和利用程度不够。①

还有论者对学风进行了批评："现在鲁迅研究界存在着一些问题。其中比较明显的一点，是普遍存在的浮躁的学术风气。不少研究者可能具有更新的理论视野与个人观点，但往往对过往的文化积淀、历史背景未好好消化理解，为了把鲁迅研究与时代相结合，试着走捷径，急于以新观念来对过往的文化积淀加以消解。"②

（二）2016 鲁迅研究

1. 鲁迅作品研究

（1）小说研究

关于鲁迅小说中的农民形象，钱理群认为鲁迅与他们在感情上存在隔膜，"他很清楚自己和底层人民之间的隔膜。他写的农民是他看到的农民，并不是真正的农民，这一点他很清楚。鲁迅一生其实和农民没什么联系"，因此，"他笔下的农民都是有象征性的，闰土是一个漫画式形象，鲁迅没有进入闰土的世界，从来没写过农民家庭，只有街道上、在路边的农民"③。毕飞宇则持相反观点，他在《你能否看懂鲁迅骨子里的冷》中认为鲁迅对于闰土用了"抒情的和诗意的"笔调。他还进一步指出："鲁迅眼里的劣根性可以分成两个部分，强的部分是流氓性，弱的部分则是奴隶性，简称奴性。"这两个方面分别体现在杨二嫂和闰土身上。④

关于鲁迅小说的表现手法，张福贵指出："鲁迅小说的内容和形式都经历了一次深刻的革命。"他的小说"主要从日常生活事件来展现人物心理，通过人物的内心世界去刻画人物"⑤。徐妍、李莹《鲁迅与中国现代

---

①　孙郁等：《鲁迅思想的巨大魅力在于其强大的现实性》，《文艺报》2016 年 10 月 19 日。

②　王锡荣语，朱自奋：《谈鲁迅，不要"看到一点就写"》，《文汇报》2016 年 5 月 2 日。

③　钱理群：《鲁迅的当代意义》，http://www.aisixiang.com/data/90155.html。

④　毕飞宇：《你能否看懂鲁迅骨子里的冷》，http://cul.qq.com/a/20160101/024572.htm。

⑤　张杰：《让鲁迅的精神遗产在当代社会"活"起来》，《中国社会科学报》2016 年 11 月 9 日。

小说经典美感形态的确立》认为:"鲁迅在小说的美感形态上则始终在坚持真实美感的前提下对峻急、慢逸、戏谑的多样性美感进行探索。"① 此外,还有许祖华《鲁迅小说中的议论性话语及修辞的意义》等文探讨这一话题。

关于鲁迅小说的艺术风格,毕飞宇提出了较有启发意义的新看法,他在《你能否看懂鲁迅骨子里的冷》中认为:《呐喊》各篇之间有其逻辑关联,应该从整体上来理解和把握。《呐喊》整体给人以冷的感觉——"是寂静的、天寒地冻的那种冷",并由此形成了独特的"阴刚"的审美模式。其风格是象征主义,"卡夫卡在意的是人类性,而鲁迅在意的则是民族性"②。有论者认为《故事新编》是先锋派小说,"虽然他和西方现代派理论接触不多,大多是从艺术上接近的,但我恰恰认为艺术可以抓住现代派的核心。鲁迅文字的游戏性装饰性都发挥到极点"③。

关于鲁迅小说与其他作品的比较,国蕊《"多余人"类型小说的近代移入及鲁迅的本土化重构》认为《狂人日记》中的"我"是一个典型的多余人。④ 张丽华《"误译"与创造:鲁迅〈药〉中"红白的花"与"乌鸦"的由来》注意到安特来夫小说《沉默》两个中文译本:鲁迅译《默》(1909)和刘半农译《默然》(1914)。⑤ 此外,长堀祐造《鲁迅〈狂人日记〉人物形象来源——从周氏兄弟和梭罗古勃的关系谈起》、陈红《论阿尔志跋绥夫的〈妻子〉对鲁迅创作〈伤逝〉的影响》等文也多有新见。

(2)杂文研究

杂文在鲁迅创作中,尤其是后期有着极为重要的地位。钱理群强调:"我们对鲁迅的杂文注意得不够。大家总觉得杂文是现实的反映,时间久了,对现实就陌生了。其实不是这样,鲁迅的杂文里有很多超越

① 徐妍、李莹:《鲁迅与中国现代小说经典美感形态的确立》,《中国现代文学研究丛刊》2016 年第 7 期。

② 毕飞宇:《你能否看懂鲁迅骨子里的冷》,http://cul.qq.com/a/20160101/024572.htm。

③ 钱理群:《鲁迅的当代意义》,http://www.aisixiang.com/data/90155.html。

④ 国蕊:《"多余人"类型小说的近代移入及鲁迅的本土化重构》,《鲁迅研究月刊》2016 年第 2 期。

⑤ 张丽华:《"误译"与创造:鲁迅〈药〉中"红白的花"与"乌鸦"的由来》,《中国现代文学研究丛刊》2016 年第 1 期。

性的思考，有两大特点：一是深入民族文化的深处；二是深入人性的深处。"①

关于鲁迅杂文的表现手法，孙郁指出："他的杂文有一种艺术表演的气质，幽默、变形和夸张的方法容易产生歧义。比如他说'少读中国书'是在政府提倡读经奴化人民的背景之下。其实在开给好友许寿裳儿子的必读书目中，他列了很多古书。"② 邱焕星《鲁迅"骂之为战"的发生》分析了鲁迅用"动物上阵"手法贬抑论争对象的动因，认为这是"他重启'思想革命'的一种有意识追求"，鲁迅也由此"创造了'杂感'的批评文体、'短兵战'的批评方式以及'热骂'的批评文风"，在思想内容上"开启了对中国社会和知识阶级自身的批判"③。王海燕《论鲁迅杂文中的戏拟》将其分为：拟典籍、拟报章体、拟人物对话或自白、模仿通俗易懂的民歌体、儿歌体。④

也有一些研究者对其杂文创作进行了反思、批评。李静说："他在到达上海后写的那些文字已经不像他在北京时写得那么有质感、那么鲜活和诗人气。他有一些很革命化的语言方式出现在《南腔北调集》和《准风月谈》等集子里。鲁迅抨击国民党的一党专制，用的都是比较激进的左翼话语。那个时候鲁迅其实已经不把自己当成作家了。"⑤

有论者认为鲁迅最后十年的创作可以概括为"无聊"，"具体说来，《而已集》以后的杂文，至少三分之二，于世无益，除了向后人证明，鲁迅所生存的世道何其荒诞，鲁迅所选择的生活何其虚妄；对鲁迅自己而言，恐怕也是得不偿失，所挣来的稿费，远远不及写作与仇恨对其身心的戕害。"⑥

（3）散文研究

刘春勇《昆德拉・鲁迅・非虚构写作——鲁迅之"文"在当下的价值》指出：《朝花夕拾》在鲁迅创作中"具有昆德拉意义上的'告别小说

---

① 钱理群：《鲁迅的当代意义》，http：//www. aisixiang. com/data/90155. html。

② 孙郁等：《他以智性和诗意对抗这个世界》，《新京报》2016 年 10 月 29 日。

③ 邱焕星：《鲁迅"骂之为战"的发生》，《文学评论》2016 年第 2 期。

④ 王海燕：《论鲁迅杂文中的戏拟》，《鲁迅研究月刊》2016 年第 1 期。

⑤ 孙郁、李静：《历史不给鲁迅"走对"的机会》，公众号"东方历史评论"，2016 年 10 月 20 日。

⑥ 羽戈：《我们为什么还要读鲁迅?》，《中国经营报》2016 年 10 月 10 日。

的年代的小说'的位置"。其写作可视为对"传统之'文'"的承接。作品中人物的设置近似于"《百年孤独》式的丛林叙事"。①

（4）散文诗研究

孙郁强调鲁迅作品的丰富性，"《野草》里面很多篇幅通过死亡来表达人间的问题，感到阴冷的同时，也能感到人性的暖意。"② 王雨海《〈野草〉的总纲——论鲁迅的〈题辞〉》认为鲁迅的"野草"有三种内涵："鲁迅创作的短小而独特的文体""被侮辱、被损害、被践踏的弱者和黑暗社会的叛逆者""对自己生命的自喻"。③

（5）诗歌研究

钱振刚说："当前对鲁迅旧体诗的研究与其他领域的旧体诗词研究一样，重视内容分析多一些，而对形式的研究则有所忽视。"比如《自题小像》最后一句"我以我血荐轩辕"就有不符合用韵规律之处，因为按律第二个字应当用平声字，而这里却用了仄声字"以"，其原因值得深究。④

2. 鲁迅翻译研究

目前对鲁迅的翻译研究已取得了一定的成果，但多局限于局部、个案研究，整体性突破还很少。

（1）译本研究

李淑英《翻译作品的"大众本"改编与20世纪30年代"文艺大众化"运动——以1933年鲁迅〈毁灭〉译本的两次改编为中心》通过考察1933年鲁迅《毁灭》译本的两次改编，不仅揭示出其与"文艺大众化"运动的关联，而且呈现出其背后丰富的文化生态，并生动地表现出鲁迅对"大众化"的主张。⑤

曹振华强调鲁迅的译本自有其优点："比如《毁灭》，我读了鲁迅翻译的《毁灭》，任何一个别人翻译的《毁灭》我都不会看了。还有一个

---

① 刘春勇：《昆德拉·鲁迅·非虚构写作——鲁迅之"文"在当下的价值》，《中国现代文学研究丛刊》2016年第7期。

② 沙子龙：《鲁迅逝世80周年：第一步还是要争取言论自由》，公众号"鲁迅文化基金会"，2016年10月19日。

③ 王雨海：《〈野草〉的总纲——论鲁迅的〈题辞〉》，《鲁迅研究月刊》2016年第3期。

④ 孙郁等：《鲁迅思想的巨大魅力在于其强大的现实性》，《文艺报》2016年10月19日。

⑤ 李淑英：《翻译作品的"大众本"改编与20世纪30年代"文艺大众化"运动——以1933年鲁迅〈毁灭〉译本的两次改编为中心》，《中国现代文学研究丛刊》2016年第1期。

《死魂灵》，我是把鲁迅的翻译和满涛的翻译对着看，那种感觉，除了鲁迅翻译的不准确，因为他是日语和德语转译的，和他的表述方式和我们有一些隔膜，你能感觉到的是什么？鲁迅和果戈理这两个伟大作家那种心灵上的沟通，对于世界，对于人性的那种默契，我说实在话，满涛那个版本是反映不出来的，而鲁迅通过日本的和德国的两个译本，他能够把握到果戈理真正的那种灵魂的东西。"①

（2）创作与翻译之关联

围绕这个话题，已有不少研究成果问世，但仍有可开掘的空间，因此也吸引研究者不断深入探究。王家平、吴正阳《鲁迅创作与童话译著对话研究》指出："在对物质文明和自然科学的批评性省思，对自然美的书写和生态遭受毁坏的忧思，以及对世间万物的同情与关爱等问题上，鲁迅在自己的文学创作与他翻译的童话作品之间找到了深切的共鸣点，并在对话中发展了自己的哲思。"② 崔琦《从〈游戏〉到〈端午节〉——试论鲁迅翻译与创作之间的互文性》认为《端午节》在创作思想上受到森鸥外《游戏》的影响，这主要体现在人物设定、内容主旨上。③

（3）学术增长点

王家平认为："当务之急是组织学术团队开展《鲁迅译文全集》的注释工作。鲁迅的译作为学界重新全面深入地认识鲁迅精神世界提供了好素材。唯有把鲁迅的创作连同译作结合起来对读，才能更为全面整体地认识鲁迅丰富复杂的精神世界。"④

同时，应该从整体上把握鲁迅的翻译及其传播过程，"应当包含以下环节：对鲁迅所译原著文本的考察—鲁迅获得原著途径的探寻—译者鲁迅翻译资质和翻译思想的研究—鲁迅译著的出版、发表情况钩沉—鲁迅译著读者状况研究—鲁迅译著出版、发表后批评家的评价意见整理"⑤。

---

① 宁肯等：《鲁迅作为一个小说家，有自卑感？》，http://cul.qq.com/a/20161020/017252.htm。

② 王家平、吴正阳：《鲁迅创作与童话译著对话研究》，《首都师范大学学报》（社会科学版）2016 年第 1 期。

③ 崔琦：《从〈游戏〉到〈端午节〉——试论鲁迅翻译与创作之间的互文性》，《中国现代文学研究丛刊》2016 年第 3 期。

④ 孙郁等：《鲁迅思想的巨大魅力在于其强大的现实性》，《文艺报》2016 年 10 月 19 日。

⑤ 王家平：《鲁迅翻译文学研究的向度与创新》，《光明日报》2016 年 12 月 8 日。

3. 鲁迅手稿学

随着鲁迅著作初版本、鲁迅译《毁灭》手稿本、《国家图书馆藏鲁迅未刊翻译手稿》等书籍的影印出版，手稿学成为一个新的研究领域。上海交通大学于 2012 年成立了国内首家"中国作家手稿研究中心"，并承担了国家社科重大项目"《鲁迅手稿全集》文献整理与研究"的研究任务，同时还跟国家图书馆共建"鲁迅手稿文献索引数据库"。① 王锡荣说："我们的目标是建立中国的手稿学理论框架，同时重新编一部最新的、最全的《鲁迅手稿大全》，除收入以前的创作、书信、日记，还要收录鲁迅翻译手稿、古籍石刻整理抄本，甚至他早年在南京水师学堂、仙台医专求学时的课堂笔记等，只要是鲁迅手写下来的文本，都将收入，将有更大的研究价值。"他还强调："手稿不仅显示出鲁迅的创作过程、意义提炼过程，还显示出鲁迅文化生涯中思维方式、生活状态、身体健康等的变化。"从学科角度来看，"手稿学是国际上一门新兴学科，蕴含在一个更大的学术框架——'文本发生学'（或'文本生成学'）之下，还与校勘学、版本学等等紧密相连。"②

姜异新、符杰祥等人也对手稿学的内容、意义和价值有详细的论述。姜异新《回归"书写中的鲁迅"——略论鲁迅手稿研究的学术生长点》提出"书写中的鲁迅"概念，即将其创作还原为动态过程，其手稿形态有："草稿本、清稿本（包括作者助手的誊清稿本），还有上版付印时的上版稿本。"同时还可以进行"鲁迅手稿美学研究"。③

符杰祥《鲁迅手稿的"林中路"》对"鲁迅文学手稿的修改涂抹""鲁迅的第二类代书手稿"进行了分类，并指出研究作家手稿的意义在于"从边缘的涂改中摸索一条条曲折蜿蜒的小路，探寻充满种种可能性的创作踪迹"④。刘火持相近观点："可以从作者的书写到增删的过程中，了解作者的彼时彼地的心境。或者说，研读手稿，我们可以从中窥管我们在印刷体里读不到的信息。"除了提供史料信息，还有助于理解作者创作时的心理状态、情感状态。比如，"如果说在读先生 10 年前（1926 年 11 月—

① 陈漱渝：《提倡细读文本，不欣赏代鲁迅立言》，《文学报》2016 年 7 月 7 日。

② 朱自奋：《谈鲁迅，不要"看到一点就写"》，《文汇报》2016 年 5 月 2 日。

③ 姜异新：《回归"书写中的鲁迅"——略论鲁迅手稿研究的学术生长点》，《现代中文学刊》2016 年第 3 期。

④ 符杰祥：《鲁迅手稿的"林中路"》，《文汇报》2016 年 9 月 19 日。

1936 年 10 月，正好 10 年）的《写》时，读到了先生的坚定与从容，那么在读先生 10 年后的《二三事》，我则异常的沉重"①。此外，还有吴川淮《鲁迅手稿的书法艺术价值》探讨其艺术价值。

4. 国外鲁迅研究

（1）日本鲁迅研究

①整体概况与个案分析

日本一直是鲁迅研究的重镇，董炳月将战后至今的日本鲁迅研究界分为四代："第一代的代表人物是竹内好。第二代的代表人物有丸山升、伊藤虎丸、木山英雄、丸尾常喜诸位。第三代的主要人物有藤井省三、尾崎文昭、长堀祐造、代田智明等人。第四代是 60 后，还看不到什么代表人物。这或许意味着日本鲁迅研究的黄金时代已经过去。"他们的特点是：重资料、研究对象专一、问题意识鲜明、注重鲁迅和日本的关系。"大趋势是逐渐学院化，思想因素在减少。"②

也有一些学者就研究者个案进行了介绍和评述。赵京华《北冈正子鲁迅研究的方法论意义》指出其研究的特点在于："一是执著于材料考据和比较研究，另一个是始终专注于留学时期的鲁迅特别是《摩罗诗力说》的问题。"③朱幸纯《"第一义"道路上的日本文学家——论中野重治及其鲁迅观》介绍了中野重治对鲁迅传播、研究所起的作用，认为"中野重治抗争与奋斗的一生，正是鲁迅精神在日本的实践。对社会体制的辛辣批判、对黑暗政府的抵抗、对国民性的批判、对自我的反思，构成了他们文学生命的共同主题"④。

②赞同与批评

对日本学者所取得的成绩，很多研究者表示了肯定。钱理群认为，外国人的研究没有要"神话鲁迅"的包袱，所以保持了相对客观性。"我倒觉得有的地方日本人可能更加理解鲁迅，我最佩服日本的木山英雄。""相对来说，我喜欢日本的研究，西方的研究我总觉得不够，当然他们也

---

① 刘火：《从容与仓皇——读鲁迅先生两件手稿兼谈手稿研究》，《中华读书报》2016 年 11 月 16 日。

② 尚晓岚：《日本人怎样阅读鲁迅》，《北京青年报》2016 年 10 月 14 日。

③ 赵京华：《北冈正子鲁迅研究的方法论意义》，《文艺报》2016 年 10 月 19 日。

④ 朱幸纯：《"第一义"道路上的日本文学家——论中野重治及其鲁迅观》，《外国文学评论》2016 年第 1 期。

有我们看不到的东西。"① 孙郁指出："我觉得像日本学者的研究维度比我们中国大陆学者的要多，因为他们有日本经验在里面。……日本的一些学者站在更开阔的东亚传统来看鲁迅，故产生了像竹内好、丸山升、木山英雄这些了不起的研究者。他们对中国的鲁迅研究者影响都很大。他们借着鲁迅在思考一些日本的问题，把日本一些近代史的困惑、中国近代史的一些问题都放到一起来讨论，然后维度就增加了。"②

与此相反，一些年轻学者选择更为辩证的态度来评判其得失。如李明晖《百年日本鲁迅研究的生机与偏至》一文用很大篇幅进行了较为客观理性的分析，指出其中的缺点。赵寻也指出："目前陷入到了对'日本式鲁迅研究'的迷恋和模仿当中"，但是"文化大革命"后的日本"东亚研究"，失去了"一种东亚文明的整体意识"。因此他们的鲁迅研究，"无非是一种烦琐论争与论证而已"。③ 郑家建《论鲁迅的六种形象：一次演讲》认为，日本抬高鲁迅早期论文的价值，"隐蔽着一个别有用心的学术立场，他们据此可以认为，中国乃至世界近代最杰出的思想家鲁迅是在日本文化中哺育出来的，是在日本文化的土壤上成长起来的"④。

（2）西方鲁迅研究

①整体概况

寇志明把英语世界里的鲁迅研究分为七个阶段："翻译与介绍、鲁迅生平及其时代背景的研究、1980 年以前的文学作品分析、视觉和语言学、心理学分析、在'多元化'西方社会中的鲁迅当代研究、比较文学和文学理论的贡献"。当下的很多研究更加倾向于比较研究、文学理论。"杜伯尼、卜立德、浦嘉珉、张钊贻的思想传记，和伦伯、法夸尔以及自己的个别实验性和文献性、语文性研究，填补了先前学术研究的空白。"⑤ 孙郁认为："他们的研究有点像中国研究卡夫卡一样，带着很好奇的理解的

　　① 钱理群：《鲁迅的当代意义》，http：//www. aisixiang. com/data/90155. html。

　　② 魏沛娜：《鲁迅遗风已成民族基因》，《深圳商报》2016 年 12 月 4 日。

　　③ 刘春勇：《作为方法的鲁迅及学院派研究的未来——鲁迅研究青年论坛会议综述》，《天津师范大学学报》（社会科学版）2017 年第 2 期。

　　④ 郑家建：《论鲁迅的六种形象：一次演讲》，《东南学术》2016 年第 2 期。

　　⑤ 沈杰群：《寇志明：一个西方学者追鲁迅的 50 年路途》，《中国青年报》2016 年 11 月 20 日。

冲动，也不乏纯粹的文化静观，或者是带着左翼作家的视角，比较复杂，用马克思主义观点来凝视鲁迅的思想遗产。"①

②个案分析

寇志明很早就读过鲁迅的作品，《记念刘和珍君》让他非常感动，"给我最深的印象倒不是纪念死去的烈士，而是让我了解到美国就没有一位像鲁迅这样能够解剖社会的有良心的作家，而我们最需要的就是像鲁迅那样的作家"。他认为鲁迅的伟大之处在于"作为爱国的中国知识分子却能看透那种狭隘的民族主义"。他主要研究鲁迅的旧体诗，在这些作品中，"我们看到一个无畏地批判军阀和后来的国民党白色恐怖政权的批评家，但是同时我们也能发现一位关心学生的好老师、爱孩子的家长、爱妻子的丈夫，一位人道主义者、爱国学者，同时也是有国际主义精神的、胸怀广阔的伟大诗人：他怀有悲悯和失落的情感，但从未对中国未来丧失信心"②。

5. 鲁迅学术会议

2016 年以鲁迅为主题的学术会议规模大，参会人员多，提交成果质量高，为推动鲁迅研究具有很大的积极意义。

（1）学术会议类

①4 月 2 日，由《探索与争鸣》编辑部、复旦大学中文系与上海东方青年学社主办的"拿来主义与文化主体性：从鲁迅传统看中国与世界——纪念鲁迅诞辰 135 周年暨逝世 80 周年"高峰论坛在复旦大学举行。学者们提交的论文有很多新见解，大都是回应当下的学术热点、社会热点议题，如赵京华《晚期鲁迅的国际主义》、孙郁《鲁迅·徐梵澄：现代孔学一系》、张福贵《〈人民日报〉中的鲁迅》、程光炜《鲁迅：当代小说家的思想资源》等。

②4 月 16 日在北京举办鲁迅研究青年论坛。

③6 月 14 日，由鲁迅文化基金会发起，绍兴文理学院承办的"鲁迅与泰戈尔：跨时空对话"中印国际学术论坛在绍兴文理学院举行。

④9 月 19—21 日，"鲁迅遗产与当代中国"国际学术研讨会在北京召开，议题有：鲁迅文化遗产与当代中国文化建设，鲁迅与中国文化传统，

---

① 魏沛娜：《鲁迅遗风已成民族基因》，《深圳商报》2016 年 12 月 4 日。

② 沈杰群：《寇志明：一个西方学者追鲁迅的 50 年路途》，《中国青年报》2016 年 11 月 20 日。

鲁迅与新文化运动，当代文学中的鲁迅传统，鲁迅的海外影响与传播。

⑤9 月 22 日，由中国现代文学馆主办、《中国现代文学研究丛刊》承办的"回顾与展望：鲁迅研究在二十一世纪"在京召开。

⑥9 月 23 日上午，纪念鲁迅诞辰 135 周年逝世 80 周年暨"2016 鲁迅文化论坛"在北京开幕，议题有：鲁迅的思想传统、鲁迅的文学世界、鲁迅的世界传播、现代与传统之间、学问与世俗之间、文本与政治之间、鲁迅周边等。

作为此次论坛组成部分的两个分会：23 日下午至 24 日，在中国人民大学举行以国内资深学者和海外学者为主的"鲁迅：在传统与世界之间"六场学术研讨会，和一场专场博士论坛"鲁迅：文本与传统"。25 日在中国传媒大学举行以青年学者为主的"后鲁迅时代及其未来"六场学术研讨会。此次会议，有很多前辈学人和中青年学者参与，议题丰富，涉及了鲁迅研究的很多方面。

⑦9 月 29—30 日，北京第二外国语学院与中国文艺评论家协会在香山举办"当代文艺评论视域中的鲁迅传统"研讨会。

⑧10 月 9 日，纪念鲁迅逝世 80 周年暨"鲁迅和他身后的中国"学术研讨会在南开大学文学院举行，围绕"鲁迅的思想传统""鲁迅的思想传播""启蒙的选择""鲁迅思想与他身后八十年的关系"等议题展开讨论。

⑨10 月 11 日，由广东省文联、省文艺评论家协会、广东鲁迅研究学会主办主题为"重读鲁迅，再评鲁迅"学术研讨会在广州开幕。

⑩10 月 24—25 日，中国鲁迅研究会与首都师范大学文学院联合在北京主办"鲁迅文学遗产的传承"学术研讨会。

此外，还有 12 月 9 日至 11 日在重庆召开的"鲁迅研究的回顾、反思与展望"学术研讨会暨中国鲁迅研究会 2016 年理事会会议。

（2）纪念、文化交流类

①6 月 13 日，"大师对话 2016：鲁迅与泰戈尔——中印间的文化交流与交融"论坛在北京外国语大学举行。

②6 月 17 日，"大师对话 2016：鲁迅与泰戈尔——中印文化交流论坛"在上海外国语大学开幕。

③8 月 14 日，"鲁迅与托尔斯泰——中俄文化的交流与交融"论坛在俄罗斯托尔斯泰庄园召开。

④10 月 19 日，"纪念鲁迅诞辰 135 周年、逝世 80 周年暨北京鲁迅博

物馆建馆 60 周年座谈会"在北京鲁迅博物馆（北京新文化运动纪念馆）召开。

三　研究前景展望

（一）观念与方法更新

如何寻求鲁迅研究的突破，与研究方法、理念有很大关系。刘春勇认为，做鲁迅研究有两种状态不容易达到，即"讲鲁迅的时候不在讲鲁迅，不讲鲁迅的时候在讲鲁迅"。"我们做研究的时候如何把我们自身的状况同鲁迅研究结合起来，我们所做的研究能不能作为我们的信仰，能不能跟我们的生命结合到一起。"①

崔云伟说："必须尽快找到鲁迅研究和当下现实的有效连接点"，"必须要突破既有的思维模式，突破当前鲁迅研究中的思维障碍，努力实现新的范式革命"。孟庆澍认为："应该回到'实践'和'行动'的语境里重新思考鲁迅、理解鲁迅，强调他的行动和他所处的社会环境之间的关系。"② 邱焕星也明确指出："鲁迅研究者需要'走出 20 世纪 80 年代'，正视当代中国的社会变迁，从学术的角度尝试着解释、批判和创新，真正发扬鲁迅的现实参与精神，从而使其成为一个活的传统。"③

关于研究视角，钱理群说："我们现在要做的是，超越或左或右的既定立场和理论观念模式，在世界文明大检讨的大视野下，重新发现鲁迅的意义。"④ 郜元宝《打通鲁迅研究的内外篇》主要分析了 20 世纪 80 年代以后鲁迅研究的分途，认为对鲁迅与当代文学关联性研究越来越弱，今后必须打通内外篇。不能孤立地研究鲁迅，"不妨在其他领域有所建树后再来研究鲁迅，这样才能有所'看见'"⑤。

（二）学术增长点

关于鲁迅作品，孙郁认为："鲁迅研究还有很多的空间，比如翻译，

---

① 孙郁等：《鲁迅思想的巨大魅力在于其强大的现实性》，《文艺报》2016 年 10 月 19 日。

② 刘春勇：《作为方法的鲁迅及学院派研究的未来——鲁迅研究青年论坛会议综述》，《济南大学学报》（社会科学版）2016 年第 3 期。

③ 邱焕星：《鲁迅研究——走出"八十年代"》，《文艺报》2017 年 3 月 20 日。

④ 钱理群：《鲁迅的当代意义与超越性价值——在"30 后"与"70 后"鲁迅研究者对话会上的讲话》，《济南大学学报》（社会科学版）2016 年第 3 期。

⑤ 李念：《郜元宝：上海十年，造就了晚年鲁迅的辉煌》，公众号"鲁迅文化基金会"，2016 年 9 月 23 日。

还有他的杂文与中国现代社会对话的研究，我们做的也都不够。"① 钱理群说："鲁迅语言的音乐性，现在很难深入研究，但这是很有意思的课题。""《野草》的奇特想象、对形而上的思考，我们今天还是研究不够。"② 葛涛认为需要进一步加强对鲁迅文集的编辑出版工作："其一，要进一步加强《鲁迅全集》的编辑和注释工作，出版收文全面、校勘严谨、注释准确的《鲁迅全集》，为鲁迅研究奠定坚实的基础；其二，要进一步加强与鲁迅相关的史料研究，正视鲁迅研究中的一些历史问题。"③

关于鲁迅思想研究，邱焕星提出"鲁迅研究的再政治化"，认为应该重视鲁迅及其文学的实践性、社会性乃至革命性，要特别关注鲁迅杂文的研究。他还指出："文化政治"是一个将鲁迅一生贯穿起来研究的新思路。④

关于鲁迅与政治的关系，赵京华认为对他后期思想研究不够，因此应重返历史现场，"重新看这样复杂的政治关系，看鲁迅在 30 年代如何深入地参与到中国政治和国际政治里去，很多问题可以引起我们的重新思考"⑤。

---

① 孙郁等：《鲁迅思想的巨大魅力在于其强大的现实性》，《文艺报》2016 年 10 月 19 日。
② 钱理群：《鲁迅的当代意义》，http://www.aisixiang.com/data/90155.html。
③ 张杰：《让鲁迅的精神遗产在当代社会"活"起来》，《中国社会科学报》2016 年 11 月 9 日。
④ 孙郁等：《鲁迅思想的巨大魅力在于其强大的现实性》，《文艺报》2016 年 10 月 19 日。
⑤ 同上。

后　记

　　书要出版了，是件令人高兴的事，可是，我感到把一个自己不甚满意的书稿拿出来出版，心里有些许不安。本书的写作过程是艰难的，一是原初设定的研究计划并未能很好地完成，也许，人文学术就不应该有什么提前设置的计划吧；二是它拖得时间有些太久，有很多客观原因，但自己研究兴趣的多变是一大原因。

　　要特别感谢参与本书撰写的三位同学，他们是范阳阳、赵晓妮、丛晓梅的辛苦配合，其间我体会到师生的情谊与合作的乐趣。他们现在都在各自工作岗位上做出了各自的成绩，作为老师，我深深地祝福他们有更大的发展。

　　感谢教育部社会科学司的立项支持（项目号：11YJA751073），感谢项目管理部门的耐心，使项目得以延期完成；文学院院长姜振昌教授对本书的写作和出版多有费心，深表感谢；感谢中国社会科学出版社的任明主任，没有他的辛勤劳动，本书不可能面世。

　　诚恳欢迎专家斧正！

魏韶华

2017 年 9 月 10 日